FRANK GOLDAMMER

Abstauber

Kriminalroman

GMEINER *Original*

Besuchen Sie uns im Internet:
www.gmeiner-verlag.de

Im Ehnried 5, 88605 Meßkirch
Telefon 07575/2095-0
info@gmeiner-verlag.de

1. Auflage 2012

Lektorat: Sven Lang, René Stein
Herstellung: Julia Franze
Umschlaggestaltung: U.O.R.G. Lutz Eberle, Stuttgart
unter Verwendung eines Fotos von: © olly – Fotolia.com
Druck: Bercker Graphischer Betrieb GmbH & Co. KG, Kevelaer
Printed in Germany
ISBN 978-3-8392-1250-9

Personen und Handlung sind frei erfunden.
Ähnlichkeiten mit lebenden oder toten Personen
sind rein zufällig und nicht beabsichtigt.

1

»Ich hab's gewusst!«, fluchte Tauner, betrat den Raum und warf heftig die Tür hinter sich zu. »Ich hab's gewusst!«, wiederholte er noch einmal, nachdem der Knall verhallt war und wedelte seinem Kollegen mit einem Zettel vor der Nase herum. Tauner war ein wenig kleiner als der Durchschnitt, wirkte sportlich trotz leichten Bauchansatzes; er nahm wieder ein wenig zu, seitdem er sich vorgenommen hatte, nicht mehr zu viel zu trinken. Gerade war ihm danach, diesen Vorsatz in den Wind zu schießen.

Uhlmann, der Angewedelte, groß und massig, vollbärtig bis zur Unkenntlichkeit und nach schwerer Dienstverletzung steif im Genick, wischte den Zettel aus seinem Gesicht wie eine lästige Fliege. »Was regst du dich auf, du hast doch keinen Urlaub gebucht.« Er nutzte das Bewegungsmoment seiner Hand, um noch einen Knopf seines Hemdes zu öffnen. Es galt, sich so wenig wie möglich zu bewegen. Ihm war warm. Allen war warm. Es war Juni und schönster Sommer, so schön, wie er nur sein konnte, wenn man in einem stickigen Büro saß an einer der abgasreichsten Kreuzungen Dresdens.

Tauner ließ sich auf seinen Stuhl fallen, knüllte den Zettel zusammen und warf ihn in Richtung Papierkorb. »Darum geht es doch gar nicht! Es geht ums Prinzip. Urlaubssperre. So ein Dreck!«

»Hast du denn schon Urlaub gebucht?«

»Darum geht es nicht.« Tauner kniff die Lippen zusammen und sah aus, als ob er nichts mehr sagen wollte. Lang hielt er das nicht aus. »Da reißen sich die Idioten um dieses dämliche Testspiel, schachern sich die Millionen zu, reden hier, agitieren da, bestechen ein paar Funktionäre. Und dann haben die das Spiel, was so sinnlos ist, wie irgendetwas sinnlos sein kann, und ich kriege deshalb Urlaubssperre.«

»So sinnlos ist das Spiel nicht, es ist ein letzter Test, bevor das Turnier losgeht, und außerdem stand schon lange fest, dass es hier in Dresden sein würde. Du hast deinen Urlaub doch mit Absicht genau in diese Zeit gelegt?«, fragte Uhlmann und konnte sich ein Schmunzeln nicht verkneifen. Sonst war er derjenige, der sich beschwerte.

»Ja, mit Absicht, damit ich mir diesen Mist nicht antun muss. Jetzt sitze ich in diesem Büro und muss die Zeit totschlagen, nur weil da ein Spiel läuft, bei dem man sich auf sechs Auswechselspieler geeinigt hat. Keiner will sich mehr verletzen, keiner will sich überanstrengen.«

»Du meinst also, ohne Testspiel würden unsere Jungs besser abschneiden bei der EM?«, fragte Pia, in der Zwischentür stehend. Sie konnte es sich herausnehmen ironisch zu sein, sie kannte Tauner schon sehr lang, seit ihrem ersten Tag als Schreibkraft vor fast zwanzig Jahren. Ihr Haar war kurz und rot gefärbt, ihr Auftreten das einer Frau, die nur mit Brüdern aufgewachsen war. Außerdem hielt sie eine Tasse Kaffee in der Hand, war jedoch nicht bereit, sie Tauner zu überbringen, ehe der geantwortet hatte.

Tauner starrte die Tasse an, als könnte er sie telekinetisch in Besitz nehmen. »Verdreh mir nicht die Worte im

Mund! Ich weiß, dass es Testspiele geben muss, aber hier geht's doch nur darum, Werbezeit zu schinden«, behauptete er halbherzig. Nachdem die erste Wut abgeflaut war, fiel es ihm schwer, seine eigene Argumentation nachzuvollziehen. Und die Telekinese funktionierte auch nicht. »Gib schon her!«, murrte er dann.

Pia stellte die Tasse auf dem Schränkchen neben der Tür ab. »Also ich freu mich, dass mal was in Dresden los ist. Wurde auch Zeit! Bisschen Stimmung in der Stadt. Weißt doch noch, was los war 2006.«

»Ja eben«, maulte Tauner, erhob sich und holte sich seinen Kaffee. »Und ich habe Urlaubssperre!«

»Nicht nur du, alle Polizeibeamten. Und ich! Und die Verkäuferinnen und das Ordnungsamt und die Krankenschwestern und die Feuerwehr.« Pia klimperte mit ihren Wimpern. »Und außerdem sind es nur zwei Tage.«

»Und wieso ausgerechnet in Dresden, das Stadion ist doch gar nicht so groß.« Tauner setzte sich wieder, den randvollen Kaffeebecher ausbalancierend.

»Damit jeder was von der Nationalmannschaft hat«, erklärte Uhlmann gutmütig, offenbar fühlte er sich geehrt.

»Außerdem ist es groß genug. Und weil in einigen anderen Stadien, die infrage kamen, der Rasen nicht bespielbar war.« Pia konnte nicht genug von Fußball bekommen und auch nicht davon, recht zu haben. Und weil das jeder wollte in diesem Raum, kam es selten zum Konsens.

»Bespielbar, pah, früher haben wir auf dem Acker gespielt«, murmelte Tauner und wünschte sich, sie könnten das Thema wechseln, denn ihm war bewusst, wie viel

Anlass er damit bot, sich zum Gespött zu machen. »Liegt was an?«, fragte er deshalb schnell hinterher.

Pia nickte knapp. »Staatsanwalt Meyer will noch ein paar Fakten klären zum letzten Fall. Den könntest du besuchen, der hat ein klimatisiertes Büro. Und außerdem heute, ab morgen hat der Urlaub.«

»Urlaub? Der darf also!«

»Ich komme mit.« Uhlmann hatte schnell geschaltet, offenbar animierte ihn die Aussicht auf Klimatisierung.

Tauner nickte schwach und nippte am Kaffee. Dann stellte er ihn auf seinen Tisch. Der viel zu heiße Vormittag verdarb ihm selbst die Freude daran. »Da ist doch noch was«, sagte er leise, denn Pia hatte sich noch nicht verzogen.

Sie zeigte kurz die Zähne und zog Luft ein. »Vorhin kam eine Rundmail, dass alle verfügbaren Beamten für allgemeine Überwachung, Ordnungsaufgaben und Gewaltprävention eingeteilt werden.« Eilig verengten sich ihre Augen zu Schlitzen, um sie vor verbalen Explosionssplittern zu schützen.

Tauner aber explodierte nicht, er schwelte nur. Er verzog den Mund und schüttelte kapitulierend den Kopf. »Jetzt schieb ich zwei Tage Dienst auf der Straße in einer Affenhitze, wegen diesem einen dämlichen Spiel? Kann nur hoffen, dass die Idioten bei der EM gleich in der Vorrunde ausscheiden«, sagte er.

Pia machte einen Schmollmund. »Ein Blödmann bist du, nur weil es dir wieder nicht in den Kram passt.«

»Und wenn schon.«

»Dir passt nie was in den Kram«, gab Uhlmann zu bedenken und schob ein paar Blätter hin und her, während sich Teufelchen und Engelchen in seinem Kopf stritten. Das Teufelchen gewann. »Und hat sich eigentlich deine Frau mal gemeldet?«

»Hans, das hättest du dir jetzt sparen können«, rüffelte Pia ihn.

»Hat sie«, überraschte Tauner beide.

»Ach ja?« Über Pias Gesicht huschte ein Hoffnungsschimmer. Sie mochte Falk Tauner. Sie hatte Tauners Frau gemocht – und Tauner, als er noch eine Frau hatte, noch viel mehr. »Gibt es eine Entwicklung?«

Tauner sah zum Fenster hinaus, sah die Luft flimmern und fragte sich, welche Miene er aufsetzen sollte. Betroffenheit sollte es sein, doch über dieses Stadium war er längst hinaus, denn im Gegensatz zu Pia hatte er keine Hoffnung mehr gehabt. »Sie will sich scheiden lassen.«

2

Gute Vorsätze gab es nicht wirklich, um sie einzuhalten, gute Vorsätze schuf man sich, um sich seiner Schwächen gewahr zu werden. Dies wiederum half, sich nicht zu überschätzen. Das wusste Hauptkommissar Tauner, Leiter der Mordkommission Dresden. Doch manche Vorsätze deckten nicht nur die mentalen Schwächen auf, sondern rächten sich gar körperlich.

So lag er da, auf seinem Bett, dünstete Wodka aus und Kopfschmerz hämmerte hinter seinen Schläfen. Sämtliche Fenster seiner Wohnung standen offen, aber kein Lüftchen bewegte sich. Nächtliche Hitze drückte schwül und unerbittlich und verursachte Schweißausbrüche bei jeder Bewegung. Tauner keuchte, bereute jeden Schluck und beschloss, das Klingeln seines Handys bis in alle Ewigkeit zu ignorieren – oder jedenfalls, bis er starb. Hundeelend war ihm.

Schließlich, nachdem das Gebimmel mehrmals innegehalten und wieder von vorn begonnen hatte, quietschten unten auf der Straße Reifen. Tauner verzog bei dem Geräusch das Gesicht, als hätte er Zahnschmerzen, und wälzte sich zur Seite. Die Uhr zeigte ein Uhr in der Nacht. Autotüren flogen auf, eilige Schritte klapperten über die Straße, schon schrillte die Wohnungsklingel. Dieser hielt Tauner nicht stand, sie war zu schrill.

Er schleppte sich in den Flur zur Sprechanlage. »Was?«, schaffte er zu fragen.

»Deine Leidenszeit als Streifenpolizist ist schon zu Ende«, schnaufte Hauptkommissar Uhlmann. »Das ist die gute Nachricht.«

»Ein Mord?«, fragte Tauner.

»Und Mordversuch. Einer tot, einer verletzt. Kommst du?«

»Moment mal. Gute Nachricht? Und die schlechte?«

Uhlmann sagte es Tauner. Der schlug sich die Hand

auf die Stirn und wischte sich verzweifelt übers Gesicht. »Nicht schon wieder ein Fußballer«, stöhnte er.

Das Licht am Tatort war viel zu grell für Tauners Zustand. Tanzendes Blaulicht, wohin er sah. Er schirmte die Augen mit der rechten Hand ab, betrachtete das Auto, ein silberner Mercedes, in dem noch immer das Opfer saß. Der Tod war eindeutig festzustellen, zwei der drei Körpertreffer mussten tödlich sein, allein der Kopfschuss war es allemal. Das Opfer ein etwa sechzigjähriger Mann.

»Sechs Schuss mit einer Pistole, alle durch die Frontscheibe, vier trafen den Beifahrer, einer den Fahrer, einer verfehlte ihn knapp«, erklärte Martin, der führende Mann bei der Spurensicherung. Er war um die fünfzig, hager, trug eine Brille und seine langen Haare als Zopf und betrachtete Tauner nun mit Kennerblick.

»Was?«, knurrte Tauner ihn an und ärgerte sich über sich selbst. Martin war ein sehr guter Mann, einer, den man auch um einen Gefallen bitten konnte, den andere nicht tun würden. Gut für hilfreiche Tipps, gut, um Gerüchte einzufangen, die sich meist als allzu wahr entpuppten.

Martin hatte Mitleid oder so viel Spaß an der Arbeit, dass er Tauners Tonfall verzieh. Er legte ihm eine Hand auf die Schulter. »Du wirst langsam zu einem Klischeebullen. Das wolltest du nie werden, soviel ich weiß.«

Tauner nickte. »Ich weiß. Es ist bloß so …«, er hob die Schultern, weil er sich nicht auszudrücken wusste.

Martin hatte keine Zeit zum Sinnieren. »Es ist beschissen, aber wir müssen! Ich hab zu tun. Da drüben stehen die Beamten, die zuerst vor Ort waren. Sie haben Ersthilfe geleistet, der Verletzte sitzt da drüben im Rettungswagen. Er ist nicht schwer verletzt, offenbar ein Durchschuss im rechten Oberarm. Aber wahrscheinlich unter Schock.« Er machte eine kleine Pause. »Ich denke die nächsten Tage werden dich ein wenig aufleben lassen.«

Tauner sah ihn neugierig an. »Wie meinst du das denn?«

»Du weißt es noch gar nicht?« Martin lachte. Dann wandte er sich von Tauner ab.

Falk Tauner hatte keine Zeit sich zu wundern. Uhlmann winkte ihn heran, er hatte schon begonnen, die uniformierten Kollegen zu befragen. »Das ist Polizeiobermeister Behrend und Polizeimeister Ludger. Ich fass mal zusammen: Jemand hat den Notruf gewählt und gesagt, er sei beschossen worden, sein Beifahrer sei schwer verletzt, er selbst sei leicht verletzt. Wo er sich befand, konnte er nicht erklären. Er sagte, er sei von der Autobahn gekommen, Abfahrt Hellerau, dann die Hauptstraße in Richtung Stadtzentrum gefahren und dann links abgebogen. Daraufhin sind sämtliche in der Gegend befindlichen Streifenwagen informiert worden. Die beiden Beamten haben das Auto hier gefunden. Es stand am Straßenrand, der Fahrer bei Bewusstsein, aber geschwächt, offenbar litt er große Schmerzen. Stimmt's soweit?« Uhlmann sah die Beamten an.

Beide nickten.

»Haben Sie ihn irgendetwas gefragt? Hat er etwas gesagt?«

Behrend übernahm die Antwort. »Ich hab gefragt, ob er mich hören kann, ob er noch andere Verletzungen hat als den Armschuss. Er wusste es aber nicht, schüttelte nur den Kopf, konnte nicht reden, deshalb habe ich ihn sitzen lassen. Und vorerst nur notdürftig die Wunde abgebunden. Der andere war offensichtlich tot.«

»Sind die beiden schon identifiziert?«, wollte Tauner wissen. Behrend sah seinen Kollegen an. Und komischerweise fühlte Tauner sich von Uhlmann angestarrt, als hätte er einen seltenen Käfer im Gesicht.

»Der Tote noch nicht«, meinte Behrend zaghaft. »Der Verletzte ist der Bundestrainer.« Er wartete auf eine Reaktion Tauners. Doch die blieb vorerst aus, weil Tauners Synapsen weiter in Alkohol badeten. »Der Fußballnationalmannschaft«, fügte der Polizist deshalb noch leise hinzu.

»Fehlte nur noch die Träne im Augenwinkel«, schnaufte Tauner, nachdem sich die beiden Polizisten geschäftig entfernt hatten. Er sah sich nach etwas Trinkbarem um und landete unverhofft bei Martin. »Großer Spaß, was? Wo du doch weißt, wie ich große Auftritte liebe. Hast du was zu trinken?«

»In meinem Auto hinter dem Sitz.« Martin kicherte belustigt vor sich hin. Tote machten ihm nichts aus, die hatten nichts mehr auszustehen und mit Angehörigen hatte er so gut wie nie zu tun. »Wirst deinen großen Auftritt schon noch bekommen«, sagte er halblaut, als Tauner fast außer Hörweite war.

Mit einer kleinen Wasserflasche in der Hand gesellte sich Tauner eine Minute später wieder zum großen, schwitzenden Uhlmann, der halb in der Hocke durch das Loch in der Frontscheibe spähte. »Was macht der hier schon in Dresden? Wollten die nicht erst morgen anreisen?«

Uhlmann ächzte sich in die Senkrechte und drückte sich mit der Hand gegen die Hüfte, die meistens schmerzte. »Morgen früh ist Pressekonferenz, die Aufstellung soll bekannt gegeben werden. Offenbar ist sie eine Stunde nach vorn verlegt worden. Da hat er sich kurzfristig entschieden, heute Nacht anzureisen. Für Kurzfristiges ist er ja bekannt.«

»Höre ich da eine leise Kritik?«, fragte Tauner.

Uhlmann gestikulierte, als läge es auf der Hand. »Weiß nicht, warum der den Spechtler so kurz vor der EM aus dem Kader werfen musste. Der ist der beste Torwart. Röhmer ist auch nicht schlecht, hat aber null Erfahrung!«

»Soweit ich es mitbekommen habe, hat er aber mit seiner Kurzentschlossenheit die EM-Quali gesichert. Er selbst ist ja auch kurzfristig berufen worden.«

»Das müssen wir hier nicht erörtern«, würgte Uhlmann ab, der ja auch nicht gern belehrt werden wollte.

Tauner wusste das richtig zu deuten und kam auf das Wesentliche zurück. »Glaubst du, es war ein Anschlag auf den Trainer?«

»Eindeutig. Der Attentäter hat wahrscheinlich vermutet, dass Ehlig Beifahrer ist. Dass der Trainer selbst fährt, ist ungewöhnlich, vor allem weil er einen Fahrer hatte.«

»Der Tote?«

»Ebendieser.«

»Der nun identifiziert ist?«

»Als Holger Jansen, enger Vertrauter von Ehlig, kennen sich seit zwanzig Jahren oder vierzig oder so.«

Tauner atmete durch und hätte sich den Rest vom Wasser am liebsten über den Kopf gekippt. »Also gut. Du weißt, was hier gleich abgeht?«

Uhlmann verzog den Mund, was Ja bedeuten musste.

»Hast du noch ein paar famose letzte Worte?« Tauner grinste schief.

Uhlmann deutete nach hinten, wo zwanzig Meter weit weg von ihnen hinter den provisorischen Absperrungen der erste Übertragungswagen von RTL eingetroffen war. »Da sind sie schon.«

Tauner sah schnell wieder weg. »Wer könnte Interesse daran haben, den Bundestrainer umzubringen?«

»Eine Menge Leute!«

»Ach ja?«

»Sein Konkurrent zum Beispiel.«

»Heiligmann.«

Uhlmann sah Tauner anerkennend an. »Dafür, dass es dich nicht interessiert, bist du gut informiert!«

Tauner wollte dieses Lob nicht, denn es stank nach Hohn. »Was bleibt einem anderes übrig, wenn man wochenlang in der Presse nichts anderes liest. Du meinst also, dieser Heiligmann kommt nach Dresden und schießt den Trainer über den Haufen, damit er vielleicht doch den Posten kriegt?«

»Er hat Insiderwissen, kann zum Beispiel irgendwo erfahren haben, wann Ehlig nach Dresden kommt.«

»Das heißt nichts.«

»Außerdem ist er in Dresden.«

»Ist nicht wahr!« Jetzt staunte Tauner echt.

»Ist es doch. Ist Gastkommentator beim ZDF.«

»Gut, Nummer eins! Nummer zwei würde ich sagen: Spechtler, der geschasste Torwart.«

»Richtig!«

»Das sollte ein Witz sein.«

»Spechtler ist in Dresden«, gab Uhlmann zurück.

»Das ist nicht dein Ernst, oder?«

»Ich habe ihn sogar selbst gesehen, als ich gestern zum Präsidium kam, ging er dort spazieren mit seiner Frau. Wollte wohl auf die Brühlsche Terrasse.«

»Was macht der hier?«

»Hat gesagt, dass er trotzdem bei jedem Spiel dabei sein will. Um der Mannschaft moralisch den Rücken zu stärken. Außerdem sollte er auf einer Bühne auftreten, Spielanalyse.«

»Mensch!« Tauner schüttelte den Kopf. »Und wer noch so? Die Frau vielleicht? Irgendwelche Buchmacher, die Angst um ihre Quoten haben?«

Uhlmann sah sich um, ob noch jemand anderes zuhörte. Dann beugte er sich ein wenig zu Tauner herüber. »Zehntausend Slowaken!«

»Bist du blöd?«

»Wir spielen gegen die Slowakei, in der Stadt sind zirka zehntausend Slowaken, siebentausend haben eine Eintrittskarte. Die sind stinksauer auf uns, weil nämlich der Ehlig etwas nicht sehr Nettes gesagt hat über sie, dass das Ergebnis zweistellig sein müsste, nachdem, was die Slowakei in der Quali abgeliefert hat. Er hat's noch anders ausgedrückt. Es gibt bestimmt ein paar Fanatiker, die sich irgendwie rächen wollen.«

»Tust du mir bitte den Gefallen und sagst das niemandem.«

Uhlmann machte eine abfällige Handbewegung. Bin ja nicht blöd, konnte das bedeuten. »Wir haben erste

Zeugenaussagen, dass hier vor einer halben Stunde eine Gruppe slowakischer Fans durchgezogen ist.«

»Warum hier, so weit ab vom Schuss?«

»Weiter hinten gibt's ein Hotel bei der Hechtstraße, dort wohnen die wohl.«

»Ja, und da kommt ihnen ein silberner Mercedes entgegen, die erkennen den Bundestrainer, zücken die Knarre und erschießen den Beifahrer.«

»Vielleicht hat einer von denen das Auto erkannt.«

»Ach was. Vergiss den Mist mit den Slowaken. Haben wir denn gar keinen Anhaltspunkt?« Mäßig interessiert sah Tauner sich das Auto an, er erwartete sowieso nichts Aufklärendes daran zu erkennen.

»Der Mörder muss ein guter Schütze sein. Er hat das fahrende Auto sechs Mal an fast der gleichen Stelle getroffen. Sieh mal, fünf Schüsse auf engstem Raum, nur der in den Kopf weicht in der Höhe ein wenig ab. So wie es aussieht, verlaufen die Treffer im Inneren von rechts nach links. Zuerst der Beifahrer vier Stück, rechter Arm, rechte Brust, Kopf, Brustmitte, dann der Fahrer, ein Schuss in den Oberarm und der letzte knapp vorbei in die Fahrertür. Sieht ganz danach aus, als ob der letzte abgefeuert wurde, als das Auto fast auf der Höhe des Schützen angekommen war. In der nächsten Sekunde muss es schon vorbei gewesen sein.«

Tauner verzog skeptisch das Gesicht, hob dann seine Hände – eine Pistole imitierend – und versuchte die Bewegung nachzuvollziehen. Dabei drehte er sich ein wenig, während seine Lippen sechs Mal lautlos ein ›Bumm‹ formten. »Das müsste man ausrechnen, wie viel Zeit dazu blieb. Wenn das Auto schneller als fünfzig fuhr, muss es blitzschnell gegangen sein, fast unmöglich für einen Laien. Hinzu kommt, dass der Schütze den Wagen auch sicher erkennen musste. Und er musste wissen, zu ungefähr welcher Uhrzeit der Wagen aufkreuzt und wohin er fährt. Wo wollten die eigentlich hin?«

Uhlmann kam nicht zum Antworten. Aus dem Notarztwagen stieg ein Rettungsassistent, ignorierte bravourös die ihm zugerufenen Fragen aus der Journalistenmeute, die mittels Absperrbändern vom Tatort getrennt war, und steuerte auf die beiden Kriminalisten zu. »Sind Sie Hauptkommissar Tauner?«, fragte er und starrte Uhlmann an.

»Nö, der da.« Uhlmann deutete auf Tauner.

»Sie können jetzt mit Herrn Ehlig sprechen.«

3

Tauner betrat den hinteren Teil des Rettungswagens und setzte sich auf den Stuhl des Rettungsassistenten. Uhlmann versuchte erst gar nicht hineinzugelangen, er stellte sich einfach in die Öffnung der Schiebetür. Tauner betrachtete den Verletzten und unterdrückte sein Interesse, konnte es selbst nicht glauben, dass er den Bundestrainer anstarrte wie einen Geist. So viel Einfluss hat das Fernsehen also, dachte er missmutig, dass ausgerechnet ich aufgeregt bin, wenn ein sogenannter Star neben mir sitzt. Äußerlich zeigte er keine Regung. Uhlmann schienen dieselben Gedanken zu bewegen, oder zumindest ähnliche, denn er sah in Klaus Ehlig wohl jemanden, den man nicht leiden mochte, der die Nationalmannschaft aber zu einem Titel führen sollte und deshalb jede Unterstützung brauchte. Ehlig sah dicker aus als im Fernsehen, sein blondes Haar war kurz und zeigte viel weiß. Er hatte eine kurze Nase, die wohl in früher Jugend einmal gebrochen gewesen sein musste, weil sie leicht abgeplattet war, wie bei einem Boxer, der zu viel eingesteckt hatte. Die Augen waren klein und dunkel, fixierten Uhlmann, huschten nicht hektisch hin und her wie auf Pressekonferenzen, bei denen Ehlig hinter jeder Frage einen persönlichen Angriff vermutete.

»Wie geht es Ihnen?«, fragte Tauner, um gar nicht erst verlegenes Schweigen aufkommen zu lassen.

Ehlig sah ihn an, hob den bandagierten Arm und verzog dann das Gesicht. »Das sollte ich wohl lassen«, keuchte er, grinste schief und schmerzverzerrt. »Sie sind die ermittelnden Beamten?«

»Das ist Hauptkommissar Uhlmann und ich bin Hauptkommissar Tauner, Leiter der Mordkommission Dresden.«

»Ach, Sie sind Tauner.« Ehlig hob den Kopf und zog die Mundwinkel ein wenig nach unten.

Tauner verstand diese Bemerkung nicht, konnte sich nur ausmalen, dass irgendeiner etwas von ihm erzählt haben musste. Vielleicht hatte Ehlig aber im letzten Jahr viel Zeitung gelesen. »Können Sie …«

Ehlig unterbrach ihn. »Wie geht es denn Holger?«

Tauner warf einen Blick zu Uhlmann, der runzelte nur die buschigen Augenbrauen. »Also, der war wohl augenblicklich tot«, sagte Tauner leise.

Ehlig zuckte hoch. »Was?« Sein Blick wechselte von Tauner zu Uhlmann und wieder zurück. »Konnten die denn nichts mehr für ihn tun?«

»Herr Ehlig, da gab es nichts zu tun, er hatte zwei Schüsse im Herzen und einen Kopfschuss. Er musste wenigstens nicht leiden.«

Ehlig sah aus, als wollte er das nicht verstehen, und Tauner bekam eine Stinkwut, dass es nun an ihm hängen blieb, dies zu klären. Er brauchte keinen aufgeregten Zeugen, hatte gehofft, dass Ehlig gefasst war und hilfsbereit. Aber offenbar hatte sich niemand getraut, ihm die traurige Nachricht vom Tod seines Begleiters zu übermitteln.

»Ich denke, heutzutage kann man immer etwas machen, die retten sogar Leute, die zwanzig Minuten unter Wasser waren.« Ehligs Aufbäumen war nur kurz, er sank zusammen, wirkte müde und zerschlagen, doch es war wichtig, gerade jetzt weitere Fakten zu recherchieren. Tauner beschloss, nicht weiter auf den Tod des anderen Mannes einzugehen.

»Herr Ehlig, können Sie mir …«

»Holger war mein Freund, wissen Sie?«

Tauner kniff die Lippen zusammen und lehnte sich zurück. Er schloss eine Sekunde lang die Augen und hoffte, Ehlig würde das nicht sehen.

»Kannten Sie ihn schon lang?«, fragte Uhlmann und Tauner wollte ihn dafür würgen. Er brauchte jetzt kein Psychogeschwafel. Irgendwo rannte gerade jemand davon und gewann mit jeder Sekunde mehr Vorsprung.

»Seit vierzig Jahren«, keuchte Ehlig und bedeckte seine Augen mit der Hand. »Er war mein engster Vertrauter. Ich kenne seine Frau und ich bin der Patenonkel seiner Kinder.« Ehlig nahm die Hand vom Gesicht und versuchte sich zu fassen. Er hatte nicht geweint, eher sah es aus, als hätte er in diesem Augenblick festgestellt, dass er sich nun auch noch darum kümmern müsste, Jansens Frau zu trösten. Als ob er nicht schon genug zu tun hatte.

Tauner wandte seinen Blick ab, ehe ihm Ehlig unsympathischer wurde, als er es sowieso schon war, und betrachtete stattdessen Uhlmann. Und als es den Anschein hatte, er wolle Ehlig tröstend auf das Knie klopfen, schritt er eilig ein. »Können Sie mir beschreiben …«

Ehlig schlug auf die Pritsche, auf der er saß. »Und das nur, weil ich darauf bestanden habe zu fahren!«

»Haben Sie das?«, fragte Tauner und versuchte, seinen Zorn zu mäßigen.

»Holger war müde, er war nicht darauf vorbereitet, heute bis Dresden zu fahren, ihm ging es nicht sehr gut. Scheiße, hätten wir doch bis morgen früh gewartet.«

»Warum sind Sie dann heute aufgebrochen?«

»Ich hatte Angst, dass es zu knapp wird, weil die Pressekonferenz vorverlegt wurde. Morgen wird die Autobahn voll sein, ich hasse es, zu spät zu kommen.«

Tauner verkniff sich eine garstige Bemerkung über seiner Meinung nach ungerechtfertigte Polizeieskorten, die schon des Öfteren vom DFB in Anspruch genommen worden waren. Und außerdem: Was war schon ein Pressetermin. Zurzeit kroch die Presse Ehlig in den Hintern. Die hätten Stunden gewartet, bis er gekommen wäre, und ihm trotzdem verziehen. Stattdessen versuchte er sich zu konzentrieren. »Also gut. Jetzt von vorn. Soweit ich mich erinnere, ist Holger Jansen nicht nur Ihr Freund, sondern hauptsächlich Ihr Assistent, Ihr Fahrer vor allem.«

Ehlig nickte. »Gewesen«, verbesserte er Tauner. Seine Augen zuckten hin zu Uhlmann und wieder zurück zu Tauner.

Darüber mussten sie noch reden, dachte Tauner. »Warum also sind Sie gefahren?«

»Holger war müde, ich habe ihn überrascht damit, dass ich heute noch nach Dresden fahren wollte. Er tankte noch mal und fuhr los, auf der Autobahn aber kam er mir so müde vor, dass ich ihn zum Fahrertausch genötigt habe. Ich glaube, der wäre wirklich eingeschlafen. Als er auf dem Beifahrersitz saß, ist er gleich eingenickt.«

Tauner ließ Luft entweichen und leckte sich über die Zähne, sie fühlten sich stumpf an. Ehlig hätte gar nicht fahren dürfen, dachte er, weil ihm vor einigen Monaten wegen Trunkenheit am Steuer der Führerschein entzogen worden war, und Uhlmann schien dasselbe zu denken, denn seine buschigen Augenbrauenraupen schnupperten Morgenluft. »Kennen Sie sich aus in Dresden?«, fragte er Ehlig.

»Ich habe ein Navi.«

»Und Sie wollten wo hin? Nicht ins Stadtzentrum?«

»In ein Hotel, warten Sie. Weißer Hirsch heißt es. Das Navi sagte, ich müsste hier lang fahren.«

Uhlmann wollte mitreden. »Das Hotel heißt Weißer Hof und befindet sich auf dem Weißen Hirsch. Teure Wohngegend. Wie kommen Sie darauf?«

»Ich war schon mal in Dresden, vor zwei Jahren oder so, ein Benefizspiel. Da hat mich einer herumgefahren und ich habe das Hotel gesehen. Gefällt mir besser als die Nobelabsteigen bei Ihnen.«

Bei Ihnen, wiederholte Tauner in Gedanken, als ob ich was dafür kann, und schüttelte noch in Gedanken den Kopf. »Sie sind also von der Autobahn gekommen, haben sich laut Navigationsgerät links gehalten und sind dann links abgebogen auf die Stauffenbergallee.«

»Und ich dachte noch: Was für eine scheißdunkle Straße! Kopfsteinpflaster und Schlaglöcher, dass es so was noch gibt, bei so viel Solidaritätsbeitrag, wie wir euch gezahlt haben.« Ehlig schmunzelte, und Tauner wunderte sich nicht darüber. Er tippte sich an den linken Nasenflügel und hoffte Uhlmann würde das sehen.

»Wie schnell waren Sie?«

Ehlig winkte ab. »Langsam, nicht schneller als dreißig denke ich, das hat nur so gekracht und gerumpelt.«

»Wo waren Sie, als die Schüsse fielen?«

»Da war so eine Rechts- und dann eine Linkskurve, als ich da rauskam, trat eine schemenhafte Gestalt auf den Gehweg, und ich dachte noch, der war pinkeln, und was macht der überhaupt hier in der Dunkelheit, und da blitzte es. Den Knall hab ich erst gar nicht gehört. Erst dachte ich, ich bin blind, weil die Frontscheibe weiß wurde. Dann bekam ich so einen harten Schlag ab. Da hab ich aufs Gas getreten und bin erstmal nur gefahren.«

»Über die Kreuzung!«

»Welche Kreuzung?«

»Da war eine Kreuzung und später noch eine. Die haben Sie beide passiert.«

»Ich war panisch, ich hab nichts bemerkt. Ich bin einfach nur gefahren und hab mich gefragt, ob Holger gar nichts mitbekommen hat. Und plötzlich sagte das Navi, ich soll links abbiegen. Da hab ich angehalten und die Polizei gerufen.«

»Die Person, die auf sie geschossen hat, können Sie die irgendwie beschreiben?«

»Also, es war stockdunkel. Ich kann nur sagen, dass er sehr groß war.«

»Er?«

»Also ich vermute, es war ein Mann. Das sieht man doch so am Gang. Ziemlich groß, aber mehr weiß ich nicht, hab ihn ja erst gesehen, als es schon fast zu spät war.«

»Gut«, sagte Tauner. Nichts verpasst, dachte er und war keineswegs erleichtert. Er gab Uhlmann ein Zeichen. »Ruf die Zentrale an. Wir suchen einen großen Mann.« Er zögerte einen Moment und überlegte, ob es noch irgendetwas hinzuzufügen gab. »Wahrscheinlich ohne Pistole«, sagte er dann leise, was noch alberner war, als wenn er gar nichts gesagt hätte. »Martin muss sich Verstärkung holen. Er muss mit seinen Leuten da hinter fahren. Die sollen vorerst die Stauffenbergallee komplett sperren.« Tauner zögerte, denn ein dunkler Wagen näherte sich, eine Tür flog auf und zu, Schritte sowie eine Frauenstimme waren zu vernehmen.

»Ist das die Dickmann-Wachtel?«, fragte Tauner. Uhlmann verzog den Mund. Wenigstens darin waren sie sich einig.

Die Staatsanwältin drängte Uhlmann zur Seite und stürmte den Rettungswagen. Zackig streckte sie die Hand aus und Ehlig schüttelte sie artig. »Diekmann-Wachte, ich bin die Staatsanwältin. Gibt's schon erste Erkenntnisse?«, fragte sie an Tauner gewandt.

Tauner musterte die junge, attraktive Frau, musterte dann Uhlmann, der seinen Platz wieder eingenommen hatte und auf Tuchfühlung mit dem staatsanwältischen Hintern stand. Die Diekmann-Wachte drehte sich ein wenig, um zu sehen, was hinter ihr so vor sich ging. »Glotzen Sie meinen Allerwertesten an?«

»Was bleibt mir anderes übrig«, murrte Uhlmann.

»Müssen Sie nicht mit der Presse reden?«, fragte Tauner gehässig. Er hätte seine Befragung gern fortgeführt, und jeder andere Staatsanwalt wäre ihm recht dabei gewesen, nur nicht diese kühle Karrierefrau, deren Körper etwas wie der heilige Gral für den männlichen Fortpflanzungstrieb war. Soviel Tauner wusste, hatte noch niemand diesen Gral berühren dürfen, und falls doch, war er wahrscheinlich verklagt worden oder zu Stein erstarrt.

»Ich rede schon noch mit der Presse.«

»Waren Sie dran, oder haben Sie gelost?«

»Meyer ist seit gestern im Urlaub!« Diekmann-Wachte trat beleidigt den Rückzug an und Uhlmann freiwillig beiseite. Als der heilige Körper schon draußen war, steckte die Staatsanwältin den Kopf noch mal rein. »Herr Ehlig, wir werden alles Notwendige tun, um den Täter zu stellen. Wir bedauern natürlich den Tod Ihres Freundes sehr.«

Ehlig hob linkisch die Hand, wusste nicht umzugehen mit derlei Floskeln aus so gebildetem Munde. Als die

Staatsanwältin weg war, sprach er als Erster. »Die sollte man wohl lieber zum Freund haben.«

Tauner hob die Schultern. Er war froh, dass sie wieder weg war. Tat nur so, als gehörte sie zum Ermittlungstrupp, wollte aber nur die Lorbeeren einheimsen. Wenn allerdings etwas nicht klappte, drosch sie auf die Polizei ein. Das hatten außer ihm auch schon andere zu spüren bekommen, weshalb fast jeder bei der Kripo etwas Interessantes über die Frau zu sagen hatte. Nun konnte er jedoch nichts mehr daran ändern. Er sah Ehlig an. »Wer wusste, in welchem Hotel Sie unterkommen wollten?«

»Ist das denn von Belang?«

Tauner kniff erneut die Lippen zusammen und sammelte sich eine halbe Sekunde. »Ich denke schon, wenn es ein gezieltes Attentat war, hat der Täter auf Sie gewartet, also muss er gewusst haben, dass Sie zum Beispiel nicht, so wie ich vermuten würde, im Hilton oder im Steigenberger an der Frauenkirche, sondern im Weißen Hof absteigen, weil sich dann Ihre Fahrtroute dementsprechend ändert. Also, wer wusste davon?«

»Ich habe einen vom DFB beauftragt, mir das Hotel zu buchen. Seiler war's – glaub ich. Der hat das an der Rezeption im Berliner Hotel gemacht, soweit ich das gesehen hab, oder war es Holger selbst? Also der wusste das und vielleicht jemand an der Rezeption, aber es kann auch einer mitgehört haben.«

»Und sind Sie sogleich losgefahren?«

»Erst als die Buchung bestätigt war, und Holger war noch tanken.«

»Also hatte jemand Zeit vorwegzufahren.«

»Oder jemand hat sie beide verfolgt«, warf Uhlmann

ein. »Dann müsste er nicht unbedingt gewusst haben, wohin die Fahrt geht.«

»Stimmt.« Tauner sah zu Ehlig. »Hatten Sie das Gefühl, jemand fährt Ihnen nach? Oder hat Sie jemand überholt, kurz bevor geschossen wurde?«

»Ich weiß nicht, einige haben mich überholt.« Ehlig sah nachdenklich zu Boden.

»Denken Sie genau nach. Jeder Anhaltspunkt ist wichtig. Kam Ihnen ein Auto vielleicht bekannt vor?« Tauner zähmte seine Ungeduld, tippelte mit den Fingerspitzen auf seinem Oberschenkel.

»Nein, tut mir leid, wirklich. Ich bin so vor mich hin gefahren. Hab über das Spiel nachgedacht und was ich den Presseleuten morgen erzähle. Konnte doch nicht wissen, was passiert.«

»Ist schon gut«, beschwichtigte Tauner und fuhr sich mit der Hand durch das kurze Haar. »Haben Sie Feinde?«

Ehlig hob die Hand und machte einen Gesichtsausdruck, als ob das die dümmste Frage der Welt sei. »Keine Ahnung. Fünfzig Millionen Polen und Ukrainer. Oder die Dänen, die Rumänen, Tschechen?«

»Jemand Spezielles?« Tauners Geduld war am Ende. Er hielt sich nur noch zurück, weil Ehlig zurzeit der einzige Zeuge war und man ihm mit gezielten Fragen vielleicht doch noch eine Information entlocken konnte.

»Haben Sie zufällig einen Kaugummi?«, fragte der Nationaltrainer, und ehe Tauner ausflippen konnte, hatte Uhlmann einen parat.

»Herr Ehlig, ich weiß es ist spät, Sie sind verletzt und Sie haben ein wichtiges Spiel vor sich, aber Ihr Freund ist tot und Sie müssen sich konzentrieren, verstehen Sie? Verlängerung, noch zehn Minuten. Haben Sie jemand Speziellen im Sinn, wenn ich Sie nach Ihren Feinden frage?«

»Ich kann doch jetzt nicht zehn Namen aufzählen, damit Sie die morgen alle verhaften!« Ehlig entblätterte den Kaugummi und schob ihn sich in den Mund.

»Die werden nicht verhaftet, wir werden einfach deren Alibis prüfen, das ist unser Recht und Ihres auch, schließlich wollen Sie doch wissen, wer Ihren Freund ermordet hat.«

»Natürlich will ich das!«, kaute Ehlig hervor. »Die sind gut«, meinte er dann an Uhlmann gewandt.

»Mach du weiter!«, zischte Tauner zu Uhlmann und stieg aus dem Wagen.

4

Früh am Morgen im Büro war die Stimmung nicht gut.

»Der ist ein Kokser!«, sagte Tauner und nippte an seinem Kaffee.

»Red kein dummes Zeug!«, widersprach Pia. Sie sah übernächtigt aus, hatte wie Tauner und Uhlmann kaum geschlafen, nur telefoniert, Anweisungen weitergegeben und Verstärkung gefordert. Noch in der Nacht hatte sich die Nachricht herumgesprochen, das Telefon klingelte ununterbrochen, bis Tauner den Stecker gezogen hatte. Nun waren sie nur noch über ihre Diensthandys erreichbar.

»Der benimmt sich wie ein Kokser. Ich kann solche Leute sofort erkennen. Konnte kaum stillhalten, hatte Stimmungsschwankungen, was weiß ich, und dieses ewige Kaugummigekaue.«

»Er hat gerade ein Attentat überlebt und sein Freund ist tot, meinst du, da ist man ausgeglichen und entspannt? Der ist Sportler, der kokst nicht!«

»Pia, du nimmst ihn in Schutz, weil er der Nationaltrainer ist. Er ist ein Spinner.«

»Du hasst ihn nur, weil du Fußball nicht magst!«

»Ich mag ihn nicht, das darf ja wohl erlaubt sein. Haben die Kollegen etwas über den Seiler erfahren?«

»Die in Berlin haben den vernommen, haben versucht rauszufinden, ob er weiß, mit wem er darüber geredet hat, dass Ehlig vorzeitig nach Dresden fährt. Er meinte, da gäbe es bestimmt ein paar Leute, aber er wusste nicht mehr genau wer.«

»War ja klar, aber ich denke so was macht die Runde, könnte also jeder gewusst haben. Funktionäre, Spieler, Assistenten, Angehörige. Der Kreis ist also groß.« Tauner starrte seine Kaffeetasse an und hatte keine Lust, nach ihr zu greifen. Er fühlte sich furchtbar, verkatert und unausgeschlafen und hatte Hunger auf etwas Fettiges.

Uhlmann erschien wie vom Himmel gesandt und stellte Tauner eine McDonald's-Tüte auf den Tisch. »Gab leider nur das Frühstücksprogramm.«

»Mir egal.« Tauner hatte schon den Mund voll. »Martin hat den Tatort heut Morgen genau lokalisieren können. War aber schon alles so gut wie kontaminiert. Reporter sind die ganze Straße hoch und runter marschiert. Ich hab gleich gesagt, die sollen alles sperren!«

»War alles gesperrt«, warf Pia ein. »Aber die Straße ist zwei Kilometer lang, da braucht man zweihundert Polizisten.«

»Na und? Sind doch da. Die ganze Stadt ist voller Bepo!«

»Die Bereitschaftspolizei hatte aber im Zentrum zu tun.« Uhlmann war auch kein Kind von Traurigkeit, wenn es um Fast Food ging, und hatte schon die zweite Packung geöffnet.

»Wie ihr das essen könnt«, murmelte Pia abfällig.

»Quatsch nicht!«, murrte Tauner sie an. »Haben die Kameraaufnahmen von der Polizeikaserne etwas ergeben?«

»Nichts, man kann den Tatort nicht sehen, nur wie das Auto beschleunigt und vorbeifährt.«

»Wie sieht es denn mit Ehligs Verdächtigenliste aus?«

Pia, die auf eigenen Wunsch nichts zu essen hatte und nun trotzdem neidisch guckte, nahm sich die Liste von Uhlmanns Schreibtisch, während die beiden Kommissare mit ihren Köpfen in den aufgerissenen Tüten steckten. »Achtermann, ich denke, den können wir wohl streichen, oder?«

»Den DFB-Präsidenten? Streichen wir den, weil er DFB-Präsident ist?«

»Falk, was soll denn das?« Pia schüttelte den Kopf. »Du kannst doch nicht auf jeden losgehen.«

»Ehlig hat gesagt, Achtermann hasst ihn, er wollte ihn nicht als Nationaltrainer und hat schon wieder in der Vergangenheit gewühlt, sogar öffentlich. Und mit recht, wie ich noch betonen möchte!«

Uhlmann ließ gerade lange genug vom nächsten Burger ab, um sechs Worte zu sagen. »Die haben alle Dreck am Stecken!« Dann biss er wieder ab.

Pia ließ das Blatt sinken. »Hört doch mal auf damit!«

»Ist Achtermann in der Stadt?«

»Ja!« Pia war genervt.

»War er letzte Nacht schon da?«

»Ja!«

»Haben wir schon ein Alibi?«

»Nein, aber ...«

»Dann müssen wir es uns holen, nicht wahr?« Tauner war ein Verfechter der Gleichheit eines jeden Menschen, egal wie reich er war oder welchen Rang er bekleidete, vorausgesetzt, man erwartete nicht von ihm, Streifendienst zu tun, wie ein uniformierter Polizist. »Wer noch?«

»Spechtler. Der ist auch in Dresden gewesen, man hat ihn aber noch nicht finden können. Letzte Nacht kam er nicht in sein Hotel zurück. Seine Frau ist auch nicht da.«

»Hört, hört!«, meinte Tauner, obwohl er sich irgendwann mal geschworen hatte, so etwas nie zu sagen. »Dann sollten wir wohl der Sache mal nachgehen, oder? Jetzt gleich?«

»Welches Hotel?«

Pia sah auf ihre Zettel. »Ibis, auf der Prager Straße. Aber wir müssen noch warten, in einer Stunde kommt Verstärkung.«

»Und der hat nicht ausgecheckt, er ist einfach nicht gekommen?« Tauner schüttelte den Kopf.

»Eine Streife war vor Ort, er war nicht da, hat aber nicht ausgecheckt.«

»Und ein Torwart, der kurz vor der EM aussortiert wird, ist so wütend, dass er dem Trainer auflauert und ihn abknallt? Damit wäre ja die nächste WM und EM wohl auch gestrichen, oder?« Tauner sah kauend in die Runde.

»Es wäre wahrscheinlich seine letzte gewesen. Er war so lange der zweite Torwart, und jetzt wo Gierer weg ist, war es seine große Chance. Er hat die gesamte Quali mitgemacht und uns ein paar Mal gerettet, und dann kommt er nicht mal in den Kader, ich könnte mir vorstellen, dass man da sehr wütend wird.«

»So wütend wie du gerade.« Tauner konnte sich seine Belustigung nicht verkneifen. Pia schickte ihm einige tödliche Blicke, die aber von einem Berg Fast-Food-Verpackungen absorbiert wurden. »Steckst doch ein wenig im Zwiespalt, oder? Eigentlich verstehst du die Entscheidung nicht, aber letztendlich bleibt dir nichts anderes übrig, als die Mannschaft zu unterstützen.«

Pia presste ein Lächeln hervor. »Du hast es auf den Punkt gebracht und ich weiß, dass du nichts von dem verstehst. Deshalb ist es mir egal, was du denkst! Der nächste auf der Liste ist Heiligmann.«

»Der Trainer, der Nationaltrainer werden wollte, der nun auch nach Dresden gekommen ist, um seinen Konkurrenten abzumurksen. Sein Alibi lautet wie folgt: Ich lag im Bett und hab geschlafen.«

Pia sah auf die Liste, sah zu Tauner und wieder auf die Liste.

»Ich habe geraten, Pia«, amüsierte sich Tauner.

»Gut geraten. Heiligmann wurde gesehen, wie er halb zehn sein Hotel betrat und auf sein Zimmer ging. Es wäre natürlich gut möglich, dass er sich wieder hinausgeschlichen hat. Doch er hat kein Auto hier und hatte zumindest mit seinem Handy keinen Kontakt zu Berlin. Er konnte nichts gewusst haben und er hätte sich ein Taxi nehmen müssen, oder jemand anderes hat ihn gefahren.«

»Er hätte auch per Internet Kontakt mit Berlin haben können, oder über ein öffentliches Telefon. Letztendlich hat er kein wasserdichtes Alibi und wird auch eine Befragung über sich ergehen lassen müssen. Wer soll denn eigentlich kommen als Verstärkung? Der Reiber?«

»Nein, ein Neuer.«

»Ein ganz Neuer?« Tauners Gesicht verzog sich, als hätte er auf eine Zitrone gebissen. »Ihr wisst, was das bedeutet!«

Uhlmann war fertig mit essen und sah nicht aus, als sei er satt. »Das bedeutet: Jemand anderes hilft uns?«, schnaufte er und knüllte seinen Müll zusammen.

»Nein, zweiter Versuch!«

»Du hast Angst um deine Vormachtstellung?«

»Wieder falsch. Der ist vom LKA, soll uns kontrollieren und Schrägstrich oder wird uns nur im Weg stehen.«

»Du meinst, dir und deinen manchmal grenzwertigen Ermittlungsmethoden. Isst du das noch?« Uhlmann deutete auf Tauners Päckchen.

Tauner überlegte kurz und strich sich dabei über den Bauch. Dann schob er das ganze Zeug so weit hinüber, dass Uhlmann zulangen konnte. Er wollte nicht, dass ihm schlecht wurde, sollte Uhlmann doch schlecht werden, dachte er. »Die Fahndung gestern hat nichts gebracht?«

Pia schüttelte den Kopf. »Nicht seit du mich das letzte Mal vor einer Stunde gefragt hast.«

»Schon irgendwelche neue Erkenntnisse von den Ballistikern?«

»Noch nichts, was du noch nicht weißt. Der Täter muss ein sehr guter Schütze gewesen sein. Selbst wenn das Auto nur dreißig fuhr und fast direkt auf den Täter zuhielt, hat er die Waffe nicht verrissen und fünf Schüsse auf einer Höhe abgegeben. Die Schüsse liegen sehr dicht beieinander, sodass mehrere größere Löcher entstanden. Nur der Kopfschuss war ein bisschen höher, sie versuchen noch herauszufinden, ob es der erste Schuss war. Fest steht, dass es nur einen Schützen gab, die Schüsse kamen allesamt aus einer Waffe, einer 9 Millimeter. Der Typ ist noch nicht ganz klar, die Munition ist verwendbar für viele Pistolentypen.«

»War es eine Polizeiwaffe? Eine, die vielleicht irgendwann abhanden gekommen ist?« Das wäre gut, dachte Tauner, dann hätte man wenigstens eine Stadt, in der man beginnen könnte zu suchen.

Doch Pia enttäuschte ihn. »Die abgefeuerte Munition passt zu keiner bekannten Polizeiwaffe, die haben die Datenbanken schon durchgekämmt.«

»Und Martin hat auch noch nichts Nennenswertes gefunden?«

»Sie konnten den Tatort bis auf ein paar Meter eingrenzen. Ein paar Glassplitter haben sie gefunden, man muss aber noch analysieren, ob die auch von dem Wagen sind. An den Patronenhülsen waren keine Fingerabdrü-

cke. Sie suchen auch noch die Straße ab, aber die können sie nicht mehr ewig sperren.«

Tauner winkte ab. »Die könnten schon, aber niemand will die Verantwortung übernehmen!«

»Was willst du denn auch finden?«, mischte Uhlmann sich ein. »Der wartet im Gebüsch mit durchgeladener Waffe, der sieht das Auto, tritt raus an die Straße, schießt sechs Mal und flüchtet durch den stockfinsteren Hechtpark, ehe man es sich versieht, hat er sich im Szeneviertel unter die Leute gemischt, die Pistole entsorgt oder versteckt und ist aus der Stadt verschwunden.«

»Du stimmst mich hoffnungsvoll. Wenn man wüsste, wo genau er gestanden hat, findet man vielleicht Spucke, oder er hat ins Gebüsch gepisst, oder Haare verloren. Das will ich finden.«

»Falk, das war ein Profi, schießt besser als ich, denkt sogar dran, die Patronen mit Handschuhen anzufassen. Der pinkelt nicht am Tatort!«

»Wir können also schon mal einschränken. Der ist ein sehr guter Schütze, also kein Zufallstäter, der 'ne Knarre in die Hand bekommen hat und einfach mal losballert. Vor allem aber muss er sehr genaue Informationen gehabt haben. Er hatte nur den einen Versuch und ich denke, es ist nicht leicht, da oben im Dunkeln ein Autokennzeichen zu erkennen. Es sei denn, er hatte ein Nachtsichtgerät.« Tauner hielt inne und ärgerte sich selbst über diesen Einfall. »Na ja, jedenfalls muss er ein gewisses Zeitfenster gehabt haben und er wusste, dass Ehlig nicht ins Zentrum fährt, sondern nach Süden abbiegt. Das muss man doch rausfinden. Wir müssen noch einmal Kontakt zu den Leuten in Berlin aufnehmen. Die müssen herausfinden, wer alles davon wusste. Außerdem müssen wir in … wo kommt Ehlig eigentlich her?«

Pia war blitzschnell, obwohl es keinen Preis zu gewinnen gab. »Hamburg!«

»Wohnt er da?«

»Bis vor Kurzem hat er richtig in Hamburg gewohnt, seit einem halben Jahr lebt er teilweise in Frankfurt am Main. Seit seiner Ernennung.«

»Zum Bundeskanzler?«

»Nein, zum Bundestrai…« Pia hielt inne und tat beleidigt.

»Gut, also, wir müssen in Hamburg und Frankfurt recherchieren, ob jemand aus seinem Bekanntenkreis kürzlich für ein paar Tage oder wenigstens diese Nacht verreist war.«

»Oh Mann!«, stöhnte Uhlmann. »Das werden Berge von Akten!«

»Kann nicht genug davon bekommen. Du etwa nicht?« Tauner nahm seinen Kaffee, kostete übervorsichtig und kippte ihn schnell hinunter, nachdem er festgestellt hatte, dass der kalt geworden war.

»Ach Mann!«, rief Pia plötzlich und griff nach einer Fernbedienung. Hastig schaltete sie den Fernseher ein und zappte sich zu einem Nachrichtenkanal. Tauner sah weg, er konnte das Geflacker jetzt überhaupt nicht ertragen. Als Pia fertig war, sah er einen abgehärmten, übernächtigten Bundestrainer, ungekämmt, mit dunklen Augenringen und geröteten Augen.

… guten Freund verloren. Holger Jansen war seit zwanzig Jahren mein treuer Begleiter, auch in schweren Zeiten stand er immer voll hinter mir. Heut Morgen

habe ich mit seiner Frau telefoniert. Ich habe ihr sagen müssen, dass ich eine gewisse Mitschuld an seinem Tod trage, da ich ihn nötigte, den Platz mit mir zu tauschen, und dass dieser Anschlag mir galt und ich an seiner statt hätte sterben müssen. Natürlich habe ich überlegt, wie ich nun handeln müsse, ob ich als Trainer und Teamchef zurücktrete, denn nichts schien mir in diesem Moment unwichtiger als Sport. Doch Frau Jansen bat mich zu bleiben und meine Arbeit fortzuführen. Holger hätte es so gewollt, sagte sie, der deutsche Fußball war sein Herzblut. Nun kann sein Wunsch, einmal bei einem großen Turnier dabei zu sein, ihm nicht mehr erfüllt werden, doch ich werde ihn in jeder Sekunde in meinem Herzen tragen, meine Gedanken werden bei ihm sein, bei seiner Witwe und seinen Kindern. Der Täter, der ein solches Leid über die Familie und uns gebracht hat, darf nicht die Genugtuung erfahren, dass wir uns nach seinem Willen richten. Wir werden kämpfen, auch wenn ich nun unter ständigem Polizeischutz stehe und sich die zusätzliche Belastung auch auf die Mannschaft überträgt. Doch jeder einzelne Spieler hat mir zugesichert, mit aller Kraft für den Titel zu kämpfen und nicht vor der Gewalt eines Einzelnen zurückzuschrecken!

Ehlig deutete in die Reportermenge.

Haben Sie irgendetwas gesehen? Glauben Sie, slowakische Fans könnten für die Tat verantwortlich sein?, kam es von dort.

Ich darf hier an dieser Stelle nichts erzählen, um die Ermittlungen der Polizei nicht zu gefährden. Aber natürlich ist nicht auszuschließen, dass ein Slowake der Täter war.

Tauner haute mit der Faust auf den Tisch. »Ja ist der denn vollkommen irre?«

»Sei still!«, mahnte Uhlmann.

»Nichts bin ich!«

»Er hat doch gar nichts weiter gesagt!«, beschwichtigte Pia. »Und ausschließen kann man das wirklich nicht.«

»So was kann der nicht sagen. Das gibt diplomatische Verwicklungen!«

»Gerade, wo du dich einen Dreck um Diplomatie kümmerst! Sei mal leise, bitte jetzt!« Uhlmann wedelte mit der Hand, war dem Nationaltrainer hörig.

… die besten Polizisten. Ich bin überzeugt, dass es nur eine Frage von Tagen, wenn nicht gar Stunden ist, bis der Täter überführt ist, beendete Ehlig seine Ausführungen.

»Also das …« Allerlei Kraftausdrücke spukten Tauner im Kopf herum, doch keiner war kräftig genug, um sein Missfallen auszudrücken, ohne dabei höchst ordinär zu sein.

Uhlmann verzog das Gesicht, wie man es tat, wenn man einen schweren Unfall sah, der glimpflich ausgegangen war. Pia winkte nur ab. »Der redet immer so.«

»Tsss.« Tauner schüttelte den Kopf. »Die hängen an seinen Lippen. ›Der deutsche Fußball war sein Herzblut.‹ Das hat er doch abgelesen!«

Pia wollte nicht aufgeben. »Und wenn schon, in solch einer Situation …«

»Habe ich etwas verpasst?«, fragte plötzlich jemand Fremdes vollkommen dialektfrei.

»Schon mal was von Klopfen gehört?«, murrte Tauner und erhob sich. Vor ihm stand ein großer, schlanker

Mann, geschätzte fünfzehn Jahre jünger als er. Er wirkte sehr sportlich, war sehr gepflegt und trug einen Anzug, sogar mit Schlips. Sein Haar war dunkel und kurz, mit Seitenscheitel, die Brille auf seiner Nase schien von wenig Nutzen, sollte wohl nur den Eindruck von Intelligenz vermitteln. Fehlte nur noch der Blitz auf der Stirn und wir wüssten, was aus Rowlings Zauberlehrling geworden ist, dachte Tauner belustigt, zeigte es aber niemandem. Pia erhob sich und strich sich die Bluse glatt, es schien, als ob ihr diese Erscheinung bewusst gemacht hatte, wie wenig sie in dieser Abteilung bisher auf Äußerlichkeiten Wert gelegt hatten.

»Kriminalkommissar Bärlach. Ich wurde Ihrer Abteilung zugeteilt. Es gibt wohl viel zu tun.« Bärlach hielt Tauner die Hand hin, der ergriff sie wie hypnotisiert.

»Tauner. Hauptkommissar.«

»Herr Tauner, hab schon viel … Interessantes über Sie gehört. Und Sie sind Hauptkommissar Uhlmann, der mit der schweren Dienstverletzung. Ist mir eine Ehre, mit Ihnen zusammenzuarbeiten.«

Uhlmann ließ sich die Hand schütteln und starrte den Neuankömmling dabei fassungslos an.

Der war schon weiter in der Runde. »Und Sie sind …«

»Pia, einfach nur Pia.«

»Verzeihen Sie, Pia, normalerweise habe ich gelernt, Frauen als erste zu begrüßen, doch die Herren Kommissare standen mir so nahe, dass es unhöflich gewesen wäre, an ihnen vorbeizutreten.« Bärlach machte keine Anstalten, Pias Hand loszulassen, weshalb sie sie ihm langsam entzog.

»Oh Mann«, stöhnte Tauner und ließ sich in seinen Stuhl fallen.

»Wissen Sie, in der Stadt ist ganz schön was los. Auf dem Altmarkt hat es wohl eine kleine Randale gegeben. Eine slowakische Fangruppe …«

»Ganz schön was los«, wiederholte Tauner. »Was schwafeln Sie denn die ganze Zeit? Sind Sie vom LKA?«

Bärlachs Gesichtszüge entglitten ihm einige Sekunden lang, dann fasste er sich wieder. »Also, genaugenommen: Ja. Und ich kann mir denken, was jetzt in Ihnen …«

»Nein!«, fuhr Tauner dazwischen. »Sie können sich gar nichts denken!«

»Also, ich bin vom Landeskriminalamt, aber ich bin hier, um Sie zu unterstützen. Ich habe gute Verbindungen, vor allem nach Berlin, aber ich kann jederzeit auch in Frankfurt oder Hamburg Leute auftreiben, deshalb hat man mich …«

»Haben Sie gelauscht an der Tür?« Tauner konnte es nicht fassen. Er wusste diesen jungen Mann überhaupt nicht einzuschätzen. Der war doch nicht so naiv, wie er sich darstellte.

»Ich habe zugegebenermaßen eine Weile davorgestanden und mich nicht hineingewagt, und dann dachte ich mir: jetzt oder nie.«

»Und wieso ›jetzt oder nie?‹«

»Ich dachte, Sie alle wären hier so wütend und wenn ich jetzt nicht reingehe, werden alle noch wütender sein.«

»Wir sind nicht wütend!«, widersprach Uhlmann.

»Sie vielleicht nicht, aber der Herr Tauner.« Bärlach strahlte Uhlmann unschuldig an.

»Sie haben mich noch nicht wütend erlebt«, sagte Tauner leise. Er wusste sein Gefühl noch nicht richtig einzuschätzen, aber irgendwie gefiel ihm der Junge. Wahrscheinlich stimmte nichts von dem, was er sagte, aber er machte seine Sache ganz überzeugend. Bestimmt lieferte er jeden Tag Bericht nach Berlin oder gab Informationen so schnell weiter, dass andere schneller zugreifen und sich die Lorbeeren einheimsen konnten. Aber irgendwie war es amüsant. »Was haben Sie denn bisher so getrieben?«

»Ich hab eine ganz normale Ausbildung zum Polizeimeister gemacht, habe mich dann aber für den Höheren Dienst beworben. Nach den ersten Tests habe ich ein Angebot aus Berlin bekommen, das ich nicht ausschlagen konnte«, sagte er mit verschwörerischem Augenzwinkern. »Ich habe den Personenschutz für einen Minister übernommen, genaugenommen den Innenminister. Nachdem ich das zwei Jahre lang gemacht habe, habe ich meine Ausbildung fortgesetzt, habe zwischendurch sogar zwei Lehrgänge bei der Bundeswehr belegt und nach meinem Abschluss einen Verwaltungsposten beim LKA besetzt. Das war aber so … langweilig, jedenfalls habe ich einen Antrag auf Versetzung gestellt und schon zwei Tage später bin ich hier. Was soll ich tun?« Bärlach strahlte wieder, erwartete wohl Beifall.

Tauner zog unwillkürlich einen Mundwinkel hoch und wagte einen Blick in Richtung Uhlmann, um zu sehen, wie es ihm mit dem jungen Mann erging. Uhlmann schien weniger belustigt, wirkte ein wenig beleidigt ob der Behändigkeit und Jugend des jungen Kriminalbeamten, vor allem aber wusste Tauner, dass Uhlmann keine Leute mochte, die gar keinen Dialekt sprachen. Pia schien nach der ersten Überrumpelung ein wenig verliebt. Tauner beschloss, das Heft in die Hand zu nehmen, wenn der Kerl schon mal da war, konnte er sich auch nützlich machen. »Sie könnten gleich mal Ihre Kontakte nutzen und uns Informationen über das nähere Umfeld Ehligs besorgen. Wichtig wären Geschäftsfreunde, alte Liebschaften, keine Ahnung, Leute, die auf der Strecke geblieben sind. Bisschen im Dreck wühlen, da kommt immer was zutage.«

Die Tür sprang auf. »Das können Sie gleich vergessen!«, blaffte die Staatsanwältin.

»Sind wir hier im Bahnhof, oder was?« Tauner erhob sich und schloss demonstrativ die Tür hinter Frau Diekmann-Wachte. »Haben Sie auch gelauscht an der Tür?«

»Ist das eine Unterstellung? Sie waren so laut, ich konnte Sie schon im Treppenhaus hören. Wollen Sie mir nicht einen Platz anbieten?«

Tauner lächelte undurchsichtig wie ein Chinese, dem man gerade eine Beleidigung an den Kopf geworfen hatte. »Bitte nehmen Sie sich doch einen Platz, Frau Staatsanwältin. Das ist unser neuer Kollege, der Herr Bärlach.«

Die Staatsanwältin hatte gar nicht vor sich zu setzen. »Ich will mir in nächster Zeit nicht vorwerfen lassen müssen, ich ließe Sie in Ehligs Vergangenheit wühlen, um den Fall noch dramatischer zu gestalten, als er sowieso schon ist.«

»Das ist ein bisschen viel Grammatik für diese Uhrzeit«, beschwerte sich Tauner. »Außerdem wollen wir nicht in der Vergangenheit wühlen, sondern sein Umfeld nach Motiven abtasten. Wir wollen nichts unversucht lassen – das haben Sie doch gesagt!«

»Das habe ich so nicht gesagt!«, erwiderte die Staatsanwältin spitz. »Wir sollten uns aber auf den Kreis von Leuten beschränken, die Herr Ehlig uns aufgezählt hat. Was ist denn mit den Bekennerschreiben?«

»Ah, die Bekennerschreiben.« Tauner tat, als wäre ihm ein Engel erschienen, holte einen Zettel hervor und las. »Ja natürlich, die IRA hat Jansen ermordet, lese ich hier, und die Elb-Kaida, außerdem die Nationale Front für Nominierung von Torwart Spechtler. NFFNVTS, wie sie sich nennen.«

Die Staatsanwältin kniff die Lippen zusammen.

Tauner schaltete seinen ironischen Unterton einmal kurz ab. »Ehlig hat diese sehr erbauliche Liste von letzter Nacht heute Morgen noch um ein paar Leute erweitert, unter anderem um einen Berater, mit dem er seit der Sache damals um eine Menge Geld streitet. Irgendwelche Honorare, deren Richtigkeit Ehlig vor Gericht anfechten ließ. Danach einigte man sich zwar außergerichtlich, doch Ehlig gab zu, dass er den Berater nie bezahlt hat. Wenn wir den also befragen, müssen wir, ob wir wollen oder nicht, auch ein wenig am glatten Putz kratzen. Außerdem werden Sie sich doch als Staatsanwalt nicht in die Ermittlungen einmischen?«

»Staatsanwältin, bitte. Und natürlich mische ich mich ein, schließlich muss ich für Durchsuchungs- und Haftbefehle geradestehen. Wann soll er denn eigentlich diese Liste erweitert haben? Und warum weiß ich nichts davon?«

»Um acht, er rief mich an, ich habe ihm gestern meine

Karte gegeben.« In Wirklichkeit hatte Ehlig mit Pia gesprochen, während Tauners Stirn in engem Kontakt mit seiner Tischplatte gestanden hatte. Pia hatte nichts gegen das Gespräch, schien sogar sichtlich stolz gewesen zu sein, immerhin bekam nicht jeder die Gelegenheit, mit dem Bundestrainer zu telefonieren. »Und wenn Sie gern immer informiert sein möchten, lassen Sie sich einfach Bärlachs Rufnummer geben und rufen ihn an. Dann stehlen Sie mir wenigstens keine kostbare Zeit.«

»Was war denn das für eine Sache?«, fragte Bärlach in die durch diese offene Konfrontation verursachte Stille. Frau Diekmann-Wachte sah sich doch nach einem Stuhl um und Bärlach war so galant, ihr seinen anzubieten.

Pia reagierte ein wenig unwirsch. »Nichts weiter, da ist schon längst Gras drüber gewachsen.«

»Er hat krumme Geschäfte gemacht, über zwölf Jahre ist das her. Damals sollte er schon einmal Nationaltrainer werden, da hat ihm irgendjemand einen Strich durch die Rechnung gemacht und ihn an die Presse verpfiffen«, erklärte Uhlmann, der sich um Pias Gemütszustand wenig scherte.

Bärlach hob die gezupften Augenbrauen. »War er im Gefängnis deswegen?«

»Nein, aber sein Ruf war zerstört, er hat sich, um es einmal proletenhaft auszudrücken, voll zum Affen gemacht. So einen kann man nicht Nationaltrainer werden lassen. Wegen der Vorbildwirkung.«

»Aber Bundesligatrainer durfte er sein, denn die sind keine Vorbilder«, fügte Tauner hinzu.

»Und jetzt hat man ihm verziehen?« Offenbar hatte

Bärlach eine sehr gute Auffassungsgabe und wusste Tauners zynische Einwürfe zu ignorieren, obwohl er ihn erst seit zehn Minuten kannte.

Pia suchte offenbar den Abschluss dieses Gespräches, es ging ihr gegen den Strich, wie man in diesem Büro mit Ehlig umsprang. »Hat man. Es ist schon zwölf Jahre her! Außerdem, vielleicht wären wir schon längst wieder Weltmeister, wenn Ehlig damals Trainer geworden wäre.«

Tauner nickte glücklich. »Und die Welt wäre ein besserer Ort ohne Hunger und Krieg. Und außerdem kokst Ehlig. Wäre ihm nicht zu verdenken – bei dem Stress.«

»Das tut er nicht! Das kann er sich gar nicht leisten in seiner Stellung.« Pia war jetzt wirklich wütend.

»Tut es denn etwas zur Sache, ob er jetzt kokst oder nicht?«, fragte Bärlach so unschuldig, dass es fast schon wieder künstlich wirkte. Wenigstens brachte er wieder Ruhe in die Runde.

Die Staatsanwältin wusste den Moment zu nutzen. »Ich wollte Sie nicht bei Ihrer Arbeit behindern, Herr Hauptkommissar. Ich wollte Sie nur bitten, etwas mehr Taktgefühl an den Tag zu legen als bei Ihrem letzten großen Fall. Äußerungen oder Vermutungen wie die eben von Ihnen ausgesprochenen sollten Sie für sich behalten, wenn Sie nicht in Teufels Küche geraten wollen. Die ganze Welt schaut uns zu. An Ihnen liegt es jetzt, wie man über die Polizei in unserem Land denkt. Handeln Sie nicht vorschnell und sprechen Sie Ihre Schritte rechtzeitig mit mir ab. Ich werde Ihnen jeden Durchsuchungsbefehl geben, wenn er nur halbwegs begründet ist.«

Tauner, der eine Brandrede erwartet hatte, schwieg einen Moment verblüfft und mochte sich selbst nicht zugeben, dass er auf diese Art von Kooperationsbereitschaft nicht vorbereitet war. Auf Widerstand zu stoßen oder sich mit jemandem zu streiten, war etwas, dass ihm gut anstand, auf gute Zusammenarbeit anzustoßen, kam eher jemandem wie Uhlmann gelegen. »Wenn ich Sie auch um etwas bitten möchte«, meinte er dann honigsüß, nachdem er sich gefasst hatte. »Übernehmen Sie doch die Pressearbeit für uns. Mir dreht man ja sowieso immer die Worte im Mund herum.«

»Das tue ich gern.« Die Staatsanwältin warf ihr blondes Haar zurück, wirkte geübt darin, als hätte sie einen extra Spiegel dafür zu Hause. »Es liegt ja immer nur an einem selbst, was man preisgibt und wie viel Spielraum für Interpretation man lässt.«

Tauner zwinkerte ihr zu. »Und da Sie schon mal da sind, kann man ja fragen, ob wir eine Fahndung nach Spechtler ausrufen wollen. Der war letzte Nacht nicht in seinem Hotelzimmer und seine Frau auch nicht. Bisher ist er nicht aufgetaucht.«

Die Staatsanwältin war ein wenig überrascht. »Ach was? Der geschasste Torwart? Ist sein Motiv nicht ein wenig haltlos?«

Tauner musste anerkennend nicken. Er hatte befürchtet, sie stürze sich wie eine Hyäne auf den psychisch angeschlagenen Kerl. »Das denke ich auch. Glaube nicht, dass der mit seiner Frau nach Dresden kommt, um den Trainer zu ermorden.«

Pia erhob sich. »Du hältst das Motiv für zu schwach, weil dir Fußball egal ist. Doch wenn du dein Leben lang trainierst und nur einen Wunsch hast, und dieser wird dir kurz, bevor er in Erfüllung geht, ausgeschlagen, dann kann es sein, dass du durchdrehst. Vielleicht hatte er es gar nicht vor, vielleicht kam er nur zufällig an die Information, dass Ehlig vorzeitig nach Dresden reist. Oder er hatte es geplant und seine Frau sollte ihm das Alibi liefern.«

»Warum ist sie dann aber weg?«

Pia hob die Schultern. »Vielleicht hat etwas nicht geklappt? Vielleicht haben sie sich gestritten deswegen. Möglicherweise hat einer von beiden ein schlechtes Gewissen bekommen. Ich halte es für sinnvoll, sie zu suchen und beide zu befragen.«

»Das hätten wir auf alle Fälle«, beschwichtigte Tauner. »Mir geht es nur darum, in welchem Rahmen das geschehen soll. Ich bin dafür, dass es keinesfalls öffentlich geschieht.«

Die Staatsanwältin erhob sich. »Dafür bin ich auch. Suchen Sie ihn und befragen Sie ihn. Und Sie, Herr Kriminalkommissar Bärlach, halten mich auf dem Laufenden.«

5

Uhlmann rieb sich über das Gesicht. »Im Prinzip ist es fast unmöglich, in Ehligs Umfeld nach Motiven zu forschen. Der hat so viele Bekannte, Neider und Feinde, dass eine Unzahl von möglichen Motiven entsteht. Da gibt's Leute, die bekommen Geld von ihm oder schulden ihm welches, es gibt Männer, denen hat er die Frau ausgespannt und es gibt mindestens zwei Frauen, die er einfach so hat sitzen lassen. Es gibt Leute aus der Buchmacherszene, denen er damals auf den Schlips getreten ist, zwei illegale Buchmacher sind wegen ihm aufgeflogen und waren mehrere Jahre im Knast. Jetzt sind sie frei und hätten jeden Grund, Ehlig über die Klinge springen zu lassen.« Er holte ein weißes Taschentuch aus der Hose und wischte sich das Genick ab. Es war Mittag und die Luft im Büro stand. Das Fenster konnten sie nicht öffnen, es wäre nicht kühler geworden, eher noch heißer.

Tauner schwitzte, ohne sich zu rühren. Er war genauso frustriert wie Uhlmann, vor allem weil Bärlach mit einer unheimlichen Ausdauer telefonierte und seine Gesprächspartner am Telefon scheinbar mühelos um den Finger wickelte. Pia schwitzte auch, doch sie arbeitete Bärlach zu und warf Tauner seltsame Blicke zu, die in etwa bedeuten mochten: Sieh nur, was man mit Freundlichkeit erreichen kann!

Er verzog den Mund und nahm sich erneut die Fotos

vor, die Martin ihm hatte zukommen lassen. Ehlig hatte offenbar noch Glück im Glück gehabt. Nicht nur, dass sie die Plätze im Auto gewechselt hatten, nein, er war trotz des Treffers am Arm noch gut davongekommen, denn die letzte Kugel hatte sein Jackett durchschlagen, ohne den Körper zu berühren, und war in die Sitzlehne eingedrungen. Nur wenige Zentimeter hatten gefehlt, sonst läge er mit inneren Verletzungen auf der Intensivstation. Die Kugel, die ihn letztlich getroffen hatte, war offenbar vom Oberarmknochen ein wenig abgelenkt worden und in einem anderen Winkel ins Polster eingeschlagen. Genauso gut hätte sie ihn auch in der Brust treffen können.

Die Ballistiker hatten ihre Ergebnisse noch ein wenig verfeinert, hatten ausgerechnet, dass selbst bei einer sehr hohen Schussfrequenz die Geschwindigkeit des Wagens sehr viel höher gewesen sein musste, als von Ehlig angegeben. An dieser Stelle deckten sich also die Aussage von Ehlig nicht ganz mit den Ermittlungsergebnissen. Er hatte behauptet, keine einzelnen Schüsse gehört zu haben. Das wiederum setzte voraus, dass Ehlig sehr schnell gefahren sein musste. Denn wäre er so langsam gefahren, wie er behauptet hatte, musste sich das Ganze in einem Zeitraum von mehr als zwei Sekunden abgespielt haben, und die Erfahrung zeigte, dass dies ein sehr großer Zeitraum war, in dem man die einzelnen Schüsse auf jeden Fall voneinander unterscheiden konnte. Tauner war sicher, Ehlig log, was die Geschwindigkeit betraf, er wollte sich ins rechte Licht rücken und würde bei der ersten Auseinandersetzung mit diesem Untersuchungsergebnis schnell zugeben müssen, mit überhöhter Geschwindigkeit gefahren zu sein. Was man damit anfing und mit dem Fakt, dass Ehlig vor einem Jahr der Führerschein entzogen wurde, war Tauner egal. Um solcherlei Kleinkram sollten sich andere kümmern und sie würden es auch tun, spätestens wenn die Nationalmannschaft nicht erfolgreich spielte. Auch dass Ehlig seiner Meinung nach kokste, war ihm eigentlich nicht wichtig, höchstens wenn es darum ging, manche Aussagen zu relativieren oder seine Handlungsweise ins rechte Licht zu rücken. Schon allein, dass Ehlig wegen der Geschwindigkeit gelogen hatte in solch einem dramatischen Moment, da auf ihn geschossen wurde und sein Freund gestorben war, machte deutlich, in welchen Sphären dieser Mann schwebte. Kokser hatten ein übersteigertes Selbstwertgefühl, glaubten alles zu können, glaubten alles in den Griff zu bekommen, traten auf, als gehöre ihnen die Welt.

»Wisst ihr, was mir zu schaffen macht?«, fragte Tauner laut.

»Die Hitze?«, fragten drei Personen unisono zurück.

»Wenn jemand Ehlig umbringen will, und sogar die Information besitzt, wo sich Ehlig um welche Zeit befindet, keine Spuren hinterlässt und schießt wie ein Profi, also alles perfekt zu machen scheint, warum nimmt er keine Panzerfaust? Keine Maschinenpistole? Kein Schnellfeuergewehr?«

»Weil er keins hatte.« Für Uhlmann gab es da nichts nachzudenken.

»Aber du verstehst doch, worauf ich hinauswill, oder?«

»Eine größere Waffe ist schwerer zu verbergen, vor der Tat – und nach der Tat sowieso«, meinte Bärlach.

Tauner nickte, aber für einen Täter, der so genau arbeitete, wäre ausgerechnet eine Pistole nach Tauners Dafürhalten viel zu unsicher. »Warum baut er keine Bombe?«

Bärlach legte seinen Stift weg und starrte auf seine Schreibtischunterlage. »Er wollte keine Unschuldigen töten, würde ich sagen; außerdem hat er ja sehr gut getroffen, nur eben den Falschen. Diese Informationslücke macht mir aber deutlich, dass er zwar versuchte, an alles zu denken, aber trotzdem kein Profi ist. Ein richtiger Profi, der niemand Unschuldigen töten will, hätte sich vor der Tat von der Identität seines Opfers überzeugt.«

»Sie glauben also, alle Profis sind im Grunde gute Menschen, die es nicht übers Herz bringen, Unschuldige umzubringen?« Tauner hörte selbst den Zynismus, der sich schon wieder in seine Stimme geschlichen hatte, und fragte sich, woher dieser immer nur kam. Bärlach war ihm nicht unsympathisch und Pia mochte er sogar sehr, trotzdem beleidigte er sie immerfort.

Bärlach nahm den Einwurf ernst, offenbar war er ein sehr ernster Mensch. »Nein, natürlich nicht, aber ich glaube, dass dieser Täter ein solcher war. Er hatte es auf Ehlig abgesehen und den Falschen getroffen.«

Tauner konzentrierte sich darauf, möglichst ohne Betonung zu sprechen. »Dann kannte er Ehlig aber schlecht, da er offenbar nicht mit der Möglichkeit rechnete, dass er selbst fuhr.« Nein, schon wieder hörte sich das seltsam an, nicht unbedingt zynisch, aber immerhin sarkastisch. Vielleicht bin ich eben so, dachte Tauner, denn kein Mensch macht sich gern selbst Vorwürfe und wenn ich so bin, dann bin ich eben so und die anderen können mich mal.

»Oder«, sagte Uhlmann und wartete darauf, dass ihn alle ansahen. »Jemand hat sich die ganze Mühe gemacht, um Jansen umzulegen und nicht Ehlig.«

Der Satz hing eine Weile in der Luft und schwebte langsam zu Boden. Zuerst meldete sich Bärlach. »Dann hätte er sich aber eine andere Möglichkeit gesucht, nicht gerade, wenn Ehlig dabei wäre. Er hätte Jansen zu Hause umbringen können oder beim Angeln, oder irgendwo, aber doch nicht, wenn der Nationaltrainer im Auto sitzt.«

Tauner hielt diesen Einwand für nicht besonders stichhaltig, es sei denn, man setzte voraus, dass bei einem Mord an einem normalen Bürger weniger Anstrengungen gemacht würden, den Fall aufzuklären, als bei einer bekannten Persönlichkeit. Wiederum war Tauner zynisch genug, um sich denken zu können, dass es genauso war. Nur weil er keine Unterschiede machte, hieß das noch lange nicht, dass es andere nicht tun würden. Aber etwas an diesen Gedanken, die Bärlach mit seiner Bemerkung ausgelöst hatte, ließ ihn nachdenklich werden, hinter dieser unangenehmen Wahrheit steckte etwas, das nach Aufmerksamkeit verlangte. Etwas, dass ein fast körperliches Gefühl auslöste, ein seltsames Kribbeln in der Bauchgegend.

»Vibriert da ein Handy?«, fragte Uhlmann.

Tauner griff sich an den Gürtel und verzog den Mund. Er hatte es lautlos gestellt. »Tauner?«, blaffte er hinein und hörte dann aufmerksam zu. Währenddessen hob er einen Zeigefinger und drehte ihn in der Luft. Uhlmann erhob sich, zog sich seine dünne Jacke über und überprüfte mit zwei Handgriffen seine Pistole. Bärlach sah ihn erstaunt an.

»Geht klar, beobachten Sie ihn, nicht zugreifen, ich will wissen, was er macht. Zugriff nur, wenn er das Hotel verlassen will.« Tauner legte auf. »Spechtler ist durch einen Hintereingang in sein Hotel gegangen, er ist auf dem Weg nach oben. Die Zivilstreife hat ihn gesehen und ist ihm nach oben gefolgt.«

»Können die ihn nicht einsammeln?«, fragte Bärlach.

Tauner schnappte sich seine Jacke und die Autoschlüssel. »Ich denke, Ihnen war langweilig, hoch jetzt! Pia, ich melde mich, vielleicht brauche ich einen Haftbefehl von der Dickmannwachtel.«

Das Hotel war nicht weit, doch die Straßen waren voll. Tauner wollte die Sirene nicht einschalten, drängelte und hinterließ eine Flotte wütender Verkehrsteilnehmer in seiner Staub- und Abgaswolke. Eine große Ansammlung slowakischer Fans, die in Richtung Stadion unterwegs waren, kreuzte seinen Weg und zwang ihn, eine Vollbremsung zu machen. Wütend haute er auf die Hupe und bekam mit einem Male so viele Mittelfinger gezeigt wie in seinem ganzen Leben noch nicht.

»Ich verstehe nicht, warum die Zivilstreife ihn nicht festnehmen kann.« Bärlach saß ein wenig verspannt auf dem Hintersitz und hielt sich am Angstgriff fest.

»Ich will ihn sehen, noch ehe er sich irgendetwas zurechtlegen kann, das verstehen Sie doch, oder? Ich will wissen, was er sagt, noch ehe er auf den Gedanken kommt, einen Anwalt einzuschalten.«

»Solcherart Aussagen haben aber vor Gericht keine Verwendung. Sie müssten ihn zumindest belehren.«

»Das werde ich auch, nachher vielleicht. Sie können nicht alles …, ich meine, man kann nicht immer …« Tauner verstummte und winkte ab.

Uhlmann klappte seinen Sonnenschutz herunter und versuchte Bärlach durch den Spiegel anzusehen, weil er seinen Hals nicht drehen konnte. »Was er meint, ist: Das Verbrechen hält sich auch an keine Regeln, deshalb müssen wir unsere Regeln manchmal ein wenig unseren Bedürfnissen entsprechend interpretieren.«

»Meine Herren, du kannst reden!«, staunte Tauner. Und jetzt war ihm alles egal, er setzte das Blaulicht auf das Dach und schaltete die Sirene ein. Das half ein wenig, sogar die slowakischen Fans machten Platz und bildeten eine Gasse. Nur die Zahl der Mittelfinger, die sich ihnen entgegenstreckten, nahm zu.

Unten im Hotel wartete einer der Fahnder. »Er ist noch oben, offenbar fühlt er sich sicher, er duscht. Er sah sehr schlecht aus.«

»Wie schlecht?«, fragte Tauner, während Uhlmann den Frauen an der Rezeption einige Instruktionen gab und erfragte, ob noch mehr Gäste um diese Zeit auf ihren Zimmern waren.

»Schlecht halt, übernächtigt, verschwitzt, sah sich hektisch um. Die Steckkarte hatte er nicht abgegeben, hatte sie einstecken.«

»Haben Sie eine Waffe an ihm gesehen?«

»Er hatte halblange Hosen an und ein weites Poloshirt, wir haben keine Waffen gesehen, aber er hätte eine Pistole im Hosenbund tragen können.«

»Okay, und die Frau?«

»Wir haben keine Frau gesehen.«

»Okay, keine Frau! Warten Sie hier unten, falls was schiefgehen sollte. Bärlach, Sie bleiben mit hier!«

»Wieso denn das?«

»Wenn er uns entwischt, müssen Sie ihn festnehmen. Aber nicht erschießen, verstanden!«

Bärlach war beleidigt. »Sie wollen doch nur in Ruhe Ihre Regeln auslegen.«

Tauner atmete durch und schloss kurz die Augen, er hatte keine Lust und keine Zeit zu diskutieren. »Also gut. Hans, du bleibst hier, Bärlach geht mit. Wenn ich dich anklingele, kommst du hoch.«

Uhlmann war zufrieden, vorerst nichts tun zu müssen. »Was, wenn was schiefgeht?«

Tauner grinste. »Dann klingel ich dich auch an!«

Im Aufzug zückte Bärlach seine Waffe und überprüfte sie.

»Stecken Sie das Ding weg, die brauchen wir nicht!«

»Aber er ist verdächtig.«

»Er war letzte Nacht nicht da, das ist der einzige Fakt, den wir haben. Wir klopfen an und sehen weiter.«

»Und wenn er es war und die Waffe noch bei sich hat?« Der Aufzug hielt an, sie waren auf Spechtlers Etage angekommen.

»Geht das jetzt die ganze Zeit so? Hinterfragen Sie jede Entscheidung?«

»Nein, aber …«

»Na, dann ist ja gut. Ich will mit ihm reden, wenn ich ihm eine Knarre unter die Nase halte«, sagte er keinen Ton mehr vor Angst. »Ich gehe voran, wenn er mich abknallt, haben Sie Zeit genug, ihn zu erschießen, und können dann die Mordkommission übernehmen.«

Bärlach schüttelte leicht amüsiert den Kopf und steckte seine Pistole in den Halfter. »Sie glauben gar nicht, dass er es war. Also ich meine, Sie verschwenden nicht einmal einen Gedanken daran?«

»Noch nicht, da haben Sie recht. Hier sind wir richtig!« Tauner lauschte an der Tür. Aus einer Ecke am anderen Ende des Ganges tauchte der andere Zivilfahnder auf. Er nickte und gab Zeichen, dass Spechtler sich noch im Zimmer befand. »Warten Sie da«, flüsterte Tauner ihm fast lautlos zu. Dann klopfte er. »Herr Spechtler? Sind Sie da?«

»Wer ist da?«

»Der Hausmeister, im Zimmer unter Ihnen läuft Wasser durch die Decke.«

Eine Weile war Ruhe.

»Ich will Sie nicht stören, aber ich muss wenigstens mal nachsehen. Wir hatten schon einmal so einen Fall. Da war der Abfluss in der Dusche gerissen. Haben Sie gerade geduscht?«

»Warten Sie«, rief Spechtler.

Tauner hörte eilige Schritte, eine Tür fiel zu. Dann Schritte zur Tür. Tauner trat zurück, schob Bärlach ein wenig zur Seite. Die Tür öffnete sich. Tauner sah nach oben. Spechtler war fast zwei Meter groß, er trug eine Unterhose und ein dünnes T-Shirt und eindeutig keine Waffe.

»Wie der Hausmeister sehen Sie aber nicht aus.«

»Wir sind von der Kriminalpolizei Dresden, dürfen wir mal reinkommen?«

Spechtler wurde blasser, als er sowieso schon war, und

seine Hand verkrampfte sich an der Tür. Tauner spannte sich unbewusst an und wünschte, seine Untergebenen würden nicht immer allzu genau seine Anweisungen befolgen. Spechtler war ein Hüne. Falls er sich zu einem Angriff entschloss, würde er nicht unbedingt eine Waffe brauchen.

»Herr Spechtler?«, fragte Tauner vorsichtig.

Der Torwart nickte langsam und fasste sich. Tauner entspannte sich vorerst. Spechtler winkte schwach und schleppte sich zum Bett. »Kommen Sie rein. Haben Sie einen bestimmten Grund, hier zu sein?«

Tauner und Bärlach betraten das Hotelzimmer. »Schlechte Nacht gehabt?«, fragte Tauner und lehnte sich gegen die Wand. Bärlach ging zwei Schritte weiter und positionierte sich strategisch im Raum, sodass er Spechtler notfalls in den Rücken fallen konnte.

Spechtler winkte ab.

»Also gut, Herr Spechtler, wo waren Sie in dieser Nacht, zwischen 23 Uhr und 1 Uhr?«

»Ist das ein Verhör?«

»Warum muss nur immer jeder diese Gegenfrage stellen? Können Sie nicht einfach sagen, wo Sie waren, dann können wir das überprüfen und alles ist gut?« Tauner hatte schon wieder alle Mühe, nicht wütend zu werden. Vor allem weil Spechtler sich höchst verdächtig benahm, was ihm überhaupt nicht in den Kram passte. Wenn schon jemand einen Mord beging, so seine Devise, dann doch nicht aus so niederen Motiven wie Rache oder Neid. Doch leider waren das die bevorzugten Beweggründe, was ihm immer wieder deutlich machte, wie schlecht die Menschheit war.

»Ich habe aber nicht viel Zeit, das Spiel geht in zwei Stunden los.«

Tauner ballte die Faust. »Zwei Stunden? Wissen Sie, die Beantwortung meiner Frage hätte keine fünf Sekunden benötigt. Also wo waren Sie gestern um diese Zeit?«

»Zwischen elf in der Nacht und eins?«

»Das hat Herr Hauptkommissar Tauner gesagt, ja«, mischte sich Bärlach ein. Seine Hand hatte er wie zufällig in der Jacke, dort, wo sich seine Pistole befand.

»Ja, genau weiß ich das nicht, hier und da.« Spechtler versuchte ein klägliches Lächeln.

»Das ist nicht das, was ich hören wollte!« Schädlich wäre es nicht, dachte Tauner, wenn dieser Idiot der Täter wäre. Zwar scheint das Motiv schwach, aber nur wenn man kein Verständnis für diesen Sport hatte. Der Fall wäre schnell geklärt, und Schultern würden geklopft, ohne dass einer aus dem Innenministerium anrufen musste.

»Wir waren spazieren, ich und meine Frau. Wir sind durch die Stadt gezogen, waren da in der Szenegegend, wie heißt die?«

»Die Neustadt?«

»Ja, da.«

»Und dort?«

»Ich weiß nicht genau.«

»Sie wissen nichts?«

»Ich hatte ein wenig getrunken.«

»Sie waren die ganze Nacht nicht im Hotel.«

Spechtler schluckte und schluckte noch einmal.

»Wo sind Sie gewesen?«

»Ich … ich kann Ihnen das nicht sagen.« Spechtler sah zu Boden.

»Sie werden das aber müssen, um Ihrer selbst willen. Herr Spechtler, Sie machen sich gerade verdächtig, einen Anschlag auf Ehlig verübt zu haben, bei dem sein Begleiter Jansen ums Leben kam und Ehlig verletzt wurde.«

»Jansen?«, fragte Spechtler heiser.

Tauner ließ die Schultern sinken und sah zu Bärlach. Dann nahm er sein Handy und rief Uhlmann an. »Kommt mal hoch, gib Pia Bescheid, sie soll die Diekmann anrufen.«

»Sie hatten schon öfters Kontakt mit der Polizei?«, fragte Bärlach wie beiläufig. Tauner sah ihn erstaunt an.

Spechtler nickte und fuhr sich durch das kurze Haar. »Kleinigkeiten, Schlägereien und so.«

»Sie waren schon vier Mal wegen vorsätzlicher Körperverletzung angeklagt. Ein junger Mann trägt wegen Ihnen ein vollständig künstliches Gebiss und einer hat fast ein Ohr verloren. Außerdem gibt es zwei Anzeigen wegen sexueller Nötigung!«

»Das ist alles verjährt und die Anzeigen wurden fallen gelassen. Sie wissen doch wie das ist, wenn man berühmt wird, versucht jeder einem was anzuhängen.«

»Ehlig hat Sie unter anderem wegen Ihrer Unberechenbarkeit aus dem Kader geworfen. Sind Sie wütend deshalb?«

»Na klar bin ich …« Spechtler sah auf und Tauner in die Augen. »Natürlich bin ich wütend, aber in gewisser Weise … er trägt die Verantwortung … Aber ich habe seit über zwei Jahren keine Aussetzer mehr gehabt. Ich bin der beste Torwart, den die Mannschaft hätte haben können.«

»Besitzen Sie eine Waffe?«

Tauner verschränkte die Arme und starrte Bärlach verwundert an. Fast machte es Spaß, dem jungen Kerl zuzusehen. Wenn da nicht dieses dumme Gefühl wäre, Missgunst könnte man es nennen.

»Nein!«

»Eine Pistole? Eine illegale? Sie wissen, mit einem Durchsuchungsbefehl können wir Ihr Haus auf den Kopf stellen und so etwas hinterlässt immer Spuren, Waffenöl zum Beispiel lässt sich kinderleicht finden.«

»Sie haben aber keinen Durchsuchungsbefehl!« Oder?, stand groß in Spechtlers Augen geschrieben.

»Noch nicht. Nicht solange Sie uns sagen, wo sie gestern gegen Mitternacht gewesen sind.«

Spechtler sank in sich zusammen. »Das kann ich nicht«, murmelte er. »Ich weiß es nicht mehr!«

»Gut!« Es war nun wieder an Tauner das Heft in die Hand zu nehmen. »Wo ist Ihre Frau, wir möchten Sie gerne dazu befragen, vielleicht kann die Ihnen helfen.«

Spechtler ballte eine Faust und schlug auf sein Bett. »Wir haben uns gestritten, sie ist weggelaufen. Deshalb habe ich zu viel getrunken. Ich hatte gehofft, sie wäre hier.«

»Wo haben Sie getrunken?«

»Überall, ich habe Ihnen doch gesagt, ich war in dem Szeneviertel.«

»Dann muss es Leute geben, die Sie gesehen haben.« Tauner drehte sich um, weil Uhlmann und der zweite Zivilfahnder nach oben kamen. »Hast du das gehört? Taste mal unsere Leute da ab.«

Uhlmann machte eine abfällige Mundbewegung. »Die schlafen doch alle noch.«

»Dann wecken wir sie eben. Ich muss nur einen haben, der den Herrn Spechtler zur tatrelevanten Zeit in seiner Kneipe gesehen hat.«

Spechtler legte die Hände vor sein Gesicht. »Werfen Sie mir jetzt den Anschlag vor? Das war ich nicht!«

»Dann sagen Sie mir, wo Sie waren, und nennen Sie uns Zeugen! Wo könnte Ihre Frau hingegangen sein? Zu ihrer Mutter? Hat sie Bekannte in der Gegend?«

»Überall, sie kommt ja aus dem Osten. Sie muss ... ich weiß nicht. Irgendwohin.«

»Geben Sie uns ein paar Namen, und wir klappern die ab. Dann haben Sie vielleicht ihr Alibi, und zweitens wissen Sie, wo Ihre Frau geblieben ist.« Tauner zuckte zusammen, weil sein Telefon schon wieder vibrierte. »Frau Staatsanwältin?« Tauner lauschte. »Das ist gut«, sagte er dann. »Nein, das wäre schlecht!«, sagte er noch. »Das Spiel können wir wohl erstmal noch abwarten.« Er legte auf.

»Tja, Herr Spechtler, das Spiel können Sie vergessen, Sie sind vorläufig festgenommen.«

»Festgenommen?«

»Ja, Sie stehen unter Mordverdacht. Sie können die Aussage verweigern. Alles, was Sie jetzt sagen, kann vor Gericht gegen Sie verwendet werden.«

»Aber ich war es doch gar nicht. Ich weiß nur nicht, wo ich war zu der Zeit. Es kann doch jeder gewesen sein! Wirklich jeder!«

»Das stimmt, aber Sie haben zurzeit als einziger ein Motiv.«

»Aber wenn man mich sieht, dann ist alles aus, meine Karriere, alles vorbei!« Spechtler war nahe dran loszuheulen.

Tauner wollte ihm zuerst noch einmal deutlich machen, dass es nur an ihm läge, doch er hatte keine Lust mehr, sich wiederholen zu müssen. »Wir bringen Sie so raus, dass niemand Sie sieht. Aber wenn Sie uns kein Alibi vorweisen können, steht es schlecht um Sie.«

Die glühende Hitze ließ nachmittägliche Zwietracht im Büro gedeihen. »Was sehen Sie mich so an?«, fragte Bärlach entrüstet. »Ich war die ganze Zeit bei Ihnen!«

Tauner drehte sich mitsamt seinem Stuhl, sah Uhlmann und Pia an.

»Also wirklich!« Pia war beleidigt.

»Mensch, irgendeiner muss es doch der Presse gesteckt haben.«

Uhlmann seufzte theatralisch. »Die laufen hier überall herum! Die Stadt ist voller Menschen. Die haben euch gesehen, dich kennt man ja auch schon, Falk. Die zwei Zivilen kenne ich schon lange, die sind aus dem Drogendezernat, die waren es nicht, die wollen ihre Ruhe.«

»Die Wachtel!«, knurrte Tauner.

»Mensch Falk, die war das nicht, die macht sich ja unglaubwürdig.«

»Sag nicht Mensch zu mir!«

»Was soll er denn sonst sagen?«, fragte Pia ein wenig gehässig.

»Der ist spätestens Morgen in der Presse und zwar in allen Zeitungen, und in den Nachrichten sagen sie schon, dass er verhaftet wurde, dabei ist es noch keine halbe Stunde her.« Tauner wischte sich Schweiß von der Stirn und ließ ein wenig resigniert die Schultern hängen. »Jedes Mal dasselbe, kann man nicht *einmal* in Ruhe seine Arbeit machen. Jetzt will wieder jeder was zu sagen haben, die ganzen alten Geschichten mit ihm werden jetzt aufgewärmt.«

»Aber immerhin werden wir recht schnell erfahren, ob er ein Alibi hat, und wenn ja, dann ist er raus!«

»Hans, halt den Mund. Ich hatte ihm gerade versprochen, dass wir ihn so rausbringen, dass ihn keiner sieht und plötzlich stehen vor uns zwanzig Leute mit Kamera. Der traut mir keinen Meter mehr weit!« Plötzlich sah Tauner auf und Bärlach an. »Woher wussten Sie denn so gut Bescheid über Spechtler?«

»Als es hieß, ich sollte in Ihre Abteilung, habe ich mich über die Tatverdächtigen informiert.« Bärlach hob die Schultern, als wäre es das Normalste auf der Welt, informiert zu sein.

»Glauben Sie denn, der Spechtler war es?«

»Soll ich jetzt etwas sagen, das Ihnen gefällt, oder meine Meinung?« Bärlach blickte Tauner ehrlich in die Augen.

Tauner nahm die Fotos vom Tatort und warf sie wieder auf den Tisch. Langsam befürchtete er, der junge Mann könnte ihm den Rang ablaufen. Pia sah ihn an, als wäre sie stolz auf einen Sohn, den sie nicht hatte, und Uhlmann amüsierte sich prächtig, wenn jemand anderes seinem Chef ebenbürtig war.

»Wissen Sie, was ich glaube?«, fragte Tauner. »Sie wissen mehr und können mehr, als Sie uns mit Ihrer Art weismachen wollen. Sie sind als Profiler ausgebildet, deshalb sind Sie bei uns. Und deshalb denken Sie wie ich, dass es Spechtler nicht war, denn seine aufbrausende Art, um das mal vorsichtig zu umschreiben, passt nicht zu der guten Planung des Anschlags. Der Täter hat nicht nur die Tat vorbereitet, sondern auch seinen Abgang. So übernächtigt und unsicher wie Spechtler war, passt das eben nicht dazu.«

Bärlach senkte den Kopf. »Ich habe außerdem einen Lehrgang zum Einzelkämpfer besucht!«

»Bei der Polizei?«

»Nein, natürlich nicht. Bei der Bundeswehr. Bei der Polizei habe ich aber noch einige andere Lehrgänge gemacht. Waffentechnik, Tauchen, Abhören.«

»Ein richtiger Geheimagent!«

Bärlach nickte traurig. »Und dann war alles so anders, als ich dachte.«

»Langweilig?«

»Langweilig. Irgendwie hatte ich das Gefühl, dass mich keiner wollte. Obwohl ich fast immer der Beste war.«

»Sie sind zu glatt«, entfleuchte es Tauner. »Das ist ein Kompliment. In Ihrer Gegenwart fühlt sich jeder gleich irgendwie … unterlegen.«

»Jeder?«, fragte Bärlach.

Tauner sagte nichts dazu und weil niemand etwas sagte, wurde es wieder still im Raum. Dann haute Tauner munter auf den Tisch. »Ich würde sagen: Solange die Spurensicherung und die Labors noch keine neuen Erkenntnisse haben, konzentrieren wir uns auf Spechtler. Er benimmt sich verdächtig, will nicht sagen, wo er war, seine Frau scheint untergetaucht, ob sie sich nun gestritten haben oder nicht, wir finden es raus. Was mich wirklich stutzig macht, ist seine Reaktion darauf, als ich ihm sagte, dass Jansen tot sei, so als wäre er wirklich überrascht darüber, oder enttäuscht. Herr Bärlach, ich würde Sie bitten, sich mit Pia zusammenzusetzen und herauszufinden, was man in Spechtlers Bekanntenkreis über ihn sagt. Veranlassen Sie über die Staatsanwaltschaft eine Hausdurchsuchung beim ihm, lassen Sie überprüfen, ob er Waffen besitzt oder vielleicht eine erworben hat in letzter Zeit, oder ob er sich in den letzten Wochen mit zwielichtigen Gestalten getroffen hat, die ihm eine Waffe besorgt haben könnten. Ich fahre noch mal mit Hans zum Tatort, dann sehen wir uns in der Neustadt um. Außerdem will ich den Heiligmann besuchen.«

»Jetzt?«, fragte Pia.

»Wann denn sonst?«

»Das Spiel geht gleich los!«

»Du willst doch aber nicht … Das ist ein Testspiel!«

»Denkst du, du findest jetzt irgendjemanden, der mit euch redet? Oder …« Pia riss die Augen auf. »Du willst es selbst sehen, stimmt's? Ihr zwei geht jetzt in irgendeine Kneipe und seht euch das Spiel an!« Sie stemmte die Hände in die Hüften.

»Wir sind Polizisten und die meisten Polizisten in unserem Land sehen gerade kein Spiel.«

Pias Entrüstung verwandelte sich in Zorn. »Ihr seid Polizisten, ich bin Schreibkraft, und jeder halbwegs normale Chef lässt seine Leute gerade Fußball sehen! Außerdem hätte ich längst Feierabend.«

»Wenn ich mal was sagen dürfte?« Bärlach hob zaghaft die Hand. »Warum geht Pia nicht mit Hauptkommissar Uhlmann auf Recherche und Sie und ich bleiben hier, Herr Tauner?«

»Na, wenn das kein Wort ist!«, meinte Pia.

»Von mir aus.« Tauner wollte kein Unmensch sein.

»Aber ihr kommt nachher noch mal ins Büro und jammert mich nicht voll, wenn sie verlieren!«

»Ach was, es ist doch nur ein Testspiel.«

6

»Drei null!« Pia ließ sich erschöpft in ihren Stuhl fallen und tat, als hätte sie alle Tore geschossen. Siegestrunken streckte sie ihre Arme in die Luft. Bärlach und Tauner schienen sich einig, tauschten mitleidige Blicke und wendeten sich ihrer Arbeit zu. Uhlmann platzte mit erhitztem und klitschnassem Gesicht ins Zimmer, offenbar hatte er sich auf der Toilette kaltes Wasser über das Gesicht gerubbelt.

»Hans, hast du getrunken? Im Dienst?«, fragte Tauner leise. Ein wenig wurmte es ihn, jetzt nicht dabei gewesen zu sein. Offenbar hatte er etwas verpasst.

»Hab Wasser bestellt, da haben die mich ausgelacht.«

»Und hat gestern jemand den Spechtler gesehen?« Tauner erwartete keine Antwort. Außerdem war er müde, vier Stunden Telefonrecherche hatten ergeben, dass Spechtler sehr jähzornig war und immer gut für handfeste Auseinandersetzungen, dass er Streit hatte mit seiner Frau und sie ihn schon zwei Mal verlassen hatte. Nichts Halbes und nichts Ganzes. Ob er eine Waffe hatte und wenn ja woher, ließ sich so schnell nicht herausfinden, die Kollegen vor Ort würden sich darum kümmern. Außerdem habe ein Mannschaftskamerad aus der Bundesliga gehört, wie Spechtler gesagt hätte, dass er Ehlig am liebsten die Fresse einschlagen wolle; eine Information, so nutzlos sie auch war, kam außerdem von einem Dritten.

»Er war in der Neustadt gestern. Man hat ihn mit seiner Frau gesehen, gegen elf sind sie aus dem Schwalbennest abgehauen. Vorher waren sie in der Scheune.«

Tauner staunte nicht schlecht. »Und dann?«

»Also, ich hab noch nicht jeden Kneipenwirt gefragt, aber danach hat ihn bisher keiner gesehen. Hat er sich erholt?«

»Der Arzt sagt, es wäre nur ein Schwächeanfall, wegen Schlafmangels und Alkoholmissbrauch, wahrscheinlich pennt der immer noch! Hängt am Tropf.«

Uhlmann wischte sich mit seinem Tuch den Hals ab. »Stand wie ein Feldherr am Spielfeldrand der Ehlig, ein Arm in Gips. Widmet diesen Sieg seinem Freund, sagt er.«

»Die haben ihn gefragt, ob er es für möglich hält, dass Spechtler der Täter war«, rief Pia aus dem Nebenzimmer.

»Nein, so haben die das nicht gesagt«, verbesserte Uhlmann. »Die haben ihn gefragt, was er von der neuesten Entwicklung in diesem Fall halte. Er meinte, er könne sich kein Urteil bilden, die Polizei müsse nach Indizien suchen, man solle keine vorschnellen Schlüsse fassen. Außerdem wäre hier der Platz um – bei allem Respekt vor dem Toten – über Fußball zu reden.«

»Und jetzt zieht der ganze Tross weiter. Und mit ihm alle möglichen Tatverdächtigen«, resignierte Tauner. »Ob man nicht wenigstens den Heiligmann aufhalten kann?«

»Das wird die Diekmann-Wachte nicht zulassen, nicht, wo Spechtler jetzt in der U-Haft sitzt«, meinte Uhlmann müde.

Tauner stieß sich vom Schreibtisch ab, rollte in seinem Bürostuhl ein Stück weit nach hinten und verschränkte die Arme. »Was soll denn nun werden? Wenn Spechtler endlich wieder ansprechbar ist, können wir ihm zusetzen, bis er wieder zusammenbricht, aber nächstens hat er seinen Anwalt dabei und sagt entweder gar nichts oder nur dummes Zeug. Wir könnten dem Ehlig noch mal auf den Zahn fühlen, ob er sich nicht doch an irgendwas erinnern kann. Was jedoch bedeutet, wir fahren dem hinterher und dürfen fragen, wann er mal Zeit hat für uns.«

»Ich weiß, wann er Zeit hat«, sagte Bärlach. »Dr. Rensing will den Leichnam übermorgen freigeben, dann soll Jansen am Sonnabend beerdigt werden und Ehlig fährt hin.«

»Hat denn Frau Rensing schon etwas gemeldet?«

Bärlach nickte zaghaft. »Jansen war wohl zuckerkrank, er war unterzuckert. Altersdiabetes. Das Herz schien ihr ein bisschen schwach, außerdem hatte er wohl ein wenig Alkohol im Blut, aber geringe Werte, deckt sich alles mit Ehligs Aussage, dass Jansen müde war. Die Schüsse, die ihn trafen, waren jeder für sich tödlich gewesen, gründliche Arbeit.«

Es klopfte kurz und die Staatsanwältin platzte ins Büro. »Hatten Sie mich nicht gebeten, die Pressearbeit zu übernehmen?«, fragte sie harsch.

Tauner lächelte säuerlich. »Ja, und wir dachten, Sie hätten die Reporter informiert.«

»Ich?«, echauffierte sich Frau Diekmann-Wachte.

»Wahrscheinlich war es niemand, nur der Zufall«, meinte Bärlach beschwichtigend.

»Halten Sie den Mund!«, blafften Tauner und die Staatsanwältin gleichermaßen aufgebracht.

»Sie sollten mich auf dem Laufenden halten!«, meinte die Diekmann-Wachte gleich als Nächstes und Bärlach zog den Kopf ein.

»Sie haben doch noch gar nichts verpasst. Dass Spechtler verhaftet wird, wussten Sie doch.«

»Aber dass er seine Frau als vermisst gemeldet hat, hab ich gerade im Radio gehört.«

»Er hat seine Frau als vermisst gemeldet?« Tauner rollte zu seinem Schreibtisch zurück und begann auf seiner Computertastatur herumzutippen. »Das wussten wir auch nicht.«

»Er hat gesagt, dass sie sich gestritten hätten und gegen elf wäre sie fortgelaufen. Er sei durch die Stadt gezogen, um sie zu suchen, hat zwischendurch getrunken und dann irgendwann weiß er nichts mehr. Es war ihm erst peinlich gewesen, das zu erzählen.«

»Wann und vor allem wem soll er das denn gesagt haben?«, fragte Tauner und ärgerte sich maßlos über den Wissensvorsprung der Staatsanwältin, auch wenn der nur aus dem Radio kam. »Ich hab ihn nicht verhört und Hans auch nicht, niemand von uns.«

»Sein Anwalt wusste offenbar davon, der hat es als Pressemitteilung herausgegeben.« Der vorwurfsvolle Ton der Staatsanwältin kippelte ein wenig, wurde unsicher.

»Der redet mit seinem Anwalt und macht seine Aussage per Pressemitteilung? Und ich denke, der schläft?« Tauner erhob sich. »Los, Hans, wir gehen runter. Herr Bärlach, Sie halten Stellung!«

»Ich habe mich nicht getraut, es war mir peinlich zu sagen, dass mir die Frau wegrennt.« Spechtler hatte seine Hände auf die Tischplatte gelegt, als wollte er zeigen, dass er nichts zu verbergen hatte.

»Für mich klingt es, als hätten Sie sich in der Zeit hier unten etwas zurechtgelegt.« Muss einem das peinlich sein, wenn die Frau wegrennt?, fragte Tauner sich insgeheim.

»Nein, wirklich, ich habe sie gesucht, die ganze Nacht, aber wahrscheinlich ist sie abgetaucht. Ich …« Spechtler beugte sich ein wenig vor. »Ich habe sie geschlagen, hab ihr eine Ohrfeige verpasst und sie …« Spechtler deutete einen Boxhieb an. »Ich wollte mich entschuldigen und bin durch die ganze Stadt gelaufen, um sie zu suchen.«

»Gegen 23 Uhr war das, da haben Sie sich gestritten?«

»Schon die ganze Zeit, aber um elf haben wir uns getrennt.«

»Wo haben Sie sie geschlagen? Ich meine den Ort, wo es geschah?«

»Vor irgendeiner Kneipe.«

»Vor welcher?«

»Weiß ich nicht!«

»Könnten Sie sich erinnern, wenn wir Sie durch die Stadt fahren?«

»Bestimmt.«

Tauner machte sich eine Notiz. »Und dann ist sie weggelaufen? Warum sind Sie nicht gleich hinterher?«

»Sie wissen doch, wie das ist, erst denkt jeder, er ist im Recht und der andere kann ihn mal, und dann denkt man nach und macht sich Sorgen.«

Ja, und manchmal denkt man nicht nach, dachte Tauner. »Und hat das jemand gesehen, dass sie zugeschlagen haben?«

»Es war viel los. Bestimmt, ich glaube, jemand hat sogar gerufen, ich soll meine Finger von ihr lassen.«

»Dann müsste sich das nachweisen lassen.« Tauner sah von seinem Notizblock auf und Spechtler an.

»Kann ich dann jetzt gehen?«, fragte der Torwart hoffnungsvoll.

»Können Sie nicht. Noch ist nichts bewiesen. Der Mord geschah kurz nach Mitternacht und wir wissen noch längst nicht, was Sie in all den Stunden bis heute Morgen getrieben haben.«

»Mein Anwalt sagt, er will Sie anzeigen, weil Sie – um sich zu profilieren – die Presse von meiner Verhaftung informiert haben.«

»Wollen Sie mich anzeigen, oder Ihr Anwalt?«

»Mein Anwalt.« Spechtler senkte den Kopf wieder. »Ich dachte nur, wenn Sie mich wieder gehen lassen, dann könnte ich ihn davon abbringen.«

Tauner warf einen erstaunten Blick zu Uhlmann, der

wie meist schwieg und geradeaus starrte, das machte meist Eindruck und Tauner war es recht, dann konnte er sich entfalten. »Was ist das hier? Eine Erpressung? Eine Bestechung? Soll er mich doch anzeigen. Und er soll mir erklären, was ich davon hätte, Sie bei der Presse zu verpfeifen. Und außerdem hätte ich Sie nicht verhaftet, wenn Sie mir sagen würden, was Sie in dieser Zeit getan haben. Das tun Sie aber noch immer nicht!«

»Wenn ich doch aber nichts mehr weiß!«

Tauner beschloss, noch ein wenig Gas zu geben. »Spechtler! Sie suchen Ihre Frau, die Sie geschlagen haben, machen sich Sorgen die ganze Nacht, laufen kreuz und quer durch eine fremde Stadt und betrinken sich dabei bis zum Filmriss. Das machen Sie mir nicht weiß. Wo sind Sie gewesen? Sie wissen es doch, sagen Sie es mir!«

»Ich kann es aber nicht – ich war völlig betrunken! Ich kam irgendwann am frühen Morgen zu mir, da lag ich in einem Park auf der Bank.«

Tauner sprang auf und beugte sich über den Tisch, selbst im Sitzen war Spechtler noch fast so groß wie er. »Mensch Spechtler, Ihnen wird der Mord an Holger Jansen vorgeworfen und der Mordversuch an Klaus Ehlig. Sie sind in der Stadt, Sie haben ein Motiv. Die Gelegenheit ergab sich, oder Sie haben sie gesucht, man wird Ihnen Verbindungen nachweisen können nach Berlin, irgendjemand hat Ihnen gesagt, dass Ehlig eher nach Dresden kommt. Wenn Sie mir nicht sagen, wo Sie waren, kann man Sie rannehmen. Die Staatsanwaltschaft wartet nur darauf, einen Täter zu präsentieren.«

»Ich kann aber nicht«, jammerte Spechtler. Und dieses mal musste Tauner seine Wut nicht spielen. Wütend rannte er zur Tür, die sofort geöffnet wurde, und verschwand nach draußen. Uhlmann erhob sich schwerfällig und folgte ihm, nicht ohne Spechtler noch einen ernsten Blick zugeworfen zu haben. Schließlich sah er sich erneut um. »Solange Sie noch kein ausreichendes Alibi finden für diese Zeit, werden Sie hier bleiben.«

»Du hast ganz schön auf den Putz gehauen. Sein Anwalt wird dir dankbar sein für solche Sätze wie: ›Die Staatsanwaltschaft wartet nur darauf, einen Täter zu präsentieren‹.« Uhlmann sah Tauner vorwurfsvoll an.

»Der weiß irgendwas! Entweder wer den Anschlag begangen hat, oder er war es selbst, oder irgendetwas anderes. Das muss er uns erzählen!«

»Und wenn er nun wirklich dicht war, beinahe bewusstlos?«

»Das war er nicht, es liegt ihm auf der Zunge, er kann es aber nicht sagen.«

»Ich denke nicht, dass er es war, und ewig werden wir ihn nicht mehr festhalten können. Sobald sich ein paar Leute melden, die ihn gesehen haben, müssen wir ihn gehen lassen.«

»Aber so lange halten wir ihn fest.«

»Du scheinst ja regelrecht versessen darauf zu sein.«

Tauner blieb stehen, hier unten im Keller war es sowieso kühler. »Hans, weißt du, wo seine Frau ist?«

»Natürlich nicht.«

»Siehst du!« Tauner lief wieder los.

»Du glaubst, er hat ihr etwas angetan?«

»Ich hoffe nicht, aber dass er sie gleich vermisst meldet, macht ihn verdächtig in meinen Augen. Ich meine, es war noch kein Tag vergangen. Wenn zwei Erwachsene sich streiten und einer rennt weg, macht man doch keine Vermisstenanzeige. Sie wird bei Bekannten untergekommen sein. Und wenn da jemand anruft, sagen die natürlich, dass sie nicht da ist.«

7

»Da hinten kommt er.« Bärlach deutete auf eine kleine Fahrzeugkolonne, die sich dem Friedhof näherte.

Tauner nickte und schwitzte still vor sich hin. Die brütende Hitze war keinen Zentimeter gewichen, nicht ein Mal in den letzten vier Tagen hatte es geregnet. Das Gras auf dem Friedhofsgelände blieb nur durch ständige Bewässerung grün. Einfach nichts war passiert in den letzten Tagen, sie waren kein Stück weitergekommen. Spechtler saß in seiner U-Haftzelle, weigerte sich zu sprechen und hatte es dort im Keller des Polizeipräsidiums wahrscheinlich noch am besten, weil es da am Kühlsten war. Heiligmann, der arbeitslose Trainer, musste sich zur Verfügung halten, sein Alibi reichte aus, um die Staatsanwaltschaft davon abzuhalten, einen Haftbefehl auszustellen. Eine Prostituierte hatte bezeugt, bei ihm gewesen zu sein, ihre Aussage musste überprüft werden. Tauner wusste selbst am besten, dass jeglicher Vorwurf gegen Heiligmann haltlos war. Er war nur in den Kreis der Verdächtigen geraten, weil Ehlig ihn aufgezählt hatte und selbst diese Aufzählung schien haltlos.

Außerdem hatte Tauner das Gefühl, als interessierte sich niemand wirklich dafür. Die Presse zwar, und das mit aller Macht, denn jeden Tag stand in der Zeitung, dass die Polizei vor einem Rätsel stehe. Aber Ehlig selbst und Jansens Frau machten nicht den Anschein, als raubte es ihnen nachts den Schlaf. Die Hamburger Kollegen hatten Tauner Videobänder vorgespielt von Frau Jansens Befragung, sie machte darauf einen gefassten Eindruck, müde zwar und ein wenig zerzaust, aber sonst recht abgeklärt und ein wenig lustlos bei der Beantwortung der Fragen.

Nun aber sprachen alle vom nächsten Spiel der deutschen Mannschaft und Dreher hatte sich das Wadenbein geprellt und Bartke hatte eine Grippe, aber ansonsten waren alle fit. Noch an diesem Abend ging es los und Tauner hoffte dann schon auf dem Weg nach Hause zu sein. Er wollte es sich eigentlich nicht eingestehen, aber nach Hamburg war er nur gefahren, weil ihm nichts Besseres mehr einfallen wollte.

Ehlig stieg aus, umringt von einigen Personenschützern, aus einem zweiten Auto stieg eine Frau und Tauner sah, dass auch sie persönlichen Schutz erfuhr. »Ist das Ehligs Frau?«

Bärlach nickte. »Sophie Marie Ehlig, neununddreißig Jahre alt. Verheiratet mit Ehlig seit 2001.«

»Relativ jung, wie alt ist er?«

»Einundsechzig!« Bärlach schwieg sich aus darüber, was er davon hielt.

Ehlig kam heran, er trug einen schwarzen Anzug und eine ernste Miene zur Schau. Er erkannte Tauner offenbar, denn er hob die Hand zum Gruß und lenkte alle Aufmerksamkeit auf ihn. Tauner nickte zurück und tat sogleich ein paar Schritte nach hinten, wo er ein wenig abseits stand, dort hoffte er unbemerkt das Ende der Zeremonie abwarten zu können.

Bald hatten sich an Jansens Grab eine Menge Leute versammelt. Als jemand, den Tauner nicht sehen konnte, begann, eine leise Rede zu halten, kam ein wenig Wind auf und Tauner schmeckte die salzige Luft und ein wenig Sehnsucht und Wehmut kamen in ihm auf, denn es erinnerte ihn an seine Urlaube an der See mit seiner Frau und den Kindern, die damals klein gewesen waren und deren Wahrnehmung sich noch auf das beschränkte, was sich in einem Umkreis von vielleicht zehn Metern befand und einer Zeitspanne von höchstens einem Tag. Wäre es nicht gut, dachte er, wenn alle immer nur soweit dachten? Ohne raffinierte Mordpläne auszuhecken, ohne sich Gedanken zu machen, was man sagen müsste und welche Konsequenzen es hätte.

Jansens Kinder waren nicht mehr klein, sondern erwachsen. Tauner hatte sich das anders vorgestellt, aber er war erleichtert, hatte er doch damit gerechnet, kleine, weinende Kinder oder Teenager erleben zu müssen. Sicher waren sie verzweifelt, aber sie waren gefasst, weil man ihnen beigebracht hatte, alles mit Fassung zu tragen.

Nach der Beerdigung trat Tauner als einer der Letzten an Frau Jansen heran, aus der Nähe sah man ihr die fast sechzig Jahre an. Er wusste nicht so recht, wie die Witwe jetzt auf ihn reagieren würde, ausgerechnet jetzt. Tauner hätte es sich selbst zuletzt eingestanden, doch dass er hier war und Frau Jansen in diesem Moment ansprach, da sie gerade ihren Mann beerdigt hatte, war nichts anderes als ein weiteres Zeichen dafür, wie hilflos und nutzlos er sich in den letzten Tagen vorgekommen war. Sein Wunsch, nach Hamburg zu fahren, war letztendlich nur eine Aktion, um sich selbst und den anderen zu zeigen, dass er etwas tat. Er konnte es nicht glauben, dass jemand zufällig zur rechten Zeit am rechten Ort war, um einen Racheakt zu begehen, er hasste diese Willkür und die damit verbundene nutzlose Suche nach Anhaltspunkten, bei der letztendlich nur der Zufall helfen konnte. Er wollte, ja, er wünschte sich regelrecht, ein ausgefeilter Mordplan würde dahinterstecken. Eine Art Schach für harte Männer. Es war ihm klar, dass es gemein war, die Frau jetzt anzusprechen, und er wusste, dass diese Gemeinheit etwas war, was tief in ihm steckte und sich in den letzten Jahren immer weiter in den Vordergrund geschoben hatte. Doch auf den Polizeivideos hatte ihn etwas an dieser Frau gestört. Diese Müdigkeit, diese Lustlosigkeit. Tauner hatte schon genügend Hinterbliebene von Mordopfern erlebt, manche waren verzweifelt, andere wütend, andere apathisch, wieder andere ängstlich, fassungslos. Frau Jansen zeigte keine dieser Regungen. Er wollte wissen, ob sie so war oder ob sie allen etwas vorspielte. Allein deshalb hatte er diesen Zeitpunkt gewählt, einen der emotionalsten seit dem Mord.

»Hauptkommissar Tauner von der Dresdner Mordkommission. Mein Beileid, Frau Jansen.«

Die Jansen nickte, gab schwach die Hand, sah Tauner dabei aber unverwandt in die Augen.

»Ehrlich gesagt kommen wir bei den Ermittlungen nicht recht voran. Wir wissen nicht einmal, ob Ihr Mann nicht das Opfer einer Verwechslung wurde, oder ob die Tat ihn treffen sollte. Wir wären Ihnen für jeglichen Hinweis dankbar. Bitte rufen Sie mich an, wann immer Ihnen etwas einfällt.«

»Ich habe schon stundenlang mit Ihren Kollegen aus Hamburg geredet«, sagte die Frau leise.

»Ich weiß, und ich bin Ihnen dankbar für ihre Mithilfe. Trotzdem, denken Sie darüber nach. Geben Sie uns Namen von Leuten, denen Sie so etwas zutrauen, oder die irgendwie mit Ihrem Mann in Verbindung standen, haben Sie keine Scheu.« Tauner hörte sich reden und widerte sich selbst dabei an. Er hatte sich viel mehr vorgenommen, hatte die gesamte Fahrt über darüber nachgedacht, wie er die Frau aus der Reserve locken konnte und sich geschworen, sich davon nicht abbringen zu lassen. Doch das war nicht leicht angesichts der vielen Gesichter, die sich ihm nun zugewandt hatten und ihn anstarrten, als hätte er gerade auf den Friedhof uriniert.

»Ich denke die ganze Zeit darüber nach!«, zischte die Frau wütend. Dann drehte sie sich um und ließ Tauner stehen.

»Vielleicht war das nicht der geeignete Zeitpunkt für dieses Gespräch«, bemerkte Bärlach superschlau und leicht pikiert.

Tauner würdigte ihn keines Blickes. Warum die immer so tun müssen, als wäre es seine Schuld, dachte er. Er hatte doch den Mann nicht umgebracht, der Mörder war es gewesen, und offenbar war der Mörder schlau und hatte keine Nerven gezeigt, was also konnte er dafür? Und was konnte er dafür, wenn keiner der Beteiligten wirklichen Elan zeigte, wenn es darum ging, Verdächtige aufzuzeigen. Irgendjemanden gab es doch immer im Leben, der einen hasste.

»Herr Ehlig!« Tauner eilte dem Trainer nach, der schon wieder verschwinden wollte.

»Ach, der Herr Tauner.« Ehlig tat, als wären sie alte Freunde. Tauner wollte Bärlach vorstellen, doch der stand zwanzig Meter weiter bei einem Herrn vom DFB.

»Herr Ehlig, ich weiß, dass sie ein viel beschäftigter Mann sind«, Tauner hasste sich selbst für diese Schmeichelei. »Aber haben Sie noch einmal nachgedacht? Ist Ihnen vielleicht etwas eingefallen, irgendeine Kleinigkeit? Ein Gespräch vielleicht in Berlin, irgendjemand, der einen ganz speziellen Grund gehabt haben könnte? Oder kennen Sie vielleicht jemanden, der es direkt auf Jansen abgesehen haben mag?«

»Sind Sie extra aus Dresden gekommen, um mich das zu fragen?« Ehlig tat ein wenig als wäre Tauner besonders dumm.

»Hätte ich Sie anrufen sollen? Oder Sie nach Dresden bestellen?« Tauner hatte keine Lust zu lächeln, und Ehlig erkannte, dass es kein Spaß war.

»Glauben Sie denn, es war Absicht? Dann müsste der Täter gewusst haben, dass ich fahre.«

»Herr Ehlig, ich will Ihnen nicht sagen, was ich glaube. Wir kommen nicht voran und der einzige Zeuge der Tat sind Sie. Wir haben Hunderte Aussagen von Zeugen, die irgendwelche Männer und Autos gesehen haben, aber keine deckt sich mit einer anderen, und manche behaupten, sie hätten Außerirdische gesehen oder den Geist von Osama bin Laden. Verstehen Sie, was ich meine? Es hängt an Ihnen!«

»An mir hängt noch viel mehr! Und außerdem habe ich wirklich schon alles gesagt, wirklich. Ich habe auch Ihre Karte noch, und falls mir etwas einfallen sollte, rufe ich Sie an.« Ehlig dampfte ab wie ein Gangsterboss mit seiner Leibgarde, verschwand unter Blitzlichtgewitter in seinem Wagen.

Tauner blieb wutschnaubend zurück und Bärlach kam heran. »Deshalb bin ich nun hierher gefahren?« Nun konnte er es selbst nicht mehr glauben. War das nicht wirklich dämlich? Er spürte eine Bewegung in seinem Rücken. »Wagen Sie es nicht, Ihre Hand auf meine Schulter zu legen. Sie hätten sich auch mal was einfallen lassen können. Ihre angeblichen Kontakte haben bisher nichts gebracht außer weitere Spekulationen. Ich wollte, dass die Jansen einen Anfall kriegt und zugibt, dass sie ihren Mann umlegen wollte. Und anstatt mir zu helfen, machen Sie sich Gedanken um Anstand und Würde. Wird nicht mehr lange dauern, dann sind wir dran!«

»Wie *dran*?«

»Dann ruft das Innenministerium an, oder der Bürgermeister, oder irgend so ein scheiß aufgeblasener Sekretär!«

Eine sanfte Hand griff nach Tauners Arm und hakte

sich bei ihm unter. »Tja, so ist er eben, der Herr Ehlig. Fußball ist sein Ein und Alles, nach dem Spiel ist immer vor dem Spiel. Und das nächste Spiel ist immer das schwerste. Da ist es egal, ob Geburtstage, Beerdigungen, Mordfälle oder Erdbeben anstehen.«

»Frau Ehlig!« Tauner versuchte sich, galant der Frau zu entledigen, doch schon hatten ein paar Fotografen das neue Motiv entdeckt.

»Sie sind der berühmte Herr Hauptkommissar Tauner aus Dresden.« Frau Ehlig reckte ihr Kinn ein wenig hoch und strich Tauner plötzlich mit der Hand über die Narbe am Kopf. »Es stimmt also!«

»Was stimmt?«

»Sie hatten eine OP. Am Gehirn!« Frau Ehlig war eine wirklich schöne Frau. Sie war in ihren Pumps groß genug, um Tauner direkt in die Augen zu sehen, hatte ihr dunkles, glattes Haar hochgesteckt und trug einen kleinen schwarzen Hut, mit einem großmaschigem Schleier, der ihr bis zur Nasenspitze reichte, ihre Augen waren dunkel. Unter ihrem schwarzen Kleid schien sie durchtrainiert. Kinder hatte sie nicht, soviel Tauner wusste, und Zeit wahrscheinlich genug, um sich jeden Tag ein paar Stunden im Fitnessstudio aufhalten zu können.

Tauner wusste ob dieser hemmungslosen Neugier nichts zu sagen, wich ein wenig zurück.

»Ein Querdenker sind Sie, hab ich gehört. Waren Sie schon immer so oder sind Sie erst so geworden?« Frau Ehlig ließ von ihm ab und lächelte galant.

Die spielt nur mit mir, dachte Tauner, vielleicht will sie mich nur aushorchen. »Ich war schon immer so«, murmelte er ein wenig einfallslos.

»Sind selbst mal Fußballer gewesen, aber leiden können Sie keinen von denen, was?«

Tauner sah sich Hilfe suchend nach Bärlach um, doch der hatte sich anstandshalber ein wenig entfernt. »Ich habe mit achtzehn aufgehört, Fußball zu spielen.«

»Weil Sie nicht gut genug waren.« Frau Ehlig lächelte und Tauner wusste es nicht zu deuten. Noch immer hatten die Fotografen sie im Visier und ihr machte das anscheinend nichts aus, fast schien es, als kokettierte sie ein wenig damit.

Da Bärlach nicht da war, der diese Frau mit seinem feinen Auftreten vielleicht in ihre Schranken hätte verweisen können, musste er allein mit ihr fertig werden. »Ja, ich war nicht gut genug, deshalb hab ich damit Schluss gemacht.«

»Konsequent, so kennt man Sie, hab ich gehört. Und meinen Mann können Sie nicht leiden.«

Tauner wollte erst abwinken und relativieren, was man so höre, haha, Sie wissen ja, doch schließlich hob er die Schultern. »Ich kann kaum jemanden leiden. Aber Leute, die sich und das, was sie tun, zu ernst nehmen, kann ich nicht ertragen.«

»Nun, Sie nehmen Ihre Arbeit doch auch ernst. Sehr ernst sogar!«

»Das bringt die Arbeit mit sich. Niemand sollte das Recht haben jemanden umzubringen, das sollte man unbedingt ernst nehmen.«

»Aber den Fußball nicht? Trotz der Millionen und Abermillionen, die man damit umsetzt, trotz der vielen Leute, die davon leben?«

»Es ist ein Spiel. Ein Sport. Leute rennen um einen

Ball herum. Solche Leute sollten nicht so wichtig genommen werden.«

Frau Ehlig lachte belustigt auf und legte ihm dabei die Hand auf den Arm. »Sie sind so zornig, Herr Hauptkommissar. So als wüssten Sie nicht recht, etwas mit sich anzufangen. Sie denken viel nach, nicht wahr, und es stört Sie, dass andere scheinbar nicht denken müssen. Die leben einfach so dahin und machen Ihnen das Leben schwer. Entspannen Sie sich mal!«

»Wie soll das gehen? Immer wird es es jemanden geben, der jemand anderen umbringt.«

»Und was tut es zur Sache, ob Sie ihn einsperren?«

»Was es zur Sache tut?« Tauner sah Frau Ehlig misstrauisch an.

»Ist es nicht egal, ob er noch ein wenig draußen herumläuft oder im Knast sitzt? In ein paar Jahrzehnten ist es völlig egal. Oder fragen Sie sich, wie viele Mörder vor hundert oder tausend Jahren ungeschoren davonkamen?« Frau Ehlig wartete nicht auf eine Antwort. Sie winkte Tauner mit einer Hand und schwebte davon.

»Also entweder ist sie unglaublich dämlich oder unglaublich schlau«, sagte Bärlach leise.

Tauner sah der Ehlig hinterher, wie sie in ihr Auto stieg und davongefahren wurde. »Ich frage mich, ob sie mir irgendetwas sagen wollte.«

»Wollen Sie wissen, welchen Eindruck ich hatte?«

»Nein!«

»Die hat sich an Sie herangemacht. Und morgen wird Ihr Foto in jeder Zeitung sein.«

Tauner winkte ab. »Ach was.« Dann aber hielt er einen

Moment inne. »Vielleicht wollte die das ja. Sich mit mir fotografieren lassen.«

»Und was hätte sie davon?«

Tauner hob die Schultern, mittlerweile waren sie die Letzten auf dem Friedhof. Was hätte es geändert, wenn der Tumor ihn umgebracht hätte? Die Kinder wären ein bisschen traurig gewesen und die Frau. Aber spätestens in ein paar Jahrzehnten wären auch sie in die ewigen Jagdgründe eingezogen und dann hätte es niemand mehr geschert. Was also machte er da? Wenn es letztendlich doch sowieso irgendwann egal war?

»Herr Hauptkommissar?« Bärlach sah ihn besorgt an. »Haben Sie einen Aussetzer?«

»Hat man Ihnen das gesagt? Dass ich manchmal Aussetzer habe.«

»Es wurde jedenfalls mal angedeutet.«

»Ich habe einfach nur nachgedacht. Warum meinen Sie, sollte man Mörder einfangen, selbst wenn sie vielleicht schon ganz alt sind und sowieso bald sterben?«

Bärlach grinste schief und ein wenig unsicher. »Sie wollen mich auf den Arm nehmen?«

»Nein, will ich nicht. Warum also diese Mühe?«

»Damit sie nicht noch mehr Menschen umbringen!« Bärlach sah Tauner an, als erwarte er noch immer, dass Tauner in lautes Gelächter ausbrach.

Tauner nickte aber nur. »Ich denke, wir werden der Staatsanwältin den Gefallen leider nicht tun können.«

»Welchen Gefallen?«

»Wir kommen nicht weiter in dem Fall. Also müssen wir uns anderweitig umsehen. Möglicherweise liegt das Motiv des Täters weit in der Vergangenheit. Vielleicht sann er seit Monaten, wenn nicht sogar seit Jahren auf Rache, auf Genugtuung oder vielleicht Gerechtigkeit. Uns bleibt nichts anderes übrig, als in Ehligs Vergangenheit nach dem Mörder zu suchen. Das ist Ihr Job, dort setzen Sie an.«

»Ich?«

»Sie gehen unbelastet an die Sache heran, recherchieren Sie Zeitungsartikel, versuchen sie nachzuvollziehen, was damals geschehen ist. Dann fangen Sie an zu telefonieren. Aktivieren Sie Ihre Kontakte. Sammeln Sie Namen, wir klopfen dann die Hotels in Dresden ab und in der Umgebung, sobald wir Namen haben, finden wir vielleicht raus, wer in Richtung Dresden unterwegs war, vielleicht hat jemand von diesen Personen bei uns getankt. Und wir können vielleicht nachvollziehen, wer mit Berlin telefoniert hat.«

»Das kann Wochen und Monate dauern«, stöhnte Bärlach. »Und es klingt nach purer Langeweile!«

Tauner klopfte ihm auf die Schulter. »Sie werden sehen, es wird Ihnen Spaß machen! Vor allem weil Sie einen Dienstwagen bekommen und auf Staatskosten quer durch Deutschland fahren und in Hotels übernachten dürfen.«

Bärlach zuckte zurück, um Tauner aus einer anderen Perspektive sehen zu können. »Sie wollen mich loswerden«, sagte er, und alte Dämonen, die er offenbar glaubte, losgeworden zu sein, kehrten zurück. »Sie halten mich für einen Quälgeist!«

Tauner schüttelte entrüstet den Kopf. »Ich halte Sie für einen guten Mann. Sie haben so viel Theorie aufgesaugt und dann hat man Sie austrocknen lassen wie ein gutes Stück Holz. Und nun kann ich an Ihnen herumschnitzen, bis aus dem sehr guten Theoretiker ein sehr guter Kriminalist geworden ist. Die Arbeit, die Sie übernehmen sollen, ist sehr verantwortungsvoll. Wir sind auf der Suche nach einem Mörder und Sie sind mein verlängerter Arm, Sie sind meine Stimme! Ich muss die Stellung halten in Dresden, ich muss vor allem aber meinen Kopf hinhalten, ich hoffe, Sie verstehen das.«

Bärlach nickte und sah nicht mehr ganz so verzweifelt aus.

»Sie machen das alles schon richtig«, sagte Tauner in einem Anfall purer Väterlichkeit. »Haben Sie nur nicht immer so viele Zweifel!«

»Ich habe keine Zweifel«, murmelte Bärlach.

»Na, dann ist gut«, erwiderte Tauner ein wenig resigniert und bereute seine kleine Gefühlsanwandlung schon wieder. »Fahren wir zurück, das hier war die reinste Benzinverschwendung.«

8

»Drei zu null, das könnte Standardergebnis werden, oder?« Pia strahlte zufrieden mit sich und der Welt und dem ersten Spiel der EM. Portugal hatte sich nicht als ein so starker Gegner erwiesen, wie man es im deutschen Lager nach den guten Leistungen in der Quali befürchtet hatte. »Jetzt könnten sie gegen die Niederlanden die Vorrunde schon klar machen. Portugal hat gut gespielt, aber ehrlich, keine Chance, unsere Jungs hatten alles unter Kontrolle …«

»Gibt's wichtige Neuigkeiten?«, fragte Tauner missmutig. Er hatte Kopfschmerzen auf der Autobahn bekommen und ärgerte sich über sich selbst, denn Bärlach hatte mehrfach angeboten zu fahren. Doch weil er niemandem traute und ans Steuer ließ, konnte er es nicht zulassen, dass der junge Mann fuhr, während er schlief. Außerdem hatte das, was sich in Hamburg so gut anging, die frische Brise und dunklen Wolken, längst noch nicht bis Dresden herumgesprochen.

»Was soll denn schon groß passieren an einem halben Tag?« Pia war zufrieden und ließ Tauner anmerken, dass er sie nicht piesacken konnte.

»Hat Spechtler ausgepackt? Gab es einen neuen Zeugen? Haben Martin oder die Rensing etwas Neues gefunden?«

»Hat meine Frau angerufen?«, setzte Pia die Aufzählung fort.

»Hat sie?«, fragte Tauner.

»Nein, aber du könntest es wenigstens versuchen, oder?«

»Pia, was soll ich damit erreichen? Was in den letzten zwei Jahren kaputt ging, lässt sich nicht mit einem Anruf klären. Wir sind erwachsen und alt genug, um zu wissen, was wir wollen. Die Kinder sind groß und ziehen sowieso bald aus.«

»Aber ihr habt euch doch mal geliebt, oder?«

Tauner sah Pia ernst an und es tat ihm leid, denn offenbar konnte man ihr die Laune verhageln, obwohl Deutschland das erste EM-Spiel gewonnen hatte. »Pia, hör auf damit. Es ist meine Angelegenheit.«

Pia seufzte, dann hellte sich ihr Gesicht auf. »Vielleicht war dieser Scheidungsantrag nur ein letzter Hilferuf?«

»Oder ein Ausrufezeichen!« Tauner erhob sich wieder von seinem Stuhl. »Ich geh mal raus. Uhlmann ist zu Hause?«

»Er hat eine Familie und es gibt keinen Grund …«

»Pia, das war nur eine Frage!«

»Ja, er ist zu Hause.«

»Dann mach doch auch Feierabend. Denk nicht so viel an mich, denk an dich, freu dich über deine Nationalhelden.«

Pia nickte und war ein bisschen wie ein kleines Mädchen, das sie wohl niemals wirklich gewesen war.

Bärlach versuchte, die Stimmung ein wenig zu heben. »Hauptsache denen steigt der Sieg nicht zu Kopf!« Er bekam keine Antwort, nur böse Blicke, und sank in sich zusammen.

»Pia, warum nimmst du Herrn Bärlach nicht mit und ihr beide geht ein Bierchen trinken. Bestimmt hat er von unserer Stadt noch nicht viel gesehen.«

Tauners Fuß hatte noch nicht den Bürgersteig vor dem Polizeipräsidium berührt, da klingelte sein Handy. Er holte es eilig hervor und war ein wenig enttäuscht, als er die Nummer sah. »Martin, was ist?« Es dauerte nur eine Sekunde. »Ich komme!«

»Hier unten war ich schon mal«, sagte Tauner leise und legte seinen Kopf in den Nacken, um hinaufzusehen. Weit über ihm rauschte abendlicher Verkehr. Die Prießnitz war ein kleiner Fluss, der in der Dresdner Heide entsprang und sich durch einen kühlen Grund bis in die Stadt hinein und dort in die Elbe schlängelte. Eine Brücke spannte sich über das Tal, sehr hoch, und nicht nur ein Mal war ein Selbstmörder hier hinabgesprungen. Oben rauschte abendlicher Verkehr.

Es war schon recht dunkel, sodass Martins Leute Scheinwerfer aufstellen mussten. Ein paar uniformierte Beamte suchten das Gelände unterhalb der Brücke ab, stocherten im Unterholz und wateten mit Gummistiefeln durch den Fluss, der an dieser Stelle keine vier Meter breit und einen halben Meter tief war.

»Ich weiß«, antwortete Martin ziemlich spät, er hatte Tauner ein wenig Zeit zum Nachdenken gelassen. »Ich hab sie aufgesammelt!«

Die Frau eines ehemaligen Kollegen hatten sie hier auflesen müssen. Lag im Schnee, als schliefe sie friedlich, als müsste man ihr nur einen kleinen Klaps geben oder einen märchenhaften Kuss, um sie zu wecken. Stattdessen hatte er sich noch geprügelt mit seinem Kollegen und seinem eigentlich besten Freund.

»Also gut!«, sagte Tauner, auch das war schon Jahre her. Der Kollege saß in der geschlossenen Anstalt und in ein paar Jahren würde auch das niemanden mehr interessieren.

Martin hatte nicht vor, Tauner sentimental werden zu lassen. »Kinder haben hier unten gespielt, das war wohl gegen fünf am Nachmittag. Die durften das eigentlich nicht, deshalb haben sie sich nicht getraut, den Fund ihren Eltern zu zeigen. Dann haben sie es aber doch und haben etwas Falsches erzählt, nämlich, dass sie sie im Alaunpark gefunden hätten. Schließlich aber, nachdem wir hier mit ein paar Autos anrückten, weil die Eltern uns angerufen hatten, und ich bemerkte, dass die Hosen von dem einen Burschen noch immer nass waren, haben sie ausgepackt. Im Prinzip lag sie im Wasser, genau unter der Brücke und es fiel ihnen auf, weil es in dieser Tüte hier eingepackt war.« Martin deutete auf eine blaue Tüte. »Jedenfalls haben wir hier eine Heckler & Koch P10.«

Tauner nickte und fragte nicht, ob es die Tatwaffe war. »Warum haben wir das nicht gefunden?«, fragte er deshalb und wusste, dass es sich dabei um eine Provokation handelte.

Dementsprechend reagierte Martin, sah Tauner über seine Brillengläser hinweg an und holte Luft. »Wir haben schon die gesamte Stauffenbergallee abgegrast, weiter hinten natürlich, wo der Anschlag stattgefunden hat. Wir waren vollauf mit den Analysen beschäftigt, als dieser Anruf in der Zentrale einging. Und außerdem hatten wir keine andere Anweisung von dir und: Wer rechnet schon damit, dass der Täter die Waffe – wenn sie es ist – ausgerechnet hier entsorgt, keine zweihundert Meter von der Stelle entfernt, wo Ehlig angehalten hat.«

Tauner nickte. »Das müsste bedeuten, er ist dem zerschossenen Auto sogar noch hinterhergelaufen.« Ungläubig sah Tauner zur Brücke hinauf und erwartete fast, dort jemand spöttisch winken zu sehen. Wenigstens konnte er jetzt ziemlich sicher sein, es doch nicht mit einer zufälligen Kurzschlusshandlung zu tun zu haben. Hier hatte jemand einen Plan. Ein leichtes Kribbeln machte sich in Tauner breit, eine Mischung aus Vorfreude und Angst.

»Vielleicht wollte er erst auf Nummer sichergehen?«

»Oder er hat die Waffe erst später hier hinabgeworfen, denn sonst wäre er ja fast gleichzeitig mit den ersten Polizisten vor Ort gewesen. Der muss die sonst gesehen haben, die müssten sogar an dem vorbeigefahren sein. Der ist doch nicht so frech? Oder?«

»Aber wenn er sie später erst hier entsorgte, warum hat er sie nicht ganz woanders hingebracht, oder mit einem Stein in der Elbe versenkt, oder vergraben? Warum hier?« Martin hatte seinen Ärger überwunden und sah Tauner nachdenklich an.

Tauner dachte kurz nach und sagte dann etwas, von dem er wünschte, er müsse es nicht sagen. »Vielleicht sollte sie gefunden werden.«

»Und aus welchem Grund?«

Tauner winkte ab. »Darüber will ich noch gar nicht nachdenken! Lass uns erst herausfinden, wem die Waffe gehört und ob Spuren drauf sind.«

»Fingerabdrücke sind drauf. Sind schlecht erhalten, aber ich denke, wir können mit denen etwas anfangen. Willst du gleich mit ins Labor kommen?«

»Willst du kein Fußball sehen?«

Martin lächelte, denn er sah gern Fußball. »Willst du den Mörder finden?«

»Ja, das will ich!«

»Dann stell mir nicht immer so dumme Fragen! Wir sehen uns im Labor, meine Leute machen hier noch eine Weile rum. Mal sehen, ob wir Taschentücher finden, oder

Zigarettenstummel oder einen Personalausweis, den der Täter verloren hat.«

Tauner winkte und schlenderte zu seinem Wagen zurück. Er mochte Martin, vor allem, weil der nicht nachtragend war oder immer noch einen draufsetzen musste.

»Das Deutschlandspiel hab ich sowieso schon verpasst«, rief Martin ihm hinterher.

Drei Null, dachte Tauner und wusste nicht, ob Martin seine Gedanken lesen konnte und nur einen blöden Scherz gemacht hatte, was heißt das schon, drei mal war der Ball im gegnerischen Tor, juhu.

Martin war nicht ganz fertig. »Reicht, wenn du erst in ein, zwei Stunden kommst, ich muss erst ein paar Schießproben machen lassen und die Pulverreste analysieren«, rief er noch.

Tauner winkte, ohne hinzusehen, und warf sich in sein Auto. Früher um diese Zeit hatten sie an freien Tagen angefangen, all das nasse Zeug zusammenzupacken und die Kinder zu überzeugen, dass es auch einen nächsten Tag im Freibad geben würde. Er nahm sein Handy hervor und suchte nach der Nummer seiner Frau. Er könnte sie ja fragen, ob er mal eine Stunde vorbeikommen könne. Mit den Kindern reden, mit ihr. Und dann würde Martin anrufen und fragen, wo er bleibt und er hätte eine gute Ausrede. Wie immer, würden die Kinder sagen und seine Frau würde ihn mit diesem Blick ansehen, der Trauer widerspiegeln konnte oder Resignation. Tauners Daumen schwebte ein paar Sekunden über der Ruftaste, dann drückte er die Nummer weg und steckte das Handy ein.

»Und was hast du getrieben?« Martin sah kurz von seiner Arbeit auf.

Tauner setzte sich neben ihn. Es war ihm eine Qual gewesen, die Zeit mit sich zu vertreiben. »Ich hab einen Kaffee getrunken, in dem Café beim Bärenzwinger. Und jeder hat über Fußball geredet. Und die Zusammenfassung lief im Fernsehen. Wenn ich den Ehlig sehe, wie er brüllt und schreit am Rand, mit seinem Arm im Verband. Wie er den Linienrichter stößt. Ich weiß nicht …«

Martin sah ihn fragend an. »Dann wünscht du dir, die Kugeln hätten ihn getroffen?«

»Ach was. Ich weiß nicht, was ich denken soll. Ich weiß, dass sein Freund ums Leben kam, neben ihm, und trotzdem geht alles weiter. Der Ball ist rund, nicht wahr.« Die Burschen hatten wirklich nicht schlecht gespielt und die Portugiesen konnten einem leidtun, denn erst hatte es ausgesehen, als hielten sie mit, um in der zweiten Halbzeit dann völlig einzubrechen.

Martin seufzte leise. »Hör auf zu lamentieren. Es ist nun mal so, da kannst du erklären, was du willst, für viele ist Fußball zurzeit das Wichtigste, versuch es locker zu nehmen.«

»Komisch, etwas in der Art hat Ehligs Frau heute auch zu mir gesagt.«

»Ach, du warst ja in Hamburg.«

»Ja, vollkommen umsonst. Ehlig hat gerade mal zwei Sätze gesagt. Er weiß nichts anderes, als er uns sowieso schon mitgeteilt hat. Müsste man nicht meinen, ihm läge alles daran, dass wir den Mörder seines Freundes erwischen?«

»Was soll er denn sagen? Sie fahren in Berlin los, kurz vor Dresden macht Jansen schlapp, hat seinen Traubenzucker vergessen. Ehlig hält den Wagen an, zum Glück ist nicht viel los auf der Autobahn, er hat keinen Traubenzucker. Aber er weiß, dass sie fast da sind, fährt zu schnell. Hat ja schon zugegeben, dass er schneller fuhr, als erlaubt war, mal davon abgesehen, dass er gar nicht hätte fahren dürfen. Wollte, dass sein Freund so schnell wie möglich ins Bett kam. Dann sah er jemanden an die Straße treten, dachte noch, was will der denn und dann geht's bamm bamm bamm bamm und er drückt auf das Gas. Die Scheibe war halb blind, er war geschockt, raste über zwei Kreuzungen und ruft dann die Polizei. Was soll er dir sonst erzählen?«

»Warum fährt er nicht an die Tankstelle und kauft einen Schokoriegel? Er kommt doch an einer vorbei, wenn er da von der Autobahn abfährt.«

»Weil das Navi sagte, jetzt links abbiegen und weil er in diesem Moment nicht so weit denken konnte. Was erwartest du von dem?«

Tauner schüttelte den Kopf. »Nichts!« Ob das stimmte, wusste er nicht. Dieses Kribbeln war wieder da, auch ohne vibrierendes Telefon.

»Du kannst ihn nicht leiden. Aber wer kann das schon? Er ist klein und aufdringlich, schnauzt alle an, beleidigt Nobelpreisträger und Politiker, weil er wirklich glaubt, Fußball sei das Wichtigste auf der Welt. Das ist sein Leben, er zieht es durch und ihm ist egal, ob du ihn leiden kannst oder nicht!«

»Kannst du ihn denn leiden?«

»Ach was!« Martin lachte wie über einen guten Witz. »Aber du wirst sehen, er holt den Pokal und alle werden ihn lieben. Vielleicht sogar ich. So und nun zurück zur zweitwichtigsten Sache der Welt. Es ist die Tatwaffe, das ist hundertprozentig klar. Wem gehört sie? Das wissen wir noch nicht, meine Leute recherchieren noch nach der Nummer, aber wir werden sie finden, vielleicht haben wir sie genau in diesem Augenblick.« Martin sah zur Tür. Nichts passierte. Er hob die Schultern. »Wäre ein cooler Effekt gewesen.«

»Fingerabdrücke?«

»Die haben wir, aber die waren in unserer Datenbank noch nicht registriert. Von Unbekannt also.«

Die Tür ging auf. Martins junger Kollege kam herein, er hielt einen Zettel in der Hand und las von ihm ab. »Die Waffe ist bei einem Schießsportverein in Fürth gemeldet.«

»Warum konntest du nicht dreißig Sekunden eher hereinkommen?«, fragte Martin.

Der Kollege stutzte verständnislos und zuckte mit den Achseln, als sei er solche Bemerkungen von seinem Chef gewohnt, genauso wie er anscheinend gewohnt war, sie zu übergehen. »Die Waffe kommt von einer Schießanlage in Fürth. Die genaue Adresse steht hier drauf, auch die Telefonnummer.« Der Kollege legte den Zettel auf den Tisch. »Ich geh mal wieder.«

Tauner regte sich. »Warte mal! Wie viele Fingerabdrücke habt ihr?«

Der Mann zählte stumm mit den Fingern. »Eine Menge. Eine ganze Hand sogar und mehrere am Lauf. Alles nicht mehr ganz astrein wegen des Wassers, aber die Tüte, in der die Waffe war, hat einiges konserviert. Reicht hundert pro für eine Identifizierung!«

»Fingerabdrücke an der Tüte?«

»Leider nein, weder innen noch außen.«

»Nichts anderes? Ihr müsst die Gegend gründlich absuchen, noch mal und noch mal!«

»Falk«, besänftigte Martin übertrieben. »Das tun wir und wir werden nicht ruhen, bis Britannien von den Römern befreit ist.«

Martins Kollege lachte und empfahl sich nach nebenan.

»Da ist was faul!«, murrte Tauner.

Martin nahm seine Brille ab und begann sie zu putzen. »Ich wette, du vermutest eine Verschwörung.«

»Was soll das? Erst dieses Profiverhalten und dann die Waffe in der Nähe des Tatorts. Und nun lässt sich ganz leicht zurückverfolgen, woher sie kommt. Nicht einmal die Nummer wurde weggefeilt. Das ist eine Schnitzeljagd. Der Täter will uns auf die falsche Spur locken.«

»Das sagst du! Vielleicht hat er aber nur so viele CSI-Folgen gesehen, dass er glaubt, er wüsste Bescheid und ist trotzdem unglaublich dämlich!«

Falk Tauner reagierte nicht, machte sich eigene Gedanken. »Ich rufe jetzt in Fürth an. Die sollen die Bude auseinandernehmen, mir die Mitgliederliste schicken und die Besucherlisten.« Er erhob sich und erst als er Martins Büro neben dem Labor verlassen hatte, fiel ihm ein, dass er wenigstens Danke oder irgend so was hätte sagen können.

Falk stöhnte, als sein Handy zu klingeln begann. Ohne die Augen zu öffnen, tastete er nach dem Telefon, fand es aber nicht. Schließlich raffte er sich auf, öffnete die Augen, die sich anfühlten, als wären sie zugeklebt, und sah sich nach dem Lärmgerät um. Bevor er den Anruf annahm, registrierte er die Uhrzeit: halb eins in der Nacht. Er hatte gerade eine halbe Stunde geschlafen und zwar angekleidet auf seinem Sofa, was sonst nur passierte, wenn er getrunken hatte.

»Tauner«, schnaufte er ins Telefon. »Ja, kein Problem, jaja, ich hab es so gewollt. Die Liste, ja, ins Büro, die Nummer haben Sie. Irgendwelche Besonderheiten? Jemand, den ich kennen muss?«

Tauner lauschte. »Achtermann? Sagt mir gerade nichts.« Tauner lauschte wieder, dann lachte er auf und griff sich an den Kopf. »Der DFB-Präsident. Ich hab es ja geahnt. Ja, danke, vielen Dank und gute Nacht.«

Tauner legte das Telefon auf den Tisch vor ihm. Dann erhob er sich und überlegte, was zu tun war. Sollte er jetzt anfangen zu trinken? Sollte er seine Leute anrufen und die Pferde scheu machen? Sollte er fernsehen? Ersteres hatte er sich geschworen, heute sein zu lassen, einfach nur aus dem Gefühl heraus, seine Frau könnte doch anrufen und sofort merken, dass er betrunken war, zweites war völlig unnötig, und letzteres war sinnlos, denn die kleine Wohnung, in der er seit ein paar Wochen wohnte, war eine Unterkunft für Beamte, die auf der Durchreise waren oder zu einem Kurzbesuch in der Stadt und hatte nicht viele vernünftige Fernsehprogramme zu bieten. Und außerdem, dachte Tauner, und das brachte ihn gleich wieder zu Vorschlag eins zurück, würde überall nur von Fußball die Rede sein.

Schlafen, dachte Tauner, duschen und schlafen, das klang gar nicht so schlecht. Und einfach mal so zu tun, als müsse er über nichts nachdenken.

9

»Ach, du Heiland«, wusste Pia nur zu sagen, als sie die Liste der Mitglieder des Schießvereins durchgelesen hatte, danach ging sie in ihr Büro.

»Da bleibt uns nichts, als alle Fingerabdrücke einzusammeln, ich hab das den Kollegen vor Ort schon durchgegeben.« Tauner mampfte Rührei, das er sich aus dem Fast-Food-Restaurant um die Ecke mitgebracht hatte; beinahe kalt, schmeckte es ihm dennoch. Es war gut, mal nüchtern eingeschlafen zu sein. So etwas gelang ihm meist nur bei totaler Erschöpfung. An die kommende Nacht wollte Tauner nicht denken, es war auf jeden Fall unmöglich, jeden Tag nach Hamburg und wieder zurückzufahren, um einschlafen zu können.

»Und wenn wir Übereinstimmende mit denen auf der Waffe finden, ist doch der Fall so gut wie gelöst, oder?«, fragte Bärlach und sogar Uhlmann sah auf, um zu sehen, ob der junge Beamte einen Scherz machte oder wirklich so naiv war.

»Jo!«, sagte Tauner und spülte die Eier mit einem halben Becher Kaffee ins endgültige Verderben, in die ewige Himmelskükenfarm. »Ich denke, wir werden eine kleine Überraschung erleben. Frau Dickmann-Wachtel wird ganz große Augen machen und den Tag verfluchen, an dem sie den Fall übernommen hat.«

»Würdest du das bitte nicht immer so sagen!«, mahnte

Pia aus dem Nebenzimmer. »Die kommt noch mal und hört das.«

»Ach was!« Tauner winkte ab und sah sich nach weiteren Essbarkeiten um.

»Oder du gewöhnst dich so dran, dass du sie noch mal mit Dickmannwachtel ansprichst.«

Uhlmann legte die Liste mit den Namen auf den Tisch. »Ich hoffe, wir beide denken nicht dasselbe, wenn du von Überraschungen redest.«

Bärlachs Blick huschte zwischen den beiden älteren Kriminalisten hin und her. »Was meinen Sie denn? Können Sie nicht mal Klartext reden?«

»Nö, dann ist die Überraschung ja futsch.«

»Oder Herr Tauner müsste zugeben, dass er sich vielleicht geirrt hat, wenn alles ganz anders kommt.« Pia kehrte mit einigen Unterlagen aus ihrem Büro zurück. »Der Fall lag damals bei der Staatsanwaltschaft Hamburg. Ich habe Ihnen hier zusammengestellt, was ich finden konnte. Der Staatsanwalt Dögerling ist seit fünf Jahren in Pension, aber vielleicht freut er sich ja, wenn er jemanden zum Reden hat. Ich hab schon bei den Kollegen in Hamburg angerufen und Bescheid gesagt. Sie wollen Ihnen Zugang zu allen Unterlagen von damals gewähren. Ich habe Ihnen auch ein gutes Hotel gebucht. Erst einmal für eine Woche. Dann werden wir weitersehen. Hier ist noch Ihr Flugticket, Sie werden in Hamburg einen Wagen bekommen.«

Ein wenig unglücklich nahm Bärlach die Papiere entgegen. »Ich dachte, ich müsste erst telefonieren und recherchieren.«

Tauner nickte. »Das tun Sie ja auch, aber es ist besser, Sie sind gleich vor Ort.«

»Sie wollen mich ja doch nur loswerden!« Bärlach lächelte schief, obwohl es ihm ernst war.

»Herr Bärlach. Stellen Sie sich einfach vor, wie sie nach ein zwei Tagen Recherche, einen Zusammenhang zwischen zwei Personen entdecken, der uns vorher noch nicht bewusst war, dann kombinieren wir eins und eins zusammen und verhaften den Täter. Wer steht dann als Held da?«

Bärlach verzog das Gesicht, sah auf das Flugticket und verzog sein Gesicht noch mehr. »Ich muss wohl gleich meine Sachen packen. In vier Stunden geht der Flug. Setzen Sie mich wenigstens von Ihrer Überraschung in Kenntnis?«

»Das mache ich!« Tauner erhob sich, ging Bärlach entgegen und reichte ihm die Hand. »Wenn Sie wieder da sind, können Sie mich duzen.«

»Mich auch«, rief Uhlmann, doch das war für Bärlach nur ein schwacher Trost.

Uhlmann wartete so lange, bis er sich sicher war, dass Bärlach nicht wiederkam. »Du wolltest ihn loswerden!«

»Sollte ich für ein paar Tage nach Hamburg fahren?«, fragte Tauner, der damit gerechnet hatte. »Oder du? Wolltest du das machen? Oder wen sollte ich schicken? Reiber vielleicht? Der wäre bestimmt auf der Reeperbahn versackt!«

»Red kein Zeug.«

»Wisst ihr, wie mir der Bärlach vorkommt? Wie der kleine Streber in der Schule. Ist immer der Beste, meldet sich ständig, möchte beliebt sein, lädt alle zum Geburtstag ein und alle kommen, aber nur, um sich nachher über ihn lustig zu machen. So einen gibt's immer. Und in der Ausbildung ist er der Klügste und Stärkste von allen und ist den Ausbildern nicht geheuer mit seiner Eifrigkeit. Niemand nimmt ihn ernst, obwohl er sich größte Mühe gibt, und obwohl er der Beste ist, stecken die ihn in ein Büro und lassen ihn Listen kopieren oder was weiß ich. Der braucht mal eine Chance.«

Uhlmann grunzte. »Aber leiden kannst du ihn trotzdem nicht!«

»Weißt du was, Hans? Ich kann ihn gut leiden und das behagt mir nicht. Ich will niemanden leiden können, nicht einmal mich.« Das war ihm ernster als es klang.

»Du traust dich nicht, ihm zu trauen!«, rief Pia, die gerne mal einen psychologischen Ratgeber zur Hand nahm, um andere zu traktieren. Tauner vermutete, dass sie nur seinetwegen damit angefangen hatte.

»Er kommt vom LKA, wurde uns mir nichts dir nichts zugestellt und nachdem ihn niemand haben wollte. Er scheint ein netter Kerl zu sein und vor allem sehr loyal, fragt sich leider nur, gegenüber wem.«

Das Telefon klingelte und Pia ging ran. »Ist okay. Auf dem Weg schon? Natürlich, wir können es kaum erwarten!« Dann legte sie auf. »Wir sollen uns hübsch machen. Der Achtermann kommt zu uns. Sie sind gerade zum Flughafen gefahren. Er müsse mit dem ermittelnden Beamten etwas klären, das nicht an die Öffentlichkeit gelangen soll.«

Tauner lehnte sich zurück und verschränkte die Hände hinter dem Kopf. »Na, da bin ich ja gespannt«, murmelte er und hätte niemals zugegeben, dass er ein wenig aufgeregt war.

Achtermann wirkte in natura nicht ganz so groß und mächtig wie im Fernsehen; war auch nicht ganz so leicht, wenn sich ein Uhlmann im Raum befand, wurde fast alles kleiner. Und offenbar wurde der DFB-Präsident vor seinen Fernsehauftritten immer gut geschminkt, denn jetzt sah man seinem Gesicht die Sorge und Müdigkeit an. Man hatte ihn ohne viel Aufsehen ins Polizeipräsidium geschleust und in einen Beratungsraum gesteckt. Tauner hatte ihn dort, ein wenig nervös auf seine Uhr starrend, genau fünf Minuten sitzen lassen, ehe er eintrat.

»Herr Achtermann«, sagte er laut und wuchtete einen Stapel Akten und Papier auf den Tisch, die gar nichts mit Achtermann zu tun hatten. Dann reichte er dem Mann die Hand. »Hauptkommissar Tauner. Und Sie?« Tauner betrachtete die Herren, die links und rechts von Achtermann saßen.

Achtermann stellte die Herren vor. »Das ist mein Anwalt, Herr Klingen, und mein Berater, Herr Sundermann.«

»Und das ist Hauptkommissar Uhlmann«, sagte Falk, nachdem dieser hinter ihm den Raum betreten hatte, und setzte sich. »Ich gehe davon aus, dass Sie mit uns über die Waffe aus Ihrem Schießsportverein reden wollen. Bestimmt sind Sie heute Morgen davon in Kenntnis gesetzt worden, dass wir nach dem Besitzer dieser Waffe suchen.«

Achtermann nickte und lächelte. »Nun ja, das ist eine sehr unangenehme Angelegenheit«, begann er. »Diese Waffe ist uns vor einigen Wochen abhanden gekommen.«

Das hätte ich an seiner Stelle auch gesagt, dachte Tauner. »Davon ist uns nichts bekannt. Und außerdem gibt es für den Fall des Verlustes einer Waffe einen standardisierten Meldevorgang und auch von einem solchen ist uns nichts bekannt.«

Achtermann sah wieder nach links zu seinem Anwalt, der nickte unmerklich. »Sehen Sie, in einer Position wie meiner wird man von allen Seiten angegriffen.«

Das muss man sich vorher überlegen, dachte Tauner und versuchte ausdruckslos auszusehen.

»Die Medien lechzen buchstäblich nach Skandalen, gerade Schießsportvereine und der Schusswaffenbesitz sind in letzter Zeit in ein sehr schlechtes Licht gerückt worden. Als die Waffe verschwand, hielten wir es zuerst für eine Unachtsamkeit. Sie wissen ja, Gewohnheiten schleichen sich ein, jeder vertraut jedem und viele Dinge werden nicht mehr ganz so …« Der Anwalt räusperte sich. Achtermann sammelte sich. »Die Waffe war also weg und zuerst glaubten wir, jemand hätte sie mit nach Hause genommen, oder der Zeugwart hätte sich verzählt. Ich glaube, wir bemerkten diesen Verlust noch nicht einmal an dem Tag, an dem uns klar wurde, dass sie fehlte. Wir gingen davon aus, irgendeiner wird sie schon haben. Schließlich überlegten wir, wie wir damit umgehen sollten, und beschlossen zu schweigen. Ich gebe zu, diese Idee kam von mir, denn ich glaubte, ein solcher Fall würde eine derart schlechte Presse bringen, dass meine Bestätigung als Präsident gefährdet werden würde. Vielleicht wissen Sie noch, was damals los war: Einige meiner vertrautesten Mitarbeiter hatten hinter meinem Rücken an meinem Sturz gearbeitet und ein Misstrauensvotum angezettelt.«

»Vielleicht hätte Ihnen in diesem Fall Ehrlichkeit besser zu Gesicht gestanden.« Tauner hatte sich diese Bemerkung erst verkneifen wollen, weil Achtermann so fein gesprochen hatte und er ihn nicht vor den Kopf stoßen wollte. Er glaubte Achtermann und ärgerte sich maßlos über diese Dämlichkeit, denn irgendwann musste der Verlust der Waffe gemeldet werden, es sei denn, man ginge dazu über, bestimmte Leute zu bestechen. Aber vielleicht hatte Achtermann geglaubt, diesen potenziellen Skandal zu einem anderen Zeitpunkt besser überstehen zu können, und bestimmt hätte das auch funktioniert, wenn mit ihr jetzt nicht jemand erschossen worden wäre.

Nun meldete sich der Berater zu Wort. »Wir hatten gehofft, dass Sie diese Informationen so vertraulich wie möglich behandeln können, denn zurzeit ist es wichtig, dass keinerlei unnötige Unruhe erzeugt wird, wenigstens bis zum Ende der Europameisterschaft.«

Tauner überhörte das einfach. »In welchem Zeitraum ist Ihnen die Waffe abhanden gekommen?«

Achtermann sah erneut nach links und der Anwalt nickte wieder. »Unser Vereinsvorsitzender hat in den Büchern nachgesehen, wann das letzte Mal mit ihr geschossen worden ist ... Also offiziell. Das war vor sechs Wochen, den Verlust bemerkt haben wir vor vier Wochen.«

»Schießen bei Ihnen immer nur Vereinsmitglieder oder haben Sie Besucher dort?«

Achtermann verzog wieder den Mund, verkniff es sich diesmal, seinen Anwalt anzusehen. »Wir haben des Öfteren Besuch und, um es mal so auszudrücken, Herr

Hauptkommissar, bei einigen Gelegenheiten haben nicht nur wir auf der Schießbahn geschossen. Sie wissen ja, insgeheim will jeder mal schießen, die meisten geben es nur nicht zu.«

Tauner verzog den Mund, sagte aber nichts. Jedes Wort aus Achtermanns Mund schien die Liste von Verdächtigen um zehn oder zwanzig Namen zu verlängern. »Dann rufen Sie Ihren Vorsitzenden an und machen ihm klar, er soll eine detaillierte Liste von Namen aufstellen. Und bitten ihn, dabei keine Auslassung vorzunehmen, keine! Außerdem möchte ich Sie auf Folgendes aufmerksam machen. Wir sind die Polizei und nicht das Auskunftsbüro für die Presse. Informationen jeglicher Art werden vertraulich behandelt. Letztendlich aber wird es irgendjemanden geben, der aus dem Verhalten bei Ihrem Schießsportverein Konsequenzen ziehen wird, spätestens wenn dieser Mordfall von der Staatsanwaltschaft zur Anklage gebracht wird. Dessen müssen Sie sich bewusst sein, bis dahin werden wir uns, soweit es die Ermittlungen zulassen, in Schweigen hüllen. Ganz im Gegenteil erbitte ich mir von Ihnen Stillschweigen, keine reumütigen Bekundungen vor der Presse zum Beispiel. Das könnten wir am allerwenigsten brauchen. Jetzt müssen Sie da durch, ob Sie nun wollen oder nicht.«

Achtermanns Miene deutete an, dass dies nicht ganz genau das war, was er hatte hören wollen, doch er war kein dummer Mann und gab sich vorerst zufrieden. »Nun ja, ich hoffe, ich konnte Ihnen mit dieser Information irgendwie helfen. Sicher können Sie sich vorstellen, wie wenig Zeit wir haben und zurück nach Polen müssen. Es muss noch einiges erledigt werden und gerade ich als Präsident des DFB muss überall präsent sein.« Achtermann sah aus, als wolle er sich erheben.

Das passte Tauner kein bisschen in den Kram, denn er war hier derjenige, der irgendetwas beendete. Allerdings kam ihm Uhlmann zuvor.

»Sie besitzen doch einen Waffenschein, Herr Achtermann?«

Achtermann nickte.

»Sind Sie ein guter Schütze?«

Achtermann hob die Schultern. »Ich würde sagen, ja.« Jetzt lächelte er verschmitzt. »Meine Trägheit kommt mir da wohl zugute.«

»Deshalb schieß ich besser als du, Falk«, sagte Uhlmann leise.

Tauner sagte nichts, wollte sehen, worauf das noch hinauslief. Uhlmann hatte es nicht umsonst zum Hauptkommissar gebracht, auch wenn er seine Nützlichkeit meist gut tarnte.

»Haben Sie schon eine erkennungsdienstliche Erfassung hinter sich gebracht?«, wendete sich der dicke Polizist wieder an den DFB-Präsidenten.

Dessen Anwalt zuckte ein bisschen, so als ob er dagegen hatte einschreiten wollen und es aus einleuchtenden Gründen doch nicht tat.

Achtermann hob – sich ergebend – die Hände. »Tun Sie, was sie tun müssen«, meinte er jovial.

»Herr Bärlach? Sind Sie schon beim Flughafen? Ich wollte Sie nur von der kleinen Überraschung in Kenntnis setzen.« Tauner lauschte ins Telefon, er war gerade dabei, zwei Fliegen mit einer Klappe zu schlagen. Mindestens. »Ja, Achtermann war hier, besser gesagt, er ist noch hier und wartet darauf, dass wir ihn entlassen. Ja, nun raten Sie.« Tauner grinste Uhlmann zu, der von dieser Aktion nichts hielt und abwinkte. »Genau, es sind seine Fingerabdrücke auf der Waffe. Guten Flug, Herr Bärlach. Ich baue auf Sie. Das meine ich ernst!« Tauner legte auf. »Sieh mich nicht so an, Hans.«

»Du bist albern!« Uhlmann verzog den Mund.

»Wir warten einfach eine Weile und sehen, was passiert. Dann wissen wir, wie loyal er ist.« Die Analyse der Fingerabdrücke war blitzschnell vonstatten gegangen, die Jungs in Martins Labor hatten keine fünf Minuten gebraucht, so deutlich war das Ergebnis. Hundert pro, wie Martin gesagt hatte. Achtermann, der noch immer mit seinen Begleitern im Beratungsraum saß und sich die Tinte von den Fingern wischte, würde sich etwas einfallen lassen müssen.

»Und den Achtermann willst du sitzen lassen?«

Tauner tat, als wäre es ihm egal. Dabei zwang er sich, sitzen zu bleiben, seit zehn Minuten schon. Er wollte unbedingt die Bestätigung der Ergebnisse abwarten, um die er Martin gebeten hatte. Nun durchforsteten sie einerseits die Datenbanken und verglichen die Abdrücke des Handballens, um auf Nummer sicherzugehen. »Der hat doch Gesellschaft.«

»Wir könnten ihn zumindest in Kenntnis setzen, dann weiß er wenigstens, warum er noch wartet. Vielleicht fallen ihm dann selbst die Namen der Besucher seiner Schießbahn ein. Und vielleicht noch mehr.«

»Da hast du eigentlich recht, Hans.« Tauner erhob sich

glücklich, lange hätte er diese Warterei nicht mehr ausgehalten. Es war zwar leicht, den harten Mann zu spielen, aber einer zu sein, war ungleich schwerer. »Pia, magst du dem DFB-Präsidenten mal einen Kaffee kochen und den anderen beiden Typen auch?«

»Und darf ich dir und Hans dann auch gleich noch einen machen?«, kam es schnippisch zurück.

»Das wäre aber nett!«

Tauner redete absichtlich laut, ehe er den Raum betrat, indem Achtermann sich befand. So brauchte er nicht zu klopfen und konnte gleichzeitig den peinlichen Moment vermeiden, in dem plötzlich ein vielleicht vertrauliches Gespräch endete. Schnurstracks peilte er seinen Stuhl an, legte Martins Untersuchungsergebnisse auf den Tisch. »Herr Achtermann, ich befürchte, ich muss für Sie einen Haftbefehl beantragen.«

Achtermann riss die Augen auf. Sein Anwalt beugte sich vor, um zu erkennen, was auf Tauners Papieren zu sehen war.

»Die Fingerabdrücke, die wir auf dieser Waffe fanden, sind eindeutig die Ihren. Wir haben mindestens drei Finger, die Ihnen zugeordnet werden können, Daumen, Mittel- und Ringfinger, sowie einen Teil von ihrem Handballen.« Tauner lehnte sich zurück und sah fragend in die Runde. »Haben Sie irgendetwas zu erzählen?«

Achtermann schnappte fassungslos nach Luft. Sein Berater sprach für ihn. »Das ist absolut lächerlich. Das mögen seine Fingerabdrücke sein, doch Sie haben es gehört, die Waffe wurde gestohlen, die Fingerabdrücke könnten Monate alt sein. Außerdem hat er ein einwandfreies Alibi für die Tatzeit.«

Tauner ließ die Worte kurz wirken, sah dann grundlos Uhlmann an, tat es nur, um Zeit zu schinden. »Das war gerade nicht, was ich hören wollte. Dass die Waffe gestohlen wurde, hat er gesagt, ob es stimmt, wissen wir noch nicht. Sein Alibi für die Tatzeit ist für mich nicht geklärt. Er könnte die Information über Ehligs Ankunft und sein Fahrtziel leicht bekommen haben, soweit ich mittlerweile weiß, ist Seiler, der das Hotel gebucht hat, einer Ihrer Vertrauten beim DFB. Sie waren in Dresden, alles andere ist schnell organisiert.«

»Er hat Zeugen. Leute, die bezeugen können, wo er war!«

»Okay, wer sind die Zeugen? Sie beide?« Tauner sah Klingen und Sundermann an.

Beide schwiegen und Achtermann fuhr sich durch die Haare, ein leiser Fluch entwich seinen Lippen.

»Und meines Erachtens haben Sie sogar ein Motiv. Ich habe aus der Presse davon erfahren, obwohl ich es gar nicht wollte. Wäre es nach Ihnen gegangen, wäre Ehlig kein Trainer geworden, denn er hat Ihnen vor zwölf Jahren die erste Wahl zum Präsidenten vermasselt, weil Sie sich damals für ihn eingesetzt hatten. Sie haben angeblich sogar einmal gesagt, Sie hassen diesen aufgeblasenen, kleinen durchgedrehten Fatzke.« Achtermann starrte den Tisch an, dem das gar nichts ausmachte und sagte keinen Ton mehr. Er brauchte nicht einmal mehr seinen Anwalt anzusehen, weil er selbst schlau genug war herauszufinden, dass alles nicht zum Besten stand und dass es keinen Sinn hatte, mit den Polizisten zu diskutieren.

Tauner ließ sie eine Weile so zappeln, schließlich gab Uhlmann ihm einen leichten Stoß unter dem Tisch. »Darf ich Ihnen etwas verraten, meine Herren, auch wenn es ermittlungstaktisch vielleicht falsch ist? Ich glaube Herrn Achtermann die Geschichte mit der gestohlenen Pistole. Ich glaube, unser Täter versucht, Sie auf ziemlich primitive Weise in die Sache hineinzuziehen. Vielleicht aber dachte er gar nicht soweit und stahl einfach bei der erstbesten Gelegenheit die erstbeste Waffe. Normalerweise dürfte ich Sie trotzdem nicht gehen lassen, müsste Sie in Untersuchungshaft nehmen, bis wir ein Alibi haben, das nicht auf wackeligen Füßen steht. Aber, und das ist ein Umstand, der mich am meisten anwidert, ich weiß auch, dass ich mir aufgrund Ihrer Stellung und der momentan heiklen Lage selbst keinen Gefallen tue, wenn ich Sie festnehme. Wir müssen also eine Lösung finden. Wir werden Sie vermutlich unter Beobachtung stellen. Ich schätze, es dürfte für das LKA kein Problem sein, zwei Leute zu finden, die mit Ihnen nach Polen kommen.«

»Das kommt gar nicht infrage!«, posaunte der Anwalt heraus.

»Ach was! Soll er mich verhaften, oder was?« Achtermann warf seinem Anwalt einen tadelnden Blick zu. »Wäre es möglich, das irgendwie zu kaschieren? Und dabei geht es jetzt nicht nur um meine Integrität.«

»Darüber habe ich jetzt keine Lust, mir Gedanken zu machen. Geben Sie die Leute doch einfach als zusätzliche Personenschützer aus. Kommen wir lieber mal auf den Fall zurück. Wer fällt Ihnen spontan ein, der erstens Ehlig umbringen wollte und zweitens Ihnen vielleicht auch nicht wohl gesonnen ist?«

»Wissen Sie, ich glaube, ich kenne niemanden, der zu einer solchen Tat fähig wäre. Ich kenne ein paar, die Herrn Ehlig nicht ausstehen konnten.«

»War einer von denen vielleicht bei Ihnen im Schießverein?« Es war nutzlos, ahnte Tauner, Achtermann würde nicht die Informationen haben, nach denen er suchte. Ihn weiter sitzen zu lassen und zu befragen, war eine kleine Gemeinheit.

Achtermann dachte nach und hob dann die Schultern.

»Spechtler vielleicht? Der hat Grund, Sie beide zu hassen.« Tauner war von sich selbst genervt, denn dass Spechtler die Waffe persönlich dem Schießverein entwendet hätte, wäre der Gipfel der Dämlichkeit.

»Also Spechtler war garantiert nicht ein einziges Mal bei mir gewesen, wir kennen uns privat kaum, sehen uns nur bei Spielen oder Veranstaltungen.«

»Heiligmann?«

»Heiligmann ...« Achtermann dachte wieder nach und Tauner war sich sicher, dass er überlegte, ob er lügen oder die Wahrheit sagen sollte. Heiligmann war also auf der Schießbahn gewesen.

Pia unterbrach sämtliche Gedankengänge, sie kam mit einem Tablett herein, stellte Kaffeetassen und eine Kanne auf den Tisch, machte jedoch keinerlei Anstalten, das Geschirr zu verteilen, um deutlich zu zeigen, dass sie keine Kellnerin war. Stattdessen beugte sie sich zu Tauner herab. »Du hast eine Vogeldame zu Besuch im Büro.«

Tauner nickte und sah vielsagend auf die Uhr. »Keine Viertelstunde!«, sagte er dann zu Uhlmann, weil er glaubte, mit einem Blick wäre noch nicht genug gesagt und erhob sich. »Wenn die Herren mich ganz kurz entschuldigen würden.«

»Sie wollen doch nicht etwa Achtermann verhaften?«, blaffte die Staatsanwältin, die in seinem Büro gewartet hatte, doch damit war es mit ihrem Elan schon vorbei. Erschöpft ließ sie sich in Uhlmanns Stuhl fallen, der viel Schlimmeres gewohnt war und nicht mal quietschte. »Man hatte mir schon gesagt, dass ich auf einiges gefasst sein müsste, wenn ich mit Ihnen zu tun habe.«

»Vor allem, dass der Mörder gefasst wird, nicht wahr.« Tauner machte gute Miene zum dummen Gerede. Er wollte erst sehen, wie die Diekmann-Wachte reagierte, vorher legte er die Karten nicht auf den Tisch.

»Und wollen Sie das? Den Herrn Achtermann verhaften?«

»Mir bleibt gar nichts anderes übrig. Wir haben die Tatwaffe, die als solche mittlerweile zu hundert Prozent identifiziert ist, und seine Fingerabdrücke, nein, sogar die ganze Hand. Er war in Dresden, er konnte an entscheidende Informationen gelangen und er hat ein Alibi, das sich auf seinen Berater und seinen Anwalt stützt.«

»Aber er hat ein Alibi«, behauptete die Staatsanwältin kläglich. »Sein Berater war doch bei ihm, oder?« Dann raffte sie sich auf. »Herr Hauptkommissar, ich werde Ihnen keinen Haftbefehl für Achtermann erteilen, das ist ja absolut lächerlich. Wir würden uns lächerlich machen! Der DFB-Präsident erschießt doch keinen Bundestrainer oder jedenfalls dessen Assistenten, oder beide.«

»Wieso machen wir uns lächerlich? Sie vielleicht, indem Sie Indizien einfach ignorieren. Geben Sie mir das schriftlich?«

»Tauner, das können wir nicht machen. Innerhalb von einer Stunde haben Sie einen riesigen Presserummel im Haus!«

»Sie, Frau Dick … Diekmann-Wachte. Schließlich haben Sie sich denen regelrecht zum Fraß vorgeworfen, indem Sie den Fall übernahmen. Was schreiben die denn, wenn wir Achtermann laufen lassen, und es stellt sich heraus, dass er der Mörder ist? Mir reicht schon, was sie jetzt schreiben. ›Dresdner Polizei tritt auf der Stelle‹.«

»Ist das der Grund, warum sie Bärlach nach Hamburg geschickt haben, obwohl ich Ihnen verboten hab, in Ehligs Vergangenheit herumzuwühlen? Darauf haben Sie doch nur gewartet, stimmt's? Wissen Sie, was die wirklich als Nächstes schreiben? ›Trainer Ehlig wirft das Handtuch. Dresdner Polizei zerstört alle Titelträume!‹«

»Sie könnten Texter werden, Frau Staatsanwältin! Eine gute Schlagzeile.«

»Veralbern Sie mich nicht. Ich will, dass Sie Achtermann gehen lassen und pfeifen Sie Bärlach zurück. Konzentrieren Sie sich darauf, wer die Waffe gestohlen haben könnte. Von mir aus überprüfen Sie diesen Seiler, der das Hotel gebucht hat, ich gebe Ihnen auch gern eine Abhörgenehmigung für den und auch für den Heiligmann. Aber Ehlig und Achtermann lassen Sie aus dem Spiel.«

»Oh, oh«, sagte Pia leise in ihrem Büro und wahrscheinlich hatte das niemand hören sollen, denn sie verstummte schnell angesichts der Stille, die sich in Tauners Büro ausbreitete.

Tauner sammelte seine Gedanken, zählte noch mal bis drei, dann sagte er: »Erstens: Geben Sie mir keine Befehle. Zweitens: Wenn Sie mich bei den Ermittlungen behindern wollen, lege ich sofort Beschwerde beim Chef ein und beschwere mich den ganzen Weg nach oben bis zum Innenministerium. Und drittens: Ich will Ihnen ein Geschäft vorschlagen. Ich lasse den Achtermann unter Beobachtung gehen und seine Arbeit machen und Sie lassen den Bärlach schön seine Arbeit machen. Der ist nämlich, zumindest auf dem Papier, mein Befehlsempfänger. Wenn jemand Ehlig umbringen wollte, dann ist dieser jemand auch über den Ehlig zu finden. Solange die deutsche Mannschaft gewinnt, wird es den Ehlig nicht stören, falls da das eine oder andere ans Tageslicht kommt, er wird es verkraften können. Wenn Deutschland verliert, ist er sowieso hinüber!«

Die Staatsanwältin schob sich aus dem Stuhl nach oben. »Also gut!«, meinte sie ohne langes Nachdenken. »Lassen Sie uns hoffen, dass Bärlach nicht in ein Wespennest sticht!«

»Ich hab es ja gewusst. Bärlach gibt ihr sofort alles weiter!« Tauner lehnte sich in den Türrahmen zu Pias Zimmer.

»Das hat sie ihm aufgetragen.« Pia tat, als gäbe es Wichtigeres, schrieb weiter an ihrem Computer.

»Das heißt noch lange nicht, dass er es auch tun muss!«

»Vielleicht hat er es ja gar nicht. Der ist nicht so dumm.

Er weiß, wenn er der Staatsanwältin diese Info gibt, rennt sie gleich zu dir, damit würde er sich verraten.«

»Ja, aber woher hat sie denn diese Information?«

»Ach, lass mich doch in Ruhe!«

Tauner betrat den Raum, in dem sich Achtermann noch immer mit seinen Begleitern und Uhlmann aufhielt.

Uhlmann drehte sich umständlich zu ihm um. »Wir haben mal eine kleine Liste gemacht, ein gutes Dutzend Leute, die wir überprüfen müssten.«

Tauner nickte und setzte sich. »Dieser Heiligmann, warum ist der nicht Trainer geworden? So viel ich weiß, hat er mehr Titel gewonnen als Ehlig. Er war drei Mal Meister und einmal Pokalsieger und einmal hat er den Europapokal gewonnen. Ehlig war nur einmal Meister und einmal im Pokalfinale.«

»Da hat er sogar gegen Heiligmann verloren«, wusste Uhlmann.

Achtermann hob resigniert die Schultern. »Er wäre meine erste Wahl gewesen. Aber die meisten Leute hielten Ehligs Ehrgeiz und seine Durchsetzungskraft für die besseren Eigenschaften, um dieses Turnier zu gewinnen. Heiligmann ist eher einer, der den Kompromiss sucht. Er versucht, seine Spieler wie seine Kinder zu behandeln, gleichberechtigt und nett, wie ein lieber Papa. Ehlig zieht einfach durch, was er sich ausdenkt; das mag für ein Turnier vielleicht sogar besser sein. Ich wollte aber längerfristig planen.«

»Dann müsste es Heiligmann aber genügen, Ehlig scheitern zu sehen.«

Achtermann nickte und schien seine Gedanken abzuwägen. »Ganz so einfach ist das nicht, wenn man bei einer Wahl scheitert, stellt man sich nicht gleich zur nächsten. Die Leute vergessen nicht, dass man ein Verlierer ist, und suchen sich einen Neuen. Heiligmanns Träume sind geplatzt! In meinen Augen ist das aber längst kein Motiv. Ich versuche Ihnen nur, die Umstände ein wenig auszuleuchten. Es ist ja nicht so, als ob ich auf einem absoluten Machtposten sitze. Solche Leute wie Walther, Bensheim, Seiler und Branke und viele andere hohe Funktionäre neigen schnell dazu, ihre Meinung zu ändern, man muss die bei Laune halten und wenn etwas nicht so läuft wie die wollen, bin ich auch weg vom Fenster. Wenn Heiligmann sich wieder anbietet, müsste er sich der Unterstützung von mindestens zehn dieser Funktionäre sicher sein und die hat er nicht. Das weiß er, deshalb wäre es von ihm völlig … hirnrissig, Ehlig umbringen zu wollen.«

»Ehlig sollte schon einmal Nationaltrainer werden, doch dann verschwand er plötzlich von der Bildfläche. Warum denn eigentlich und wo ging er hin?« Tauner wollte weg vom Thema Heiligmann, hin zum Thema Ehlig.

»2000 war das, er ging nach Portugal.« Bei einem Quiz wäre Uhlmann der Schnellste gewesen.

Achtermann nickte. »Als Fußballnationaltrainer ist man ein Aushängeschild. Die ganze Welt sieht diesen Mann, erst recht, wenn er Deutscher ist und Deutschland trainiert. Da kann man es sich nicht leisten, der Presse irgendeinen Anhaltspunkt zu geben, um ihn schlecht zu machen. Und das ist wirklich nicht einfach. Die kramen uralte Verkehrsdelikte heraus oder

Schlägereien, die vor zwanzig Jahren stattgefunden haben ...«

Tauner nahm es sich heraus, Achtermann zu unterbrechen. »Können Sie mir erklären, warum Ehlig damals nicht Trainer wurde?«

»Es kamen Gerüchte auf, die wir nicht beweisen, aber auch nicht einfach ignorieren konnten. Es hieß, er sei in die Manipulation von einigen Spielen verwickelt gewesen und er hätte illegale Sportwetten betrieben. Wie gesagt, beweisen konnte man ihm nichts, da er ... also wenn er daran beteiligt war, hat er immer Mittelsmänner benutzt.«

»Aber heißt es nicht, im Zweifel für den Angeklagten? War es nicht sogar so, dass Sie Ehlig damals mehr schätzten als Heiligmann?«

»Heiligmann stand damals noch nicht zur Debatte, er war fest in seinen Vertrag in der Bundesliga eingebunden. Und es stimmt, damals habe ich für Ehlig gestimmt, da kannte ich ihn noch nicht so gut. Zuerst wollte ich nicht auf die Gerüchte eingehen, aber ich habe mehr und mehr ein Gefühl für den Mann entwickelt und traute ihm schließlich alles zu.«

»Immerhin hat die Staatsanwaltschaft in Hamburg das Verfahren mangels Beweisen eingestellt.«

»Ehlig kennt in Hamburg viele Leute«, sagte Achtermann leise und sein Anwalt räusperte sich so laut, dass er daraufhin einen Hustenanfall bekam.

»Ich verstehe. Ich versichere Ihnen nochmals, dass alles, was hier besprochen wird, absolut vertraulich behandelt wird! Ich habe mit der Staatsanwältin soeben unser weiteres Vorgehen abgestimmt. Sie fliegen wieder zurück nach Polen und tun so, als wäre nichts gewesen, müssen aber telefonisch für mich erreichbar sein, wenn ich Sie mal brauche. Zwei Beamte in Zivil werden Sie begleiten und mich ständig über Ihren Aufenthaltsort informieren. Und wenn Ihnen doch noch etwas Wichtiges einfallen sollte, geben Sie mir bitte Bescheid!«

»Was wolltest du mit diesem Gespräch über Ehlig erreichen?« Uhlmann war ein wenig ungehalten, als sei er nicht zufrieden.

»Ich wollte wissen, welchen Dreck er am Stecken hat.«

»Na, da hat dir der Achtermann aber gut nach dem Mund geredet, der kann den auch nicht leiden.«

»Darum geht es nicht, Hans!«

»Doch, darum geht's. Du hoffst, dass du dem Ehlig irgendwie ein Ding reinwürgen kannst, weil du seine Großkotzigkeit nicht verträgst und seinen Erfolg. Deshalb hast du auch Bärlach auf die Spur angesetzt, der hätte sich lieber um die Listen vom Schießverein kümmern sollen.«

»Ich dachte, ich hätte ihn weggeschickt, weil ich ihn loswerden wollte? Hast du das nicht gesagt?«

»Ja, auch deshalb.« Uhlmann hätte gern den Kopf geschüttelt, doch weil er das nicht konnte, winkte er ab. Nun musste er sich nämlich den Listen widmen.

10

In der Nacht vor dem souverän erreichten Viertelfinale gab Tauner auf und schenkte sich die zweite Hälfte der Wodkaflasche aus dem Kühlschrank ein. Die Niederlanden hatte sich als starker Gegner entpuppt, dem die Nationalmannschaft ein zwei zu eins abgerungen hatte. Dänemark dagegen als letzter Gruppengegner, die das letzte Spiel hätten gewinnen müssen, sah sich einer deutschen Mannschaft gegenüber, die nichts verlieren konnte und frei aufspielte. Ein Ehrentreffer kurz vor Schluss milderte kaum den Schmerz der vier Gegentreffer. Ehlig lobte die traurigen Dänen, und aus seinem Mund klang es wie Hohn. Tauner versuchte, den Fußballmeldungen aus dem Weg zu gehen, doch das war unmöglich, selbst wenn er Radio, Fernsehen und Internet ignorierte, sprangen ihm die Zeitungsmeldungen ins Auge und nicht nur einmal ertappte er sich dabei, wie er beim Schlangestehen in der Bäckerei die Überschrift der Leitartikel las, die allesamt einzig dieses Thema kannten.

Auch sein Fortschritt auf Arbeit konnte lediglich als unbefriedigend bezeichnet werden. Achtermanns Liste und die des Schießvereins hatte den zu überprüfenden Personenkreis mindestens verdoppelt. Eine Woche lang hatten sie nichts Besseres zu tun gehabt, als sämtliche Dienststellen besagter Verdachtspersonen anzurufen und sie um Mithilfe zu bitten, da es galt, irgendwelche Zusammenhänge zu finden. Leider konnte fast jeder, dem Achtermann einmal wohlgesonnen war, bei ihm schießen oder wurde wenigstens zu einer Vereinsfeier eingeladen.

Bestimmt arbeiteten nun fünfzig Leute in ganz Deutschland an diesem Fall und deren E-Mails häuften sich in Tauners Posteingang zu einem schier undurchdringlichen Dickicht aus Namen und Daten. Er allein brauchte Tage, um dieses Dickicht zu lichten, und es wurmte ihn, dass er dabei immer dieses dumme Gefühl in sich trug, Ehlig wüsste mehr. War der mit seiner Rolle einfach nur zufrieden? Hatte er sogar etwas davon, wenn der Täter unerkannt blieb? Der Presserummel um ihn herum jedenfalls war unbeschreiblich, und die Angst der Staatsanwältin, etwas von den alten Ungereimtheiten könnte ans Tageslicht gelangen, war völlig unberechtigt. Die Presse war Ehlig wohlgesonnen, ließ ihn jeden Tag zu Wort kommen, ließ ihn erzählen, was seine Vorgänger falsch gemacht hätten, dass er nun wieder richten musste, erwähnte mit keinem Wort irgendwelche Vorkommnisse aus der Vergangenheit. Ehlig sprach von Taktiken und wie man den nächsten Gegner angehen musste, wusste, wer die stärksten Konkurrenten waren, erzählte, dass er von dem Überfall nicht mehr wusste, als er der Polizei erzählt und dass er Glück gehabt hatte und wie traurig er über den Tod seines Freundes Holger war. Seinen Verband trug er stets von einer Jacke leicht bedeckt, doch so, dass man ihn sehen konnte. Dabei kaute er immerzu seine Kaugummis, wenn seine Assistenten vergaßen, ihn darauf hinzuweisen, diese vor den Pressekonferenzen herauszunehmen. Noch dazu schien er alles richtig zu machen, sie hatten alle drei Vorrundenspiele gewonnen, Ehlig wurde größer und größer vor der Kamera, lächelte grimmig und machte jeden nieder, der es wagte, eine dumme Frage zu stellen. Von Minute zu Minute steigerte sich Tauners Unwillen, wenn er diesen Mann sah; er fragte sich, ob der nur so tat, als trauere er, ob er einen Vorteil zog aus Jansens Tod, warum er nicht zur Tankstelle gefahren war, um Jansen Zucker zu besorgen, und ob er gerade dabei war, sich in einen Hass gegen diesen Mann hineinzusteigern.

Das Schlimme an Tauner war, dass er genau wusste, wenn andere recht hatten, es wegen seiner Sturheit aber vor sich selbst oder vor anderen niemals eingestehen würde. Zwar überspielte er das oder fing an zu streiten, doch tief in seinem Innern wusste er genau, wann er über die Stränge geschlagen hatte. Uhlmann hatte wahrscheinlich recht damit, dass er seinem allgemeinen Frust, seiner Unfähigkeit, seine Ehe zu retten und den Verlust der Kinder, die plötzlich nicht mehr klein und lenkbar waren, ein Bild zu geben versuchte, um sich damit nicht auseinandersetzen zu müssen. Ehlig war wie geschaffen dafür. Aufgedreht und eingebildet wie ein Kokser, wusste er immer, was zu tun war, hatte scheinbar immer die richtigen Worte auf den Lippen und war dabei noch erfolgreich. Es war leicht, einen Hass gegen den Mann zu entwickeln, anstatt sich seinen Problemen zu stellen.

Gelangweilt zappte Tauner durch die Fernsehprogramme. Alles, was er sah, war die Spielaufstellung, die Zerrung irgendeines Mittelfeldspielers, Interviews mit

Experten, die alles noch besser wussten. Interviews mit Spielern, die allesamt dasselbe sagten, wenn sie es mit verschiedenen und manchmal ungelenken Worten taten. Ehlig war ihr Mann, Ehlig sagte, was Sache war, es ist ein Turnier und man darf nicht für sich selbst denken, wir müssen eine Mannschaft sein, das Team zählt, der Titel zählt, nichts anderes.

Tauner schaltete den Ton weg und nahm einen Schluck aus der Flasche. Selbst das verdarb er sich mit seinem schlechten Gewissen, doch leichter wurde es allemal und manchmal erweichte es eine verhärtete Stelle in seinem Gehirn, ließ ihn eine Idee haben, die ihn weiterbrachte.

Nur half es nichts, wenn das Telefon dabei klingelte. Tauner nahm sein Handy hoch, sah sich die Nummer an, die er nicht kannte, und fragte sich, ob es tragisch wäre, einmal nicht ans Telefon zu gehen. Letztendlich obsiegte sein Pflichtgefühl, an das Handy zu gehen, dieses Ehen zerstörende, dumme kleine Ding. Wie wichtig war es schon, Mörder zu fangen, wenn man dabei sein eigenes Leben auslöschte? Vielleicht war es dann nicht das richtige Leben, dachte er. Tauner nahm ab, und erst als er den Namen der Frau realisierte, setzte er sich gerade auf, so als ob sie ihn sehen könnte.

»Frau Ehlig? Hier in Dresden?« Tauner hörte kurz zu. »In einer halben Stunde«, sagte er. Dann griff er sich ans Kinn. »Sagen wir eine dreiviertel Stunde.«

Er hätte lieber ein Taxi nehmen sollen, dachte er eine halbe Stunde später, den Wodka hatte er ganz vergessen. Er ließ die Scheiben hinunter und warme Nachtluft hinein und bremste ein wenig ab. Sollten ihn die Uniformierten anhalten, würde er denen sagen, wer er war. Doch umfahren wollte er trotzdem niemanden.

Die Ehlig hatte im Steigenberger, einem der besten Hotels der Stadt, eingecheckt, direkt gegenüber der Frauenkirche. Sie würde im Restaurant auf ihn warten und er musste hoffen, sie bezahlte, was auch immer sie zu sich nehmen würden. Es war eine Stunde nach Mitternacht, als er das Hotel erreichte.

Er stellte seinen BMW einfach am Straßenrand ab, das Parkverbotsschild scherte ihn nicht. Das kleine Hinweisschild in seinem Auto genügte für alle Fälle.

Der Mann an der Rezeption sah ihn ein wenig schräg an und Tauner wartete nur darauf, dass er etwas Dummes über seine Kleidung sagen würde. Doch der Mann war nur freundlich und erkundigte sich nach seinem Anliegen. Als er nach dem Restaurant fragte, deutete der Rezeptionist nach links. »Frau Ehlig wartet schon auf Sie, Herr Tauner.«

Frau Ehlig saß an der Bar und tat gelangweilt, doch Tauner wusste, sie schauspielerte. Soweit kannte er sich mit Frauen aus. Er setzte sich neben sie, doch sie erhob sich sogleich und zwang ihn, wieder von seinem Stuhl zu rutschen.

Sie strahlte ihn an und ihre Augen glänzten verheißungsvoll. »Herr Tauner, Sie haben sich rasiert. Kommen Sie, wir setzen uns da drüben hin.« Die Ehlig hauchte ihm einen Kuss auf die Wange, womit Tauner gar nichts anfangen konnte.

Tauner folgte ihr an den Tisch, bemerkte, dass sie ihr

Getränk hatte stehen lassen, doch ein Kellner folgte ihnen damit. »Haben Sie einen Wunsch?«, fragte er Tauner.

»Der Herr möchte einen doppelten Wodka«, zwitscherte Frau Ehlig und rümpfte ein wenig ihr Näschen. »Sie sind doch nicht im Dienst, oder?«

Sie hat das gerochen, dachte Tauner. »Tja, das liegt ganz daran, worüber wir sprechen werden. Den Wodka nehme ich aber trotzdem.«

»Schön haben Sie es hier«, meinte Frau Ehlig unvermittelt.

Tauner sah sich um. »Ich sehe das hier zum ersten Mal!«

»Seien Sie nicht albern, ich meine Ihre Stadt.«

»Weiß denn Ihr Mann von Ihrem Besuch hier?«

»Ich befürchte, der weiß zurzeit nicht einmal mehr, dass er eine Frau hat. Der war zwar vor einer Woche noch einmal kurz zu Hause, aber nur, um noch ein paar Sachen zu holen.«

»Warum sind Sie hierher gekommen?«

Frau Ehlig ließ ihre Augen aufblitzen, versuchte, mit dem Glas am Mund eine Olive aus ihrem Martini zu fischen und kicherte ein wenig albern, weil diese wieder hineinfiel. Tauner atmete tief durch und versuchte, seine Gedanken zu bändigen.

»Sie kommen nicht so recht voran.«

»Und da wollten Sie mir helfen?«

»Ich wollte Sie ein wenig ablenken, um auf andere Gedanken zu kommen!«

Tauner verstand nur das Wort ›ablenken‹ und schraubte jegliche Erwartungen herunter. Im Gegenteil, er bereute sogar, nicht zu Hause geblieben zu sein.

Frau Ehlig spürte diese Verhaltensänderung sofort, obwohl Tauner sich äußerlich nichts anmerken ließ. »Oh, verstehen Sie mich nicht falsch. Ich will Sie nicht von Ihrer Arbeit ablenken. Keineswegs, ich dachte nur, damit Sie zwischendurch mal an etwas anderes denken können.«

Die will mich ausloten, dachte Tauner, die will Informationen von mir, ob Ehlig sie geschickt hat? Was hat der davon?

»Wie ich hörte, war Achtermann bei Ihnen.«

»Woher wissen Sie das denn?«

Die Ehlig musste lachen. »Wissen Sie, es sind gerade ein paar hundert Leute vom DFB in Polen. Spieler, Trainer, Köche, Physiotherapeuten, Funktionäre und außerdem überall die Medien. Da bleibt einfach nichts geheim.«

»Ja, Achtermann war da und er hat ein kleines Problem.«

»Achtermann ist ein armes Würstchen.« Die Ehlig hatte ihre Olive gefangen und zerkaute sie, ehe sie weitersprach. Tauner lehnte sich zurück und versuchte ein wenig zu entspannen. Offenbar wollte ihn hier weder jemand zur Rede stellen noch eine Anweisung empfangen. »Achtermann denkt, er ist mächtig, aber der ist nur eine Marionette. Sein Kopf denkt das, was andere sagen.«

»Das sagt er selbst, seinen Mund bewegt er offenbar allein. Er kann Ihren Mann nicht ausstehen!«

»Das können Sie auch nicht!«, meinte Frau Ehlig unverblümt, aber so weit waren sie schon einmal. »Dachten Sie wirklich, Sie könnten bei der Beerdigung irgendetwas aus meinem Mann herausholen?«

Tauner hob ein wenig beleidigt die Schultern, offenbar hatte er sich nicht nur in Dresden damit zum Gespött gemacht. »Präsenz zeigen«, murmelte er dann. »Hat Ihr Mann mit Ihnen über den Mord gesprochen?«

»Oh ja, er rief mich an und sagte, ihm ginge es gut. Aber Hübner hätte sich den Oberschenkel gezerrt.«

»Hübner, der Stürmer, der jetzt schon drei Tore geschossen hat?«

»Ja, der!«

»Und dass Jansen tot war, hat er nicht gesagt?«

»Später, nachdem ich ihn gefragt habe.« Frau Ehlig lächelte seltsam und Tauner wusste nicht, was er da hineindeuten sollte.

»Haben Sie Frau Jansen gesehen, nachdem es passiert war?«

Jetzt stellte Frau Ehlig ihr Glas weg und beugte sich ein wenig vor. Bestimmt trug sie ein sehr teures Kleid, obwohl der Schneider mit Stoff gespart hatte. Tauner zwang sich, in ihr Gesicht zu sehen. Ihre Augen blitzten spöttisch, weil sie erkannte, welche Not er dabei litt. Bleib hart, dachte sich Tauner, du sparst dir Ärger oder Enttäuschung.

»Ich sollte ihr die Nachricht übermitteln!«

»Hat das nicht die Polizei gemacht? Haben Sie ein besonderes Verhältnis zu ihr?«

»Klaus sagte mir, ich solle zu der Jansen fahren, damit die es nicht aus der Presse erfährt. Aber die wusste das schon, ich glaub, es war ja auch zehn Minuten später in den Nachrichten. Als ich in ihre Einfahrt fuhr, kam sie mir schon entgegen und fiel mir gleich um den Hals.«

»Haben Sie nun ein besonderes Verhältnis zu ihr?«

»Oh ja, ein ganz besonderes!« Die Ehlig ließ ihre Augen leuchten und Tauner verstand die besondere Betonung nicht zu hundert Prozent. »Das ist aber nichts, was Sie angeht«, fügte Frau Ehlig hinzu.

»Gut.« Tauner ahnte, dass aus dieser Richtung heute Abend nichts mehr zu holen war. »Denken Sie, Achtermann hätte es drauf angelegt, ihren Mann umzubringen? Er kann gut schießen und war an dem Abend in Dresden.«

»Achtermann redet nur, er sagt, er mag meinen Mann nicht und gibt es sogar offen zu. Er hat sogar mal gesagt, das Schlimmste, was ihm passieren könnte, wäre, dass Deutschland unter Ehlig einen Titel holt. Aber er würde sich niemals hinreißen lassen, etwas Derartiges zu tun.«

»Könnten Sie sich vorstellen, dass Achtermann jemandem eine Waffe zukommen lässt, um Ihren Mann umzubringen?«

»Hören Sie bitte auf, Herr Tauner! Das ist alles Blödsinn und Sie wissen es.«

»Warum mag Achtermann Ihren Mann nicht mehr? Er hatte schon mal ein viel besseres Verhältnis zu ihm.«

»Achtermann hat Angst vor der Vergangenheit. Er glaubt nicht an die Unschuld meines Mannes. Er glaubt, dass eines Tages alles ans Tageslicht kommt, und dann ist er fein raus, weil er sich schon immer von Ehlig distanziert hat.«

»Glauben Sie an die Unschuld Ihres Mannes? Was war damals los?«

»Damals kannte ich meinen Mann noch gar nicht, wir sind erst seit zehn Jahren zusammen. Ich habe ihn einmal gefragt, da hat er nur unwirsch reagiert und gesagt, das alles wäre nur dummes Gerede gewesen. Falls Ihr Kollege in Hamburg etwas herausfindet, können Sie mir gern davon erzählen.«

»Woher wissen Sie, dass jemand in Hamburg ist?« Jetzt war Tauner wirklich sauer.

»Ich weiß es eben, nichts ist geheim. Fußball ist eine politische Sache, kein Sport. Er soll nur da unten nicht zu tief im Dreck wühlen, da gibt's ein paar, die beobachten ihn mit Argusaugen.«

»Wer soll das sein?«

»Das kann ich nicht sagen. Ich weiß nur: Hamburg ist ein heißes Pflaster. Da gibt's eine Clique, die machen allerlei Geschäfte. Solche Geschäfte, bei denen alle gewinnen und niemand wirklich verliert. Da kommt niemand zu Schaden, außer natürlich irgendjemand wirbelt den Schlick auf.«

Da schicke ich Bärlach nach Hamburg und die Informationen kommen mir plötzlich von allein entgegen, dachte Tauner. Vielleicht sollte ich Bärlach warnen und zusehen, ihm noch ein bisschen Unterstützung zukommen zu lassen.

»Diese Leute von denen Sie reden, kennt Ihr Mann die persönlich?«

»Bestimmt. Noch einen Wodka?« Tauner schüttelte den Kopf. Frau Ehlig haschte nach der Aufmerksamkeit des Kellners und bekam sie prompt. »Noch mal dasselbe!«

»Haben Sie einen Überblick über die Konten Ihres Mannes?«

»Herr Hauptkommissar. Was stellen Sie plötzlich für

alberne Fragen!« Die Ehlig schüttelte gespielt vorwurfsvoll den Kopf. Die Getränke kamen und kaum war der Kellner fort, nahm sich Frau Ehlig ihr Glas und kippte den Martini in einem Zug hinunter. Dann erhob sie sich und streckte ihre Hand aus. »Zeigen Sie mir Ihre Stadt!«, rief sie aus.

Tauner ließ sich eine Sekunde Bedenkzeit, bedachte dabei, wie spät es war, wann der Dienst wieder beginnen würde und vor allem, was er mit diesem Wodka anstellen sollte. Dann atmete er durch, ließ sich von der Ehlig aus dem Stuhl ziehen und kippte sich das Wässerchen hinter die Binde.

11

Tauners Büro gleißte im spätmorgendlichen Sonnenschein.

»Na?«, fragte Pia und dass sie nicht mehr sagte, bewies, dass sein Äußeres keine Fragen offen ließ.

»Schone mich, ich habe nicht geschlafen«, flüsterte Tauner und griff sich an den Kopf. Warum musste es auch so warm sein?

Uhlmann kannte keine Gnade. Er hatte fein geschlafen und längst gut gefrühstückt. »Was der Herr Achtermann uns vorenthalten wollte, hat sein Vereinspräsident verraten. Heiligmann war schon beim Schießen gewesen und er kann sogar gut schießen. Sie können nur nicht mehr genau sagen, ob die Waffe vorher oder nachher verschwunden ist. Des Weiteren war auch dieser Seiler beim Schießen, der das Hotel gebucht hat. Außer diesem noch acht andere DFB-Funktionäre.«

»Jemand aus Hamburg?« Tauner wünschte sich, es gäbe kein Licht und kein Geräusch.

»Gut, dass du fragst. Es waren vier Leute aus Hamburg da. Und Jansen!«

»Also fünf?«

»Fünf aus Hamburg.«

»Die müssen wir überprüfen, schick die Namen zu Bärlach, die soll er befragen.«

»Der hat vorhin angerufen«, sagte Pia und tat Gutes, indem sie Kaffee brachte. »Er wäre heut früh geweckt worden, obwohl er gar keinen Weckdienst bestellt hatte.«

»Keine Milch heut!« Tauner ließ seine Hand vorschnellen, um die Tasse abzudecken, was zur Folge hatte, dass Pia die Milch auf seine Hand goss. Tauner wischte sie sich an seiner Hose ab und ignorierte Pias angewiderten Blick. »Bärlach soll sich bedeckt halten. Er soll vorsichtig an die Sache herangehen. Lieber nicht so viel fragen, lieber ein bisschen mitmachen. Ich will dann mal mit Hamburg telefonieren, ob die da einen Mann haben, der bisschen in der Szene steckt!«

»Hattest du vielleicht irgendein Gespräch, von dem ich nichts weiß?«, murrte Uhlmann.

»Hatte ich. Ein langes Gespräch, sehr lang. Ich glaube wir können die DFB-Typen erst mal ausblenden, es sei denn, die kommen aus Hamburg. Frau Ehlig ist in Dresden und rief mich gestern an. Ich habe mich mit ihr getroffen. Ich glaube, sie wollte mir was sagen, ohne mir etwas zu sagen. Vielleicht steig ich noch dahinter.«

»Oder drüber!« Uhlmann tat als hätte er nichts gesagt, hatte er aber.

Tauner rieb sich das Gesicht. »Quatsch mich jetzt nicht voll. Ich denke, die Ehlig weiß ein bisschen was, das uns auf die Sprünge helfen könnte. Das will ich herauskitzeln. Die will unterhalten werden, deshalb lässt sie sich Zeit!«

»Und dir kommt das prima zupass.« Pia verzog den Mund und war schon wieder wütend. »Weißt du, in welch beschissener Lage ich mich befinde? Einerseits hoffe ich, dass du und deine Frau irgendwie wieder zueinanderfinden, und andererseits erfahre ich dann Dinge, die sie nie erfahren sollte!«

»Dann rede doch nicht mit ihr. Außerdem weiß ich gar nicht, was ihr wollt. Ich habe gearbeitet die ganze Nacht.«

Uhlmann grunzte leise und ein bisschen sarkastisch. »Immerhin ist sie wirklich hübsch«, murmelte er dann.

»Ja, von mir aus, redet nur.« Tauner nippte an seinem Kaffee und verzog das Gesicht. »Hab ich noch was verpasst in der Zeit, die ich zu spät kam?«

»In deinem Posteingang ist eine E-Mail von Frau Diekmann-Wachte. Es geht um Spechtler. Sein Anwalt hat Haftprüfung beantragt, und sie sagt, wir können ihn nicht länger hier behalten, wenn wir nicht wenigstens einen Anhaltspunkt hätten, allein wegen des Motivs kann sie das nicht länger verantworten.«

»An den hab ich heut auch schon gedacht. Der Kerl ist mir ein bisschen ein Rätsel, der müsste nur sagen, wo er war. Ich bin sicher, er war nicht in der Nähe des Tatorts, Martin hat auch keinerlei Anhaltspunkte dafür gefunden und seine Blackout-Geschichte ist nur Geschwätz, aber wahrscheinlich ist er einfach nur dumm.«

»Wie alle Fußballer!«, fügte Pia sarkastisch hinzu.

»Pia!«, rief Uhlmann fröhlich und diese verzog sich.

»Willst wohl gar nicht mit der Wachtel diskutieren?« Hans sah Tauner neugierig an. »Immerhin gibt es nicht nur das Motiv, sondern das fehlende Alibi. Ich glaube nicht, dass der Haftrichter Spechtler gehen lässt, wenn wir es nicht wollen.«

Tauner gab sich noch eine Portion Koffein, dann nickte er, vielmehr sank sein Kopf einfach ein wenig nach unten. »Wir lassen ihn frei. Aber ich will, dass sich jemand dranhängt. Ich will wissen, was er macht, wenn wir ihn gehen lassen.«

»Der geht zur Presse!«

»Ach was, der hat Besseres zu tun.«

»Willst du den Fall nicht lieber an eine andere Abteilung abgeben? Immerhin haben wir mit Ehlig genug zu tun.«

Tauner betrachtete seinen Kollegen und schüttelte den Kopf. »Wüsste nicht warum. Ist doch ein guter Zeitvertreib zwischen den ganzen Telefonaten. Außerdem ist es ja noch kein wirklicher Fall, er hat seine Frau als vermisst erklärt, aber das weiß die vielleicht nicht und bleibt deshalb untergetaucht bei einer Freundin oder was weiß ich.«

Uhlmann tat, als ginge es ihn nichts mehr an. »Was auch immer. Gestern sagtest du noch anderes.«

»Genau!« Tauner trank seinen Kaffee aus, der eigentlich ein kleines bisschen zu heiß dafür war. Dann nahm er sich seinen Posteingang im Computer vor. »Wo ist denn die Liste mit den Leuten?«

»Auf deinem Schreibtisch«, rief Pia aus dem Nebenzimmer, was wieder einmal bewies, kein Wort ging verloren, selbst wenn Uhlmann nicht zuhörte.

Tauner suchte den Zettel, wurde unleidlich dabei und war schließlich kurz davor, jemanden Lügen zu strafen, als er ihn fand. Vor seiner Nase. »Jansen, Kopte, Rüdiger, Alvers, Seiler!«

»Rüdinger, nicht Rüdiger!«, verbesserte Pia, die anscheinend ein sehr gutes Gehör hatte.

»Dieser Seiler ist aber nicht der Seiler, der aus Berlin das Hotel gebucht hat«, brummte Uhlmann. »Die fünf waren nicht zusammen beim Schießen, also nicht gleichzeitig, kamen zu verschiedenen Anlässen, nur Jansen war bei zweien mit. Sie waren zur Tatzeit übrigens nicht in Dresden, also alle bis auf Jansen.«

»Und dieser Seiler, ist der mit dem anderen Seiler verwandt?« Tauner hatte nicht vor herauszufinden, ob Uhlmann gerade einen Witz gemacht hatte.

»Weiß ich nicht«, gab Uhlmann zu.

»Dann finde mir das mal raus«, sagte Tauner.

»Mach's doch selbst!«, murrte Uhlmann. Doch Tauner tat nichts dergleichen, er holte sein Telefon hervor, suchte eine Nummer und wählte sie.

»Tauner hier. Bärlach, haben Sie was zum Schreiben? Hören Sie: Jansen, Kopte, Rüdiger, Alvers und Seiler!«

»Rüdinger!«, rief Pia.

»Haben Sie gehört, Bärlach? Rüdinger, mit N vor dem G. Hören Sie sich mal um, was diese Männer so treiben. Ja, Jansen ist der Tote, ich weiß, mir geht es aber darum, was er so getrieben hat. Hören Sie, machen Sie halblang, nicht so forsch zu Werke gehen. Anscheinend weiß man, dass jemand dort ist … Von mir weiß es niemand, Frau Ehlig wusste es aber schon. Vielleicht hat ja jemand mitgehört, als Sie es der Wachtel erzählt haben! Haben Sie nicht? Nein, das glaube ich Ihnen auf's Wort. Vielleicht gibt es dort einen Informanten. Bei der Polizei in Hamburg, was weiß ich. Melden Sie sich, wenn Sie etwas herausgefunden haben.« Tauner legte ohne weiteren Gruß auf und sah Pia erstaunt an, die vor seinem Schreibtisch erschienen war und ein bisschen so tat, als hätte sie heimlich von der Marmelade in der Speisekammer genascht.

»Ich hab mal ein bissel nachgeforscht«, sagte sie und legte Tauner einen Zettel hin.

Tauner überflog ihn schnell, dann hellte sich sein Gesicht ein wenig auf. »Brave Pia, hat der olle Tauner auch noch recht?«

»Das heißt ja noch nichts«, wollte Pia abwiegeln.

Jetzt war auch Uhlmann neugierig und bewegte sich sogar. »Was denn?«

»Bärlachs Vater ist im Innenministerium angestellt, irgendein Sekretär, aber offenbar hat er lange für den BND gearbeitet, war in der Botschaft in Moskau kurz vor dem Mauerfall.«

Uhlmann verdrehte die Augen. »Na, da hast du ja wieder eine prima Verschwörung aufgedeckt.«

»Mach dich nur lustig, du Unwissender! Der gute Herr Bärlach wurde entsendet, um politische Eklats zu vermeiden, oder sonst was. Hätte mich doch gewundert, wenn die uns hier in Dresden so einen Superbuben einfach nur zur Unterstützung geschickt hätten. Der ist jetzt in Hamburg gut aufgehoben!«

Uhlmann sah das anders. »Noch besser, du hättest ihn lieber hier gelassen, um die Drecksarbeit zu machen, während er spioniert. Was soll er schon erzählen, wir kommen sowieso nicht voran.«

Pia wollte sich nicht gleich geschlagen geben. »Ich denke, er will seinem Vater beweisen, was er alles kann, glaube nicht, dass er uns wirklich aushorchen will.«

Uhlmann kämpfte an seiner Front einsam weiter, ohne dem Einwand Pias Gehör zu verschaffen. »Was willst du denn mit den Leuten aus Hamburg anstellen? Keiner von denen war zur Tatzeit hier in der Stadt. Das haben wir überprüfen lassen, während du deinen Rausch ausgeschlafen hast. Sie sind ziemlich bekannt in Hamburg und wurden in der fraglichen Nacht allesamt gesichtet. Außerdem, wenn die den Ehlig hätten umbringen wollen, dann hätten sie es gleich dort erledigen können. Wir suchen falsch, wir sollten Heiligmann überprüfen.«

»Dann mach das doch! Heiligmann scheint ja in deinen Augen ein ganz gewiefter Kerl zu sein. Kommt nach Dresden, knallt den Bundestrainer ab, um dann am nächsten Tag zu sagen: Hier, hier bin ich, nehmt mich! Er hat ein Alibi, auch wenn es eine Bordsteinschwalbe ist. Warum suchst du nicht alle Hotels in Dresden und Umgebung nach Leuten ab, die Ehlig nicht leiden mochten? Vielleicht stößt du auf mich, ich kann den Affen auch nicht leiden!«

»Du denkst wieder, die ganze Welt hat sich verschworen gegen dich, du vermutest immer nur Komplotte. Du glaubst, hinter irgendwelchen Türen sitzen miese Kerle und schmieden miese Pläne. Und ginge es nach dir, ist Ehlig der Oberbösewicht.«

Tauner schwieg daraufhin, weil er wusste, dies störte Uhlmann am meisten. Er schwieg noch viel länger, als er vorgehabt hatte. Er hatte gute Übung darin, lange Zeit hatte er sich mit seiner Frau darin gemessen, bis sie schließlich den Mund aufgemacht hatte, um ihn rauszuwerfen. Und wahrscheinlich hätte er auch dieses Schweigen gewonnen, doch es klopfte an der Tür. Das Klopfen war keine Höflichkeitsgeste gewesen und der Klopfer hatte dementsprechend gehandelt, es hatte nur den einen Zweck, nämlich sich nicht vorwerfen zu lassen, man hätte nicht geklopft. Die Staatsanwältin platzte herein.

»Guten Morgen«, rief sie so laut, als wüsste sie, wie schlecht es Tauner ging. Dann legte sie Tauner etwas auf den Tisch. »Reden wir mal über den Herrn Spechtler?«, fragte sie und lächelte eigenartig.

Tauner runzelte die Augenbrauen und ließ es gleich bleiben, denn sogar das tat ihm weh. Er nahm, was die Diekmann-Wachte mitgebracht hatte, erkannte es als zusammengerollte Zeitung und rollte diese auseinander.

Die Staatsanwältin beugte sich vor. »Seite drei«, flüsterte sie hilfreich und duftete frisch wie eine Blumenwiese.

Tauner blätterte zu Seite drei, las kurz, atmete tief ein und wieder aus. »… sollte es doch nicht so schwer sein, jemanden zu finden, der nachts sechs Schüsse abfeuert und das in einem dicht bewohnten Gebiet wie Dresden.« Tauner schüttelte den Kopf und las weiter. »Außerdem machten die ermittelnden Beamten den Eindruck, als wären sie überlastet. Angesichts der sächsischen Sparpolitik sollte man offenbar den einen oder anderen Punkt noch einmal überdenken, vor allem die geplanten Stellenstreichungen bei der Polizei, über die sich einige Beamte im vertraulichen Gespräch bei mir beklagten.« Pia näherte sich aus dem Nebenzimmer und auch Uhlmann war aufgestanden und kam an den Tisch. Er stützte sich schwer auf seine Hände.

»… bin davon ausgegangen, dass eine Sonderkommission gegründet wird, aber offenbar misst man dem Umstand, dass es sich um einen Anschlag auf den Bundestrainer handelt und noch dazu kurz vor dem EM, keinerlei Bedeutung bei«, las Tauner weiter, schließlich hatte er genug. »Dieser verdammte Kokser! ›Im vertraulichen Gespräch mit Beamten‹, meint der uns damit, oder was?«

»Wer hat denn sonst noch mit dem geredet? Die uniformierten Beamten?« Frau Diekmann-Wachte hob die Augenbrauen ein wenig spöttisch.

»Der hat das nicht so gemeint«, flüsterte Pia mit Nachdruck. »Der redet immer so daher. Du sagst doch selbst, der ist ein Dummkopf.«

»Ja, und du verteidigst ihn noch!«

»Und er ist kein Kokser, der ist schon immer so, glaub es mir, wenn du wüsstest, was der alles schon für Dinger abgelassen hat.«

»Pia, halt den Mund. Ich fasse das als einen persönlichen Angriff auf. Er hätte über Fußball reden können oder über sonst was, aber nicht über mich und meine Arbeit. Überlastet!«

Die Staatsanwältin nahm diese Vorlage gern auf und ging zwei zu null in Führung. »Sie haben wohl so einen Eindruck hinterlassen!«

»Nur weil ich mich die ganze Zeit über beherrschen musste. Dieser Idiot! Sein Freund wird neben ihm erschossen und er steht keine zwanzig Stunden später im Stadion wegen eines Testspiels. Uns wirft er vor, wir hätten keine Sonderkommission gegründet. Die Mordkommission reicht ihm wohl nicht? Dicht besiedelt, da hinten wohnt kein Schwein, alles verlassen. Was guckst du so, Hans? Passt dir nicht, was ich sage?«

»Ich wollte dich vorhin fragen, ob du dir das Spiel mit ansehen willst, aber das ist wohl keine gute Idee.«

»Klar werde ich das, und ich werde lauthals lachen bei jedem Gegentreffer!«

»Ich mag dich ja nicht gern darauf hinweisen, aber Ehlig kann eigentlich gar nichts falsch machen. Wenn er gewinnt, sind wir im Halbfinale, gehören also wieder zu den besten Vier, und wenn er verlieren sollte, wird er sagen, dass es nicht leicht ist angesichts der Situation und dem Verlust seines Freundes.«

»Ich befürchte, da hat Ihr Kollege recht, Herr Tauner«, schaltete die Staatsanwältin sich ein, unergründlich, ob sie das bedauerte.

»Jedenfalls freue ich mich, dass sie mir die Zeitung mitgebracht haben. Beinahe hätte ich dieses Wunderwerk der Redekunst verpasst. Sie wollten mit mir über Spechtler reden?«

12

Uhlmann pfiff leise und klopfte dazu auf die Verkleidung der Beifahrertür. Tauner versuchte das zu ignorieren und konzentrierte sich stattdessen auf die Straße.

Dann hatte Uhlmann genug gepfiffen. »Gib es doch zu, du freust dich auch, du bist immer nur dagegen, um dich für eine Niederlage zu wappnen. Wenn Sie dann verlieren, kannst du behaupten, du hättest es schon immer gewusst!«

»Hans, verschone mich! Mir reicht es schon, dass ich keine weiteren Beamten zur Verfügung gestellt bekomme. Ich schätze, die sind alle zu Hause und sehen fern.«

»Die sind im Dienst wie wir. Ich hoffe nur, die Jungs heben jetzt nicht ab.«

»Redest du schon wieder vom Fußball?«

»Manchmal ist es gar nicht gut, wenn man so hoch

gewinnt. Dann neigen die Kerle dazu zu glauben, sie wären die Größten. Besser wäre es, sie hätten ganz knapp gewonnen.«

»Kannst du es nicht sein lassen oder machst du das mit Absicht?«

»Ich freue mich einfach!«

»Freu dich nach innen und lass mich in Ruhe. Was hast du denn davon? Die Spieler werden noch reicher, verlassen ihre Mannschaften, um in Spanien, England oder Italien zu spielen, und Ehlig hebt vollkommen ab. Und du? Gehst jeden Tag zum Dienst, machst deinen Kram, hast für den Titel nichts geleistet, und dein Land wurde von zwanzig Typen repräsentiert, die wie Söldner immer dort hinziehen, wo es am meisten Kohle gibt! Mir reicht es schon, dass schon wieder drei Tage sinnlos verpufft sind.«

»Du kannst mir das nicht miesmachen! Vier eins gegen Griechenland musst du erst mal machen. Ich gebe zu, ohne Rehhagel sind die nicht mehr so gut wie früher, aber gewinnen musst du trotzdem erst mal. Vor allem gegen Deutschland, da geht's für die um die Ehre. Nach dem blöden Elfmeter zum eins null für die Griechen dachte ich schon: Das war's!« Uhlmann begann leise zu pfeifen und zeigte, wie gut es ihm und seiner Ehre ging. Eine Weile fuhren sie und sagten nichts mehr, was beiden guttat, am meisten aber Tauner. Er konzentrierte sich auf Spechtler, der etwa fünfzig Meter vor ihnen fuhr. Man hatte ihn gehen lassen und ihm keine Auflagen verpasst. Er konnte tun und lassen, was er wollte. Er hatte sich, ohne sich um sein Gepäck im Hotel zu kümmern, wo es aufbewahrt wurde, seinen

Sportwagen geholt und fuhr nun schon seit geraumer Zeit kreuz und quer durch die ihm fremde Stadt, offenbar auf der Suche nach irgendetwas, immer unter Beobachtung zweier Beamten.

»Wohin denn nun wieder?«, fragte Tauner endlich nach einer Runde durch die halbe Stadt.

»Der sucht irgendwas!«

»Der sucht seine Frau, oder die Stelle, wo er sie zum letzten Mal gesehen hat. Das macht er seit Stunden, als ob die nach fast zwei Wochen irgendwo in Dresden auftauchen würde. Manchmal denke ich, der ist wirklich dämlich. Da, jetzt blinkt er plötzlich links, ich wette, der hat die Stelle wiedererkannt.« Tauner folgte Spechtlers Auto mit großem Abstand, hielt am Straßenrand, denn Spechtler hatte gehalten und war ausgestiegen. Nachdenklich sah er sich um, lief den Gehweg ein wenig auf und ab, schien nicht zufrieden und stieg wieder ins Auto.

»Wenn die in der Neustadt waren, als sie sich getrennt haben, wie er behauptete, ist er hier völlig falsch«, murmelte Tauner. Hier waren sie im Stadtteil Striesen, auf der anderen Elbseite, bekannt für seine hohe Lebensqualität, wenn man akzeptieren konnte, sich einmal in der Woche Hundescheiße von der Sohle zu kratzen. »Wie können wir den in die Neustadt lenken? Ich will dem doch nicht den ganzen Tag hinterherfahren?«

»Ich wette, der fährt gleich über das Blaue Wunder. Dann wären wir wenigstens schon mal auf der anderen Seite. Was macht er jetzt?«

»Fragt jemanden. Hans, er wendet, rutsch runter!« Tauner drehte sich wie beiläufig weg und Uhlmann rutschte in seinem Sitz gut zwei Zentimeter nach unten, damit war sein Spielraum ausgeschöpft. »Hat er uns gesehen?«

»Der hat nur die Straße im Kopf. War der nun besoffen und weiß nichts mehr, oder weiß er mehr und will sich nun vergewissern? Oder hat er mehr getan, als ihr nur ein paar Ohrfeigen zu verpassen?«

»Restalkohol hatte er jedenfalls genug.« Tauner wendete ebenfalls und hatte Mühe, den Anschluss zu halten, denn über zwanzig Autos hatten sich hinter Spechtler eingereiht.

»Wenn der grün kriegt, stehen wir dumm da!«, kommentierte Uhlmann und Tauner sagte nichts, schwankte zwischen aggressivem und passivem Verhalten, doch aus Angst, Spechtler zu verschrecken, hielt er sich zurück. Als der Verkehr wieder zum Fließen kam, scherte er aus, überholte fünf Autos und drängelte sich in eine Lücke.

»Warum willst du denn den Fall nicht abgeben? Lass es doch Thomas machen, der freut sich, wenn er sich nicht ständig mit Junkies herumschlagen muss.«

»Hans, die werden bald Ergebnisse fordern und du weißt selbst, wie weit wir im Fall Jansen sind. Wenn wir den Spechtler drankriegen, falls er seiner Frau etwas angetan hat, dann haben wir wenigstens etwas zum Vorzeigen.«

»Das wird die nicht lange ruhigstellen.«

»Wenn die Presse erst einmal etwas zu schreiben hat über den gefeuerten Tormann, der seine Frau verprügelt oder totgeschlagen hat, dann ist der Fall Ehlig ein paar Tage hinten an. Die Wachtel kann sich im Scheinwerferlicht sonnen und wir können arbeiten.«

»Du redest von der Presse!«

»Von wem denn sonst? Denkst du, ich lass mir vom

Innenministerium etwas sagen? Sollen sie mir doch Leute geben! Kann ja keiner behaupten, wir machen nichts, oder? Sollen die mich doch feuern.«

»Wie war denn die Ehlig so drauf? Bärlach hat erzählt, die hätte dich bei der Beerdigung Jansens schon angebaggert.«

»Angebaggert?« Tauner kniff die Lippen zusammen. »Die will sich wichtigmachen!«

»Die kommt doch nicht nach Dresden, um sich wichtigzumachen. Entweder weiß die wirklich was oder die will was von dir!«

»Besser wäre beides, oder?« Tauner nahm den Gang raus und wartete vor der nächsten Ampel.

»Tja, du musst wissen, was du tust.«

»Genau, ich muss es wissen, deshalb halte dich da raus!«

Wieder schwiegen sie und retteten sich so über vier Kreuzungen. Dann waren sie endlich wieder auf der anderen Elbseite. Spechtler geriet außer Sicht und als Tauner schon kurz davor war, sich das Blaulicht auf das Dach zu stellen, sahen sie ihn wieder.

»Bärlach sagte auch, dass die Jansen komisch drauf war!«

Manchmal wusste Tauner nicht, ob Uhlmanns Gedanken immer erst Anlauf brauchten, um vom Gehirn den Weg über die Lippen zu finden, bevor er sich fragte, ob er nicht manchmal ganz schön gemein war, um abschließend zu denken, was soll's. »Die hatte ihren Mann gerade beerdigt.«

»Ja, ich weiß. Aber Bärlach ist ja nicht dämlich, der meinte schon, was er sagte.«

Falk Tauner dachte nach. »Na, die wirkte irgendwie

angefressen. Vielleicht war sie auch wegen Ehlig beleidigt. Mit seinen Bodyguards und seinem Kaugummi hatte es den Anschein, als wäre das irgend so ein Pflichttermin, und trotzdem haben sich alle Fotografen auf ihn gestürzt. Da stand sie dumm da mit ihren Leuten.«

»Ob die vielleicht etwas geahnt hat? Mal angenommen, das stimmt, was du so behauptest, die haben da in Hamburg so eine Clique und machen Geschäfte. Vielleicht hat er denen nicht mehr in den Kram gepasst und nun wollten sie ihn loswerden?«

»Den Ehlig? Oder den Jansen?«

»Na, den Ehlig! Oder beide, und jetzt ist die Ehlig beleidigt, weil der Ehlig Glück hatte?«

»Das ist doch ungefähr das, was ich die ganze Zeit sage! Warum redest du immer dagegen, wenn wir im Büro sind?«

»Na, ich … ich habe eben gerade noch mal darüber nachgedacht.«

»Vor ein paar Stunden sagtest du, wir sollen uns auf Heiligmann konzentrieren.«

»Weil ich seinem Alibi nicht getraut habe. Weil er damit nicht gleich rausrücken wollte!«

»Die Frau ist eine Nutte. Er dachte, er ist schön weit weg von Zuhause, da kann er mal einen drauf machen, wer erzählt das schon gern.« Tauner stellte die Klimaanlage noch ein wenig kühler. Dann bog er keine zwanzig Meter hinter Spechtler in eine Nebenstraße ein und als Spechtler erneut den Blinker setzte, blieb Tauner einen Moment lang der Mund offen stehen.

»Siehst du, wo der hinwill?«, sagte er dann leise, als könnte Spechtler es sonst hören.

»Zum Tatort!«

Tauner fuhr an den Bordstein und hielt an. Spechtler fuhr langsam weiter, ließ sich auf der breiten Straße überholen und stoppte schließlich. Wieder stieg er aus und sah sich um. Dann sah er nach links und rechts und überquerte rennend die Straße. Auf der anderen Seite lief er den ungepflasterten Gehweg hundert Meter hinauf, sah dabei immer wieder nach links, wo es hinab in einen Park ging, der Hechtpark hieß, obwohl es dort nicht einmal einen See gab. Spechtler schüttelte den Kopf, trat mit dem Fuß in die Büsche, griff sogar einmal hinein, um etwas aufzuheben, was er aber sogleich angeekelt wieder fallen ließ.

»Denkt er, die liegt im Gebüsch?«, fragte Uhlmann. »Die hätten die doch gefunden, Martin hat doch alles Mögliche abgegrast. Wollen wir den wieder einkassieren?«

»Nein, lass den mal!«, sagte Tauner nachdenklich.

»Vielleicht sucht er nur nach Spuren, die er vielleicht hinterlassen hat. Meinst du, wir sollten mal mit Spürhunden durch den Park laufen?«

»Können wir machen. Ich ruf gleich mal Pia an. Wir müssen aber warten, bis er weg ist, damit er uns nicht in die Quere kommt.«

»Der hat doch aber nicht seine Frau umgebracht, oder?« Uhlmann drehte sich, um Tauner ansehen zu können.

Tauner wiegte den Kopf. »Wenn der wirklich besoffen war und völlig ausgetickt ist.«

»Aber von dort, wo er sie geschlagen haben soll, bis hierher sind es bestimmt vier Kilometer.«

»Vielleicht hat er sie ins Auto gezerrt, oder sie ist ihm weggelaufen und er hinterher. War die nicht mal Sportlerin, ich glaub, ich hab was gelesen.«

»Und wir wollen ihn nicht festnehmen und auf seine Frau ansprechen?«

»Hans, der hat eine Woche in der U-Haft ausgehalten ohne einen Ton. Wir lassen den machen und beobachten ihn. Bestimmt wird er telefonieren und sich verraten. Die Wachtel hat den Lauschangriff schon genehmigt.« Tauner holte sein Telefon hervor, wählte Pias Nummer. »Ich bin's. Ich brauche mal einen Leichenspürhund am Tatort von Ehlig und Jansen. Nein, nichts Konkretes, aber Spechtler kam hierher. Nein, wir wissen nicht, was er sucht. Und ich brauche zwei Zivile, die ihn weiter verfolgen, egal wohin. Und versuch mal etwas über seine Frau herauszufinden, ob sie Freunde hat in der Gegend oder Verwandte. Ich weiß. Ich weiß. Ich weiß, Pia, das ist nicht deine Arbeit. Aber Kaffee kochen auch nicht und das machst du trotzdem und das sogar mit Liebe! Bis dann.« Tauner legte auf.

Uhlmann hatte das Gesicht verzogen. »Weiß nicht, ob das gut war.«

»Ich kann das machen mit ihr, du nicht! Jetzt steigt er wieder ein. Was machen wir, wenn er auf die Autobahn fährt?«

»Was weiß ich«, murmelte Uhlmann, was bedeuten sollte, dass er nicht auf die Autobahn wollte, weil eigentlich gleich Feierabend war und dass er es schon längst bereute, auf Tauners Vorschlag eingegangen zu sein, Spechtlers Verfolgung zu übernehmen, die mittlerweile Stunden andauerte. Spechtler tat ihm den Gefallen, fuhr nur zur nächsten Kreuzung und bog links ab.

»Ich wette, der fährt wieder in sein Hotel. Das bedeutet, er ist hier noch nicht fertig. Wir dürfen ihn nur nicht aus den Augen verlieren.«

»Tina Spechtler heißt seine Frau. Mädchenname Kühne. War früher mal Biathletin, aber kein Olympiakader. Die stammt eigentlich aus dem Osten, ist aber vor zwölf Jahren nach Bayern gegangen, war früher Bundeswehrsoldatin, hat nach dem Sport ein BWL-Studium gemacht und arbeitet in einer Werbeagentur.«

»Danke, Pia!«

»Sie hat hier in der Gegend ein paar entfernte Verwandte, aber bei denen ist sie nicht. Ich hab deine Aufgabe mal weitergeleitet, die überprüfen gerade ein paar Internetportale nach alten Schulfreunden und Sportkameraden. Vielleicht ist sie bei einem von denen.«

»Die Eltern?«

»Wohnen in Plauen, dort ist sie auch nicht. Ich hoffe, die ist nicht tot!«

»Das hoffe ich auch, Pia.«

»Findest du die Ehlig gut?«

»Wie, gut?«

»Frag nicht so dumm, sexy, nett, super, was weiß ich?«

Tauner sah Pia traurig an. »Die ist sehr anstrengend und nicht leicht zu beeindrucken, schon gar nicht mit Geld, die hat zu viel davon.«

»Aber gerade das macht den Reiz für dich aus.«

»Pia, ich weiß, dass du dich persönlich verletzt fühlst

wegen mir und meiner Frau. Aber das ist eine Sache, die ist nicht so einfach. Ich weiß, was ich meiner Frau schuldig bin, aber das sollte doch nicht der Grund sein, warum ich bei ihr bleibe.«

»Das ist es ja, warum nicht aus diesem Grund. Du willst ja gar nicht mit ihr zusammenbleiben, du wolltest nur nicht der Erste sein, der es sagt, deswegen kam es dir sehr gelegen, dass sie jetzt die Scheidung beantragt hat, da kannst du der Märtyrer sein und hast trotzdem, was du wolltest!«

Tauner wollte erst aufbrausen, doch dann besann er sich. »Ich weiß nicht, was ich will, noch nicht. Aber bei meiner Frau zu bleiben wäre ein Lüge, verstehst du. Ich weiß, sie hat zwei Jahre lang zu mir gestanden, als ich fast nur im Krankenhaus war. Aber was blieb ihr schon übrig, sie konnte doch keinen kranken Mann verlassen.«

»Du bist so ein …«

»Pia, versteh das nicht falsch.«

»Aber vielleicht will sie angelogen werden. Du solltest dich einfach nur zusammenreißen und ein wenig Zeit vergehen lassen.«

»Pia, lass es sein, bitte. Und nimm es dir nicht so zu Herzen. Freu dich, dass deine Jungs heut wieder gewonnen haben. Vier zu eins immerhin, und der Elfmeter für die Griechen war sogar völlig unberechtigt. Mach dir einen Kopf, ob die jetzt nicht abheben deswegen.«

»Das befürchte ich auch. Aber ich glaube, Ehlig treibt denen das aus!«

Tauner öffnete den Mund und schloss ihn dann wieder. Das ging ja schnell, dachte er, ist dieser Fußball doch zu etwas nütze.

13

»Herr Tauner, Sie enttäuschen mich!«, beklagte sich Frau Ehlig am anderen Ende der Leitung.

»Ach ja, tue ich das?« Tauner sah verschlafen auf die Uhr. Frau Ehlig hatte offenbar den Tagesablauf eines Vampirs, es war kurz vor Mitternacht und einmal in seinem Leben war er zeitig zu Bett gegangen, wenn auch nur aus dem Grund, dass er den Fernseher nicht anmachen konnte, ohne Ehlig und die Nationalmannschaft zu sehen und die Tore aus allen möglichen Blickwinkeln.

»Ich hatte gehofft, Sie retten mich heute über das Spiel. Ich bin immer so furchtbar aufgeregt, wenn ein Spiel ist.«

»Das bin ich auch, deshalb sehe ich es mir gar nicht erst an.« Woher hatte er wissen sollen, dass sie einer Rettung bedurfte?

»Ich kann das auch nicht, deshalb hatte ich ja gedacht, wir könnten uns die Zeit anders vertreiben.«

Tauner nahm das Telefon vom Ohr und sah sich die Nummer noch einmal an. Die Ehlig musste doch auf ihn angesetzt worden sein. Das ging gar nicht anders. Die sollte ihn aushorchen und das Beste wäre es, dieses Gespräch einfach zu beenden.

»Hat es Ihnen die Sprache verschlagen? Sind Sie denn schon weitergekommen in Ihrem Fall?«

»Ich weiß nicht, ob ich Ihnen das sagen darf. Aber viel ist nicht passiert.«

»Drei, vier Tage sind eine lange Zeit.«

»Tja, aber meistens hinterlassen die Täter am Tatort nur sehr wenige Spuren, das ist keine Schnitzeljagd. Wer auch immer geschossen hat, ist längst weg.«

»Heißt es nicht, der Täter kehrt immer zum Tatort zurück?«

»Ja, deshalb stellen wir meist jahrelang Wachposten auf, die jeden ansprechen, der vorbeikommt und fragen, ob er der Täter sei.«

»Der Herr Tauner wird sarkastisch. Aber damit reizen Sie mich nicht. Man hat mich schon vor Ihnen gewarnt.«

»Wer ist denn dieser ›man‹, von dem Sie immer sprechen?«

»Leute, die Bescheid wissen. Leute, die mich informieren eben. Sie glauben gar nicht, wie viele Leute hoch nervös geworden sind seit dem Mord. Die Geschäfte laufen ganz schlecht. Die Buchmacher wissen gar nicht, wie sie reagieren sollen.«

»Die Buchmacher?«

»Ach wissen Sie, Herr Hauptkommissar, ich mag nicht die ganze Zeit ein Telefon am Ohr haben, ich glaube, diese Strahlung ist ungesund, davon kann man Tumore im Kopf bekommen. Treffen wir uns noch mal? Sie wüssten ja wo.«

Tauner rieb sich unbewusst die kleine, kahle Stelle hinter seinem Ohr. Die Ehlig wusste doch davon und trotzdem sagte sie so etwas, war die nun frech oder dumm? »Wenn ich zu Ihnen komme, werde ich keinen Alkohol trinken und nur über den Fall sprechen.«

»Wie Sie möchten, Herr Tauner. Aber Sie wissen ja, Vorsätze sind da, um gebrochen zu werden!«

Die Ehlig legte auf und Tauner griff sich an den Kopf. Es lag an ihm. Er brauchte nur liegen zu bleiben, die würde nicht noch einmal anrufen. Oder aber er ging hin und hörte sich an, was sie wollte. Pia war nicht dumm, Pia hatte es auf den Punkt gebracht. So viel Charakter hatte er, um sich selbst einzugestehen, dass sie Wort für Wort recht hatte. Es brauchte aber noch viel mehr Charakter, es vor anderen zuzugeben.

Draußen war es noch sehr warm, angenehm warm aber, ein ganz leises Lüftchen wehte, trug den Duft von frisch Gegrilltem von den Elbwiesen hinauf. Angesichts des Sieges hatte wohl sogar das Ordnungsamt die Segel gestrichen, denn Grillen war dort unten verboten. Tauner kümmerte es nicht. Es gab Dinge, die wichtiger waren, war seine Meinung, als die Bevölkerung zu gängeln und überall da einzuschreiten, wo Spaß aufkam; gern hätte er selbst da unten gesessen, mit ein paar Leuten, die man Freunde nennen durfte, doch dieser Personenkreis hatte sich ausgedünnt, und Falk Tauner wusste auch warum.

Doch jetzt kümmerte ihn das nicht, es ging ihm gerade

gut, ließ sich ein wenig von dem alten Gefühl einlullen, welches ihn beschlichen hatte, ein Gefühl, das erst einmal abgestaubt werden musste, so lange hatte es in der Abstellkammer seines Geistes verweilt. Sie mag mich, dachte Tauner und fühlte sich leicht dabei, die hat Geld genug, die hat Langeweile und hat sich mich ausgesucht. Tauner steckte die Hände in die Hosentaschen und pfiff leise vor sich hin. Gnädig wich er aus, wenn ihm jemand entgegentorkelte, eingehüllt in eine deutsche Flagge oder bemützt mit einem Riesenzylinder. Er lächelte still und dachte sich, dies ist eine dieser Nächte, in der alles geschehen konnte, sogar, dass man durch ein Zeitfenster schlüpfte, wieder zwanzig Jahre jünger wurde und nicht über Konsequenzen nachzudenken brauchte. Eine Nacht, die dazu verleitete nicht nach Hause zurückzukehren, eine Nacht, in der es geschehen konnte, man ließ alles hinter sich, um seinen Sehnsüchten nachzugehen.

Was konnte man ihm denn schon vorwerfen, er hatte nur ein Leben und es war, wie er gesagt hatte: Eine Lüge wäre es, eine Lüge, auf alte Gefühle aufzubauen, nur Gewohnheit war übrig geblieben, von der man sich nicht so gern lösen wollte und das wusste auch seine Frau. Es war kein Hilferuf gewesen, die Scheidung zu beantragen. Sie hatte damit ein Zeichen gesetzt und er hatte es verstanden und zog nun die Konsequenzen daraus.

Tauner überquerte den Altmarkt, die Hände weiterhin in den Hosentaschen steuerte er auf die Frauenkirche zu, keine zweihundert Meter mehr entfernt. Eine Menge Leute waren noch unterwegs, viele Jugendliche, denen es egal war, welcher Tag morgen war. Laute Musik aus teuren Autos, albernes Gehabe von großen Kindern, die glaubten, erwachsen zu sein. Einen Moment überlegte Tauner, ob er sich bei McDonald's einen Kaffee holen sollte. Doch dann dachte er, dass der Kaffee bestimmt besser schmecken würde, wenn die Ehlig ihn bezahlte.

Tauner sah nach links, um die Wilsdruffer Straße zu überqueren, vor dem Kulturpalast, um den noch immer zwei staatliche Instanzen über den Köpfen der Steuerzahler stritten. Zwar sollten die Autos hier nur Dreißig fahren, aber die Strecke bot sich an zum imponieren, vor solchen, die vor dem Club am Altmarkt standen und denen imponiert werden wollte. Es kam gerade kein Fahrzeug, so überquerte Tauner mit gemächlichem Schritt die erste Fahrbahn und stutzte dann auf den Straßenbahngleisen stehend, denn im hellen Lichte der Straßenlaternen sah er einen Mann auf sich zukommen, den er wiedererkannte. Es war Heiligmann, der Trainer, der nicht Nationaltrainer werden durfte, und sich nun anstatt im Zentrum des Geschehens ganz am Rande wiederfand, zwischen all den anderen Leuten, die keinen Einfluss auf die EM hatten.

Was macht der in Dresden, wunderte Tauner sich, hielt er sich wirklich zur Verfügung, wie man es von ihm verlangt hatte? Tauner wusste nicht, ob es Zufall war, dass Heiligmann ihm genau entgegenkam. Der alte Trainer aber schlenderte scheinbar ziellos umher. Er sah sich um und erinnerte sich vielleicht gerade an ein paar solche Nächte wie diese eine war und was er angestellt hatte in ihnen und vielleicht fragte er sich, ob er bereuen musste, was er getan oder nicht getan hatte. Einsam sah er aus, wie einer, mit dem niemand mehr etwas zu tun haben möchte.

Ein paar Tiere huschten durch die Nacht. Fledermäuse, vermutete Tauner, die den vom Licht angelockten Motten nachjagten. Heiligmann sah nach oben, hatte die hellen Rufe der Tiere bemerkt, hatte Tauner noch nicht erkannt, der nun höchstens zwanzig Meter entfernt war. Tauner blieb auf den Straßenbahngleisen stehen, wollte passiv sein und Heiligmann entscheiden lassen, wie sie sich begegnen würden. Heiligmann näherte sich der Fahrbahn. Tauner dachte, er bliebe stehen, weil er das Auto gehört hatte, welches sich vielleicht mit dem drei- oder vierfachen der erlaubten Höchstgeschwindigkeit näherte, denn Heiligmanns Schritte verlangsamten sich, doch der Trainer betrat die Fahrbahn.

»Warten Sie!«, rief Tauner. Der Fahrer des Wagens beschleunigte nach wie vor. Heiligmann sah nach links, sah das Auto und machte auf dem Radweg halt. »Bleiben Sie da, ich möchte kurz mit Ihnen reden!«, rief Tauner, der sich nicht auf den Gleisen unterhalten wollte und war fassungslos, weil Heiligmann plötzlich nicht mehr auf seinem Platz stand.

Jemand schrie auf und erst jetzt realisierte Tauner, dass Heiligmann fast zwanzig Meter weiter auf dem Gehweg lag und die Lichter des Autos in der Ferne verschwanden. Nun lief er los, griff sogar zur Waffe, verwarf diesen Gedanken aber sofort, das Auto war zu weit weg, selbst wenn er hätte schießen wollen.

Heiligmann war leblos und Tauner als Erster bei ihm. Es war offensichtlich, dass der Trainer schwer verletzt war; wenn er noch lebte, dann hing sein Leben am seidenen Faden. Aus den tiefen Schürfwunden floss Blut, die Kleidung war zerfetzt. Auch aus dem Mund lief Blut. Leute kamen gerannt. Jugendliche zumeist.

»Geht weg! Ich bin Bulle!«, sagte Tauner harsch und holte sein Telefon hervor. »Nicht berühren, vielleicht ist sein Rückgrat verletzt«, mahnte er noch und wünschte, die zwei Mädchen hinter ihm würden aufhören zu schreien. Doch er selbst spürte wie ihm die Hände zitterten. Er tastete vorsichtig nach Heiligmanns Puls, fand ihn, ganz schwach. Er wählte den Notruf. »Tauner hier, Hauptkommissar Kripo, schwerer Unfall auf der Wilsdruffer direkt vor Kulturpalast, möglicherweise Wirbelsäule verletzt, schwacher Puls. Und ich brauche ein paar Streifenwagen, und eine Fahndung nach einem schwarzen Audi, Dresdner Kennzeichen, mit beschädigter Front.«

»Hier sehen Sie mal!«, rief jemand, und hatte ein Nummernschild in der Hand.

»Leg es so hin, dass ich es lesen kann.« Tauner wählte die Nummer der Zentrale. »Tauner hier. Sofort Fahndung nach einem schwarzen Audi, Kennzeichen DD-GY 990! Unfall mit Fahrerflucht, Personenschaden.«

»Der hat den voll mit Absicht umgefahren!«, sagte der junge Mann, der das Nummernschild gefunden hatte.

Tauner hockte sich zu Heiligmann, hielt ihm das Handydisplay vor das Gesicht, kein Atem kondensierte. Er suchte noch einmal den Puls, fand keinen mehr und wusste nicht einmal mehr, ob er nicht vorher nur seinen eigenen Herzschlag gespürt hatte. »Hast du einen Sanikurs gemacht?«, fragte Tauner den Jungen. Der nickte.

»Ich beatme ihn, du machst Herzmassage, press fünfzehn Mal wenn ich es sage. So!« Tauner machte es dem Jungen vor.

»Und wenn ich ihm die Rippen breche?«

»Viel mehr kann nicht kaputt gehen.«

»Ist das nicht der Heiligmann?«

»Jetzt!«, befahl Tauner, zählte mit und presste dann seine Luft zwei Mal in Heiligmanns Lungen.

»Hätten Sie nicht schießen können, wenn Sie Polizist sind?«

Hätte ich, dachte Tauner, wenn ich nicht starr gewesen wäre vor Schreck. Und vielleicht hätte ich ahnen müssen, dass der Fahrer es vielleicht auf den Trainer abgesehen haben könnte.

»Der ist hin!«, sagte jemand leise.

»Der ist bestimmt zehn Meter hoch geflogen!«, meinte jemand anderes.

»Haut ab hier!«, schnauzte Tauner und wischte sich den Mund ab. Schon näherten sich Sirenen von beiden Seiten. Reifen quietschten.

»Auseinander!«, rief jemand. »Los, weg hier!«

Jemand bahnte sich einen Weg zu Tauner, es war eine Polizistin. Tauner schnappte nach Luft. »Stellen Sie das Nummernschild sicher. Und nehmen Sie dann die Fingerabdrücke von dem Jungen hier!«

»Warum denn das?«, fragte der entsetzt.

»Damit wir nachher deine Fingerabdrücke aussortieren können. So, mach Platz, mein Kollege hilft.«

»Der Rettungswagen kommt!«, rief jemand und kurz darauf wurde Tauner beiseite geschoben.

»Hast du gut gemacht«, sagte Tauner und klopfte dem

Jungen auf die Schulter. Der war vielleicht achtzehn und nun saß er hinten in einem Polizeifahrzeug und weinte. Tauner setzte sich dazu.

»Der hat den voll abgeschossen. Ich stand da hinten und der hat den voll …« Der Junge legte die Hände auf das Gesicht und seine Schultern zuckten.

»Hast du das wirklich gesehen? War der nicht vielleicht betrunken?«

Der Junge nahm die Hände vom Gesicht. »Sie haben den doch gerufen, und der blieb stehen, und die Karre ist direkt auf den Radweg … Oh Mann, das werde ich nie vergessen, wie der geflogen ist! Ist der jetzt tot?«

»Ich weiß nicht, aber die haben noch nicht aufgegeben, das ist ein gutes Zeichen!«

»Und haben Sie schon das Auto?«

Tauner konnte nur den Kopf schütteln. »Das Auto ist vor ein paar Stunden als gestohlen gemeldet worden.«

»Dann hat der das also wirklich mit Absicht gemacht!« Diese Erkenntnis half dem Jungen über seinen Schock hinweg. »Warum sollte der das tun? Hat der vielleicht was gegen unsere Fußballer? Erst wollen sie den Ehlig umlegen, jetzt Heiligmann.«

»Tja, wenn wir das wüssten«, sagte Tauner.

»Vor allem müsste der doch gewusst haben, dass der Heiligmann gerade da unterwegs ist, oder? Hat den jemand informiert?«

Tauner nickte leicht, daran hatte er schon gedacht, und daran, aus welcher Richtung Heiligmann gekommen war und in welche Richtung er selbst unterwegs gewesen war und daran, dass Frau Ehlig ihn doch dann nicht angerufen und zu sich bestellt hätte, aber vielleicht gerade deshalb. »Bist ein schlauer Kerl, was treibst du denn so?«

»Ich mach Computersoftware. Für solche Displays …« Jetzt suchte er offenbar nach Worten, die ein Mann in Tauners Alter verstehen konnte. »… wo man drauftreten kann und dann sieht es aus, als wenn man übers Wasser geht zum Beispiel.«

»Und für welche Firma?«, täuschte Tauner Interesse vor.

»Für meine eigene!« Der Junge lächelte traurig. Es schien, als ob er gerade eben die Unschuld seiner Jugend verloren hatte, als ob ihm in diesem Moment wirklich klar geworden war, dass die Welt ein ganz schlechter Ort sein konnte. Er würde bald wieder seinen Spaß haben, würde wieder in die Clubs gehen und mit Mädchen herumalbern oder mit viel zu lauter Musik durch die Stadt fahren. Aber von diesem Moment an würde es nicht mehr ganz dasselbe sein wie vorher. Tauner tat das wirklich leid. Er wünschte sich, der Junge hätte das nicht sehen müssen. Er erinnerte ihn an seinen Sohn und wann wohl dieser einen solchen Moment würde erfahren müssen, oder ob er ihn schon erlebt hatte.

»Ich will dir im Namen der Polizei noch mal danken. Wir werden noch einmal eine Zeugenbefragung machen und dich dazu ins Revier einladen. Ich kann auch gern zu dir kommen.«

»Oh nein, da komm ich lieber mal zu Ihnen.« Der Junge grinste schräg, doch seine Augen zeigten, wie müde er war.

»Ich schick dir mal noch eine Frau vorbei, mit der kannst du noch mal reden.«

»Eine Psychologin?«

Tauner nickte.

»Sie sehen doch so etwas bestimmt oft. Wie kommen Sie denn über so etwas hinweg?«

Tauner zeigte auf die kahle Stelle an seinem Kopf. »Gar nicht, ich schließe es hier oben weg und lasse es alle paar Jahre rausoperieren.«

14

»Und du konntest nichts tun?«, fragte Pia und kam in sein Büro. »Entschuldigung«, fügte sie schnell hinzu, als sie Tauners Blick sah.

Tauner hatte nicht die Absicht, irgendetwas zu erklären oder sich sogar für etwas zu entschuldigen. Er hatte Heiligmann vor dem vermeintlichen Raser gewarnt und hatte ebenso wenig wie Heiligmann nicht wissen können, dass er Zeuge eines Mordanschlages würde.

»Was hast du denn gemacht, so spät dort?«, fragte Uhlmann wie nebenbei und nahm sein Frühstück zu sich. Selbst die Nachricht, dass frühstücken tödlich wäre, hätte ihn wohl nicht abgehalten.

»Ich bin herumgelaufen«, erwiderte Tauner knapp und dachte eine Sekunde lang nach. »Die Ehlig hat mich angerufen«, erklärte er sogleich, denn Uhlmann hätte sich sonst damit nicht zufriedengegeben.

»Hatte sie was Bestimmtes?«

Tauner nickte. »Langeweile.«

»Vielleicht war das Heiligmanns Glück!«, orakelte Pia. »Wenn du nicht mit den lebensrettenden Maßnahmen begonnen hättest, wäre er bestimmt schon tot.«

»Der ist hin!«, murmelte Tauner. Selbst ihn konnte noch so manches schocken und nicht einmal eine Flasche Wodka hatte verhindern können, dass Heiligmann in dieser Nacht noch hundert Mal durch die Luft flog und auf den Gehweg schlug.

»Das muss nicht sein. Ich war auch mal fast hin und wie du siehst … Tadaaa!« Uhlmann breitete die Arme aus und langte wieder hastig nach seinem Frühstück, als könnte es weglaufen.

»Schädelbasisbruch, zig Rippenbrüche, Lunge durchstochen, Arme gebrochen, Beine gebrochen, Milz gequetscht, Leber gequetscht. Verdacht auf innere Blutung, im Kopf vor allem. Die haben ihn seit seiner Einlieferung ununterbrochen operiert. Ich denke, die basteln nur noch herum, versetzen ihn ins künstliche Koma und warten, was passiert. Die haben es nicht wirklich in der Hand. Mann, gerade stand er da, hat mich erkannt und dann …« Tauner wischte sich übers Gesicht. Pia wollte sich erheben, um sich ihm zu nähern, doch Tauner sah sie streng an, weshalb sie sitzen blieb. »Der muss die ganze Zeit da gestanden haben, vielleicht mit einem Fernglas, oder ein Informant, der Heiligmann aus der

Nähe beobachtet hat. Wir müssten die Telefonate um diese Zeit dort kontrollieren.« Tauner redete, um nicht immer wieder diese Szene vor Augen zu haben. »Warum also Heiligmann?«

»Jemand wollte einen Mitwisser beseitigen!« Für Uhlmann war das eine ausgemachte Sache und Tauner konnte nur zustimmend nicken und hoffen, dass der Dicke nicht darauf herumhackte, weil er Heiligmann von Anfang an ausgeschlossen hatte. »Ich habe es gesagt, wir hätten uns den Mann gleich vornehmen sollen«, brummte Uhlmann weiter.

»Ich wünschte, niemand hätte es gesehen, jetzt kommt es bestimmt in die Medien. Kann man nicht verbreiten, dass es ihm gut geht? Ich würde gern sehen, was dann passiert.«

»Das geht nicht!«, bestimmte Pia, die lang genug dabei war, um zu wissen, was ging.

Tauner sah auf. »Welche Auflagen hatte der überhaupt? Sollte der sich regelmäßig melden? Oder erreichbar sein? Oder sollte der in Dresden bleiben?«

Pia brauchte nicht nachzusehen. »Er hätte nicht hier sein müssen.«

»Aber warum war er da?«

Pia hob die Schultern. »Vielleicht wollte er einfach nur Urlaub machen.«

»Ist er der Ehlig nachgereist?« Uhlmann dachte zwar manchmal zu lang nach, doch wenn, dann waren seine Einwürfe bedenklich geistreich.

»Dann stellt sich die Frage, die sich mir insgeheim die ganze Zeit über schon stellt. Hat die Ehlig vielleicht davon gewusst?«

»Hat sie vielleicht einen Grund, Ihren Mann umzubringen? Kann es sein, dass wir diesen Aspekt bisher völlig außer Acht gelassen haben?«

»Hans, hör auf solche Fragen zu stellen! Wollen wir sie zu uns holen? Aber ich warne dich gleich, die hat es faustdick hinter den Ohren.«

Uhlmann schob seinen Teller von sich und grinste breit und humorlos. »Vielleicht ist es da ganz gut, dass einer dabei ist, der nicht mit seinem Schwanz denkt.«

»Vielleicht sollten wir Bärlach anrufen, damit er seine Ermittlungen mehr in Richtung Heiligmann lenkt? Und seine Alibizeugin, vielleicht sollten wir die noch mal genauer unter die Lupe nehmen.« Tauner verstummte, er hatte etwas gehört. Ein Knallen näherte sich draußen im Gang und verhallte genau vor der Zimmertür, eine Sekunde später öffnete die sich.

»Oh, Entschuldigung!«, sagte die Staatsanwältin und klopfte an den Türrahmen. Wieder hielt sie eine Zeitung in der Hand. »Na, alle ausgeschlafen?«, fragte sie in die Runde. Dann verfinsterte sich ihr Gesicht. »Hab ich was verpasst?«

Uhlmann nahm Tauner das Reden ab. »Offenbar. Heiligmann ist gestern mit einem gestohlenen Wagen überfahren worden. Mit hoher Wahrscheinlichkeit absichtlich. Er liegt schwer verletzt in der Uniklinik, wird möglicherweise nicht überleben. Der Wagen wurde vor einer Stunde ausgebrannt in der Nähe von Leipzig gefunden. Wir haben die Überprüfung der Flugpassagierlisten in Leipzig–Halle und Berlin veranlasst, aber bisher gibt es keine Anhaltspunkte, keine bekannten Namen.«

Frau Diekmann-Wachte setzte sich auf einen freien

Stuhl. Pia erhob sich, um ihr einen Kaffee zu bringen. »Dann wusste der was! Oder er war doch der Drahtzieher! Haben Sie vielleicht den Heiligmann unterschätzt?«, fragte die Staatsanwältin.

»Ja, wir!«, sagte Uhlmann, der peinliche Situationen überhaupt nicht mochte und wusste, wie peinlich es sein konnte, einen wütenden Tauner zu Wort kommen zu lassen.

»Eigentlich wollte ich Ihnen das hier zeigen.« Die Staatsanwältin entfaltete die Zeitung.

Tauner warf einen müden Blick auf die aufgeschlagene Seite und schnaufte resigniert.

»Was hat die Frau des Nationaltrainers mit Hauptkommissar Tauner mitten in der Nacht zu besprechen?«, las Pia leise und hielt die volle Tasse dabei ganz gerade. »Das bist du mit der Ehlig!«, sagte sie dann vorwurfsvoll und stellte den Kaffee ab.

Danke, dachte Tauner, ich hätte mich beinahe nicht wiedererkannt. Jemand musste durch das Hotelfenster ins Restaurant fotografiert haben. Gerade in diesem Moment, als die Ehlig sich vorgebeugt hatte, während er nach seinem Glas griff, und es so aussah, als wollten sie sich gleich küssen. Hatte die Ehlig das arrangiert? Er hatte nicht einmal einen Blitz bemerkt. »Was seht ihr mich an? Ich bin ja nicht fremdgegangen. Die ruft mich an, lockt mich mit Bemerkungen, behauptet, alles zu wissen, wusste schon, dass Bärlach in Hamburg ist, ehe er dort zum ersten Mal Luft geholt hatte. Das gehört nun mal zur Ermittlung. Wer weiß, am Ende hätte sie den richtigen Tipp für mich gehabt.«

»Dann frage ich mich, warum sie nicht gleich damit

rausrückt!« Pia goss so beleidigt Kaffee nach, dass selbst der Kaffee beleidigt schien.

»Weil die Langeweile hat.«

»Oder weil sie sehen will, wie weit wir sind, um reagieren zu können. Hast du ihr vielleicht gesagt, dass wir Heiligmann noch einmal überprüfen wollen? Was erbt die denn, wenn der Ehlig stirbt?«

»Mensch, Hans, red doch nicht! Gerade ich soll Informationen preisgeben! Ausgerechnet ich. Aber du bringst mich auf einen wichtigen Gedanken. Wir sollten die … wie hieß die? Schober, genau, die Schober, die Prostituierte, die bei ihm war, aufsuchen und vielleicht in Schutzhaft nehmen. Wenn Heiligmann wirklich ein Mitwisser war, ist die jetzt auch in Gefahr.«

»Und Bärlach!«, mahnte Pia. »Immerhin scheinen die Drahtzieher skrupellos zu sein. Vielleicht sollten wir ihm noch ein paar Leute schicken.«

Tauner nickte. »Ich rufe den jetzt an, dass er sich bedeckt hält, bis Verstärkung eingetroffen ist, und dass er nirgendwo allein hingeht. Wen wollen wir ihm denn hinschicken?«

»Am besten ein paar Leute, die sich mit Buchmacherei auskennen.« Uhlmann nahm sich eine Liste zur Hand, auf der die Telefonnummern der verschiedenen Dezernate standen, und vertiefte sich darin.

Tauner wandte sich an Frau Diekmann-Wachte. »Frau Staatsanwältin. Ich brauche eine Untersuchungserlaubnis für Heiligmanns Hotelzimmer, sein Haus und seine Büros. Am besten sofort. Wir müssen schnell und gleichzeitig Leute dahinschaffen. Und wir müssen diese Schober in Schutzhaft nehmen. Ich befürchte, die ist so ein kleines Licht, dass es nicht einmal jemand bemerken würde, wenn die verschwindet. Des Weiteren müssen wir zurückverfolgen, ob und wann Heiligmann die bestellt hat, oder ob die sogar vom Hotel vermittelt wurde.«

»Machen Hotels so was?«, fragte Pia und Tauner konnte ihr nur einen traurigen Blick zuwerfen.

»Also Herr Tauner«, lenkte die Staatsanwältin die Aufmerksamkeit auf sich. »Das lässt sich alles in die Wege leiten. Ich will nur nicht mehr solche Fotos von Ihnen und der Ehlig in der Presse. Das wirft auch ein schlechtes Licht auf mich, denn es heißt ja immer, dass Polizei und Staatsanwaltschaft Hand in Hand arbeiten.«

Tauner tat, als hätte er nichts gehört. »Ich bestelle uns jetzt Frau Ehlig zum Mittag.«

Frau Ehligs Erscheinen ließ alle in Ehrfurcht verstummen. Der Beamte, der sie hochgebracht hatte, wollte sich gar nicht von ihrem Anblick lösen. Sie war aufgetakelt, aber auf eine teure Art, trug ein buntes, leichtes Sommerkleid und eine riesige Sonnenbrille, die total albern aussehen musste, wenn sie sich nicht auf Ehligs Nase befand. Ihre Beine waren schlank und schön, die Schuhe so winzig wie teuer. Teures Parfüm vervollständigte die angenehme Aura. Ihr Haar glänzte kastanienfarben, war locker hochgesteckt, so wie sie morgens vielleicht ins Bad ging und doch irgendwie, als hätte ein teurer Coiffeur Hand angelegt.

»Erst versetzen Sie mich, und nun bestellen Sie mich hierher wie ein Mittagsmenü. Ich bin nicht gewohnt, so behandelt zu werden.« Frau Ehlig sah Tauner fragend an. Der war nicht zum Flirten aufgelegt, schüttelte seine

Starre ab, eilte zur Tür, nahm dem Beamten dieselbe aus der Hand und plauzte sie zu. Dann nahm er die Ehlig beim Ellenbogen und komplimentierte sie in den Stuhl gegenüber seinem Schreibtisch.

»Ein tristes Büro haben Sie hier!« Frau Ehlig sah sich um, zeigte keine Schwäche.

»Hier geht es darum, Mörder zu suchen«, murmelte Tauner und blätterte ein wenig in den Akten, um zu zeigen, wie wenig sie ihm bedeutete.

Um Frau Ehligs Contenance war es gut bestellt, sie blinzelte Uhlmann zu und schenkte Pia ein angedeutetes Nicken. Pia sah aus, als würde sie gleich einen Knicks machen. Tauner räusperte sich, um seine Kollegen zur Besinnung zu rufen. »Sie sind doch immer bestens informiert, nicht wahr?«

Frau Ehlig hob die schmalen Augenbrauen bis über die Ränder ihrer hohen Brille. »Das behaupte ich immer, macht mächtig Eindruck.« Wieder sah sie zu Uhlmann und schmunzelte. Uhlmann ließ nicht erkennen, ob es ihm etwas ausmachte, Tauner glaubte schon, denn unter dem dichten Fell im Gesicht schienen sich die Mundwinkel zu heben.

»Was wissen Sie über Heiligmann?«

»Haben wir uns nicht schon über den unterhalten? Ein armes Würstchen, konnte dem Charme meines Mannes nichts entgegensetzen, würde ihm aber niemals ein Härchen krümmen können, weil er ein guter Kerl ist.«

»Was haben Sie gestern Nacht halb eins getan, wo waren Sie?«

»Das fragen Sie, Herr Tauner? Gewartet habe ich auf Sie, ganze anderthalb Stunden. Und Sie glauben nicht, wie peinlich das ist, vor dem Personal zugeben zu müssen, dass die Verabredung einen hat sitzen lassen.«

Anderthalb Stunden, dachte Tauner und fügte ein anerkennendes Pfeifen im Geiste dazu. »Haben Sie telefoniert?«

»Nein, habe ich nicht, um diese Uhrzeit schlafen die meisten Menschen, die ich kenne.«

»Sie wissen, dass wir Ihre Telefonate nachprüfen können.«

»Nein, ich glaube, das können Sie nicht ohne Weiteres!« Frau Ehlig lächelte milde und Tauner wünschte sich, sie säßen auf einer Wiese unter einem Baum voller Kirschblüten und sie lächelte so. Er hatte keine Lust mit ihr zu streiten über das, was er konnte und was nicht.

»Wir können das schon«, sagte Uhlmann halblaut.

Tauner tat, als hätte er das nicht gehört. »Frau Ehlig, haben Sie Herrn Heiligmann gestern gesehen?«

»Wo denn, im Fernsehen?«

»In Dresden!«

»Ach was, ist der noch hier? Traut sich wohl nicht nach Hause.«

Tauner atmete durch, er konnte der Frau nicht beikommen, würde nie erfahren, ob sie etwas wusste oder nicht. Ihm blieb nur noch die nächste Reaktion abzuwarten und genau zu beobachten. »Er ist fast tot, wurde absichtlich mit einem Auto überfahren. Ich habe es gesehen, als ich auf dem Weg zu Ihnen war.«

Es schien, als ob Ehligs Gesichtszüge einen Moment lang entgleisten. Ihr Lächeln verschwand aus dem Gesicht. Sie nahm die Brille ab und sah Tauner an, als fragte sie sich, ob er log.

»Wissen Sie etwas darüber?«

»Nein, nichts«, sagte die Ehlig leise und wenn das keine echte Betroffenheit war, dachte Tauner, hatte sie einen Oscar verdient.

»Gestern Nacht, als ich auf dem Weg zu Ihnen war, kam er mir entgegen. Ich habe ihn erkannt und sogar noch angesprochen und vor einem Auto gewarnt, im nächsten Augenblick wurde er von demselben vorsätzlich angefahren. Er liegt in der Uniklinik auf der Intensivstation. Die Ärzte schätzen seine Chancen auf weniger als zehn Prozent.«

»Herr Tauner, ich weiß nichts darüber«, betonte Frau Ehlig noch einmal leise.

Tauner sah sie an, dann zu Uhlmann. Der zwinkerte gütig, offenbar schenkte er der Ehlig Glauben. Es hatte wohl keinen Sinn weiterzubohren.

»Gut, dann wechseln wir das Thema. Die Namen Alvers, Rüdinger, Kopte und Seiler, sagen die Ihnen etwas?«

Frau Ehlig zögerte einen Moment lang und Tauner war nicht sicher, was das zu bedeuten hatte. »Seiler ist vom DFB«, sagte sie dann.

»Es ist ein anderer Seiler. Glauben Sie, Ihr Mann kennt einen dieser Herren?«

»Das sind die Herren, mit denen mein Mann gelegentlich geschäftlich verkehrt«, erwiderte Frau Ehlig vorsichtig.

»Was wissen Sie von denen?«

»Kaum mehr als Sie, Herr Hauptkommissar. Die Namen. Gelegentlich essen sie bei uns, dann reden sie über Fußball.«

»Involviert Ihr Mann Sie nicht in seine Geschäfte? Wissen Sie überhaupt nichts von dem, was er tut?«

»Er verdient Geld dabei. Er redet nicht mit mir darüber. Es interessiert ihn auch nicht so sehr wie Sie vielleicht glauben, eher scheint es ihm eine Art Hobby.«

»Tolles Hobby, Geld verdienen«, grunzte Uhlmann leise.

Tauner gab ein weiteres Mal auf. Bei dieser Frau fehlte ihm die Kraft, wirklich hart durchzugreifen. Er hoffte, Uhlmann merkte ihm das nicht so sehr an.

»Befürchten Sie, Ihr Mann könnte das sehen? Oder wollen Sie das sogar?« Tauner schob ihr unvermittelt die Zeitung zu.

Frau Ehlig sah gar nicht hin, wusste wohl schon längst Bescheid. »Wieso sollte ich das wollen? Wir haben uns nur unterhalten. Es ist nichts dabei. Das wissen Sie genau wie ich.«

»Aber er weiß es nicht, er könnte meinen, es wäre mehr passiert. Sie sagten, er widmet Ihnen zu wenig Aufmerksamkeit.«

»So habe ich das nicht gesagt. Er denkt immer nur an Fußball, so wie Sie immer nur an Ihre Arbeit denken.«

Irgendwie fühlte Tauner sich nun verletzt und konterte, ehe er sich selbst daran hindern konnte. »Wie sind ihre Verhältnisse geregelt bei einem eventuellen Ableben Ihres Mannes? Erben Sie alles?«

»Das ist eine unverschämte Frage!« Frau Ehlig schien wirklich zutiefst beleidigt zu sein und das traf Tauner schwerer, als er vermutet hatte.

»Ich muss das fragen und wir hätten jedes Recht, auch bei Ihnen eine Hausdurchsuchung zu veranlassen.«

»Dann tun Sie das!« Frau Ehlig erhob sich und Tauner wusste, dass er sie nur mit Gewalt zwingen konnte, sich wieder hinzusetzen. »Meine Adresse haben Sie ja, falls Sie mich suchen, finden Sie mich in Hamburg!« Nun drehte sie sich um, stolzierte aus dem Zimmer, doch ihr Gang hatte an Esprit verloren, wirkte hölzern. Sie hielt es nicht für nötig, die Tür zu schließen. Uhlmann tat es, nachdem die Schritte verhallt waren.

Tauner, der sich die ganze Zeit an der Tischplatte festgehalten hatte, um dieser Frau nicht nachzulaufen, sah ihm dabei zu und räusperte sich schließlich. »Hab ich zu viel versprochen?«

Uhlmann grunzte anerkennend und warf sich wieder in seinen Stuhl. »Entweder ist die eine klasse Schauspielerin oder die weiß in Wirklichkeit von nichts. Als du von Heiligmann erzähltest, sind ihr vollkommen die Gesichtszüge entgleist. Die war echt geschockt.«

»Vielleicht ist sie aber auch nur über die Skrupellosigkeit so geschockt. Manche Leute lassen sich mit Verbrechern ein und wundern sich dann, warum das Verbrechen nicht aufhört. Die denken, sie bezahlen jemanden für einen Mord, und sind verblüfft, weil sie nachher erpresst werden oder selbst als Mitwisser in Gefahr geraten. Vor allem, weil der Mord an Ehlig nicht funktioniert hat, sind bestimmt einige Leute nervös.«

»Jedenfalls hast du dir diese Nummer ein für alle Mal vermasselt. Die ist so beleidigt wie Erich Mielke bei seiner letzten Staatsratssitzung.«

Tauner warf seinem Kollegen einen bösen Blick zu. »Ich habe mir nichts vermasselt. Ich habe nur das dumme Gefühl, wir lassen etwas völlig außer Acht!«

»Ich sehe es dir doch an!«

»Lass ihn jetzt, Hans!«, mahnte die besorgte Pia. »Wollen wir uns nicht lieber um Heiligmann kümmern?«

15

»Wie sieht es eigentlich mit den Analysen vom Tatort aus?«, fragte Tauner und nippte an seinem kühlen Bier in einem leicht verwilderten Garten. Sie hatten eine schöne Sicht auf Dresden.

Martin, der Leiter der Spurensicherung und Besitzer des Gartens, trank erst selbst einen ordentlichen Schluck, ehe er antwortete. »Wir haben unzählige Dinge zu analysieren. Taschentücher, Tüten, Müll, Zigarettenstummel, Urin, Kaugummis, Steine, Metallsplitter, Glas. Ich will dir nicht die Lust am Arbeiten nehmen, aber das dauert noch eine Weile, bis das alles durch ist.«

Tauner nickte und blickte über die abendliche Stadt. Der Himmel war schon fast dunkel, nur über dem Horizont war noch ein roter Streifen zu sehen. »Schön hast du es hier!«

»Deshalb bist du hier, weil ich dir das zeigen sollte?«

Martin ließ der Frage keine weitere Deutung zukommen.

»Und am Fundort der Pistole?«

»Derselbe Mist. Müll, Unrat, Taschentücher, ausgespuckte Bonbons und im Dickicht entsorgte Weihnachtsbäume.«

»Kein Brief? Ich wollte Ehlig umbringen, weil er so ein Ekel ist, liebe Grüße, euer Willi?«

»Was willst du denn eigentlich, ihr habt doch den Heiligmann!«

»Ihr habt was gefunden?«

Martin schnaufte leise. »Dreck an den Schuhen und auf seinem Teppich, der eindeutig vom Tatort stammt; er war vermischt mit altem Öl und mit Pollen von den Büschen da oben, außerdem eine Spur Hundescheiße, zu der wir einen passenden, drei Wochen alten Hundehaufen gefunden haben, am Tatort! Ziemlich eindeutig, das alles. Hohe Beweislast, wie Frau Staatsanwältin sagen würde.«

»Ich begreif das nicht! Ist er vielleicht nachher mal da gewesen?«

»Das wäre ganz schön dumm von ihm, wenn er der Mörder ist. Wenn ihn da jemand gesehen hätte, hätte er sich nur noch verdächtiger gemacht.«

»Warum habt ihr das nicht schon eher gefunden?«

»Gute Frage! Wirklich, sehr gut. Weil Heiligmann ein Alibi hatte und wir in seinem Hotelzimmer gar nicht gesucht haben. Vielleicht war das dein Fehler, hättest dich nicht so auf Ehligs Umfeld werfen sollen. Ohne Durchsuchungsbefehl gehe ich nicht in fremde Hotelzimmer.«

»Entschuldige.« Tauner rieb sich die Schläfe.

Martin ließ Gnade walten, war nicht weiter beleidigt. »Ihr habt also eine Waffe, mit Abdrücken von Achtermann, die Heiligmann gestohlen haben könnte. Er benutzt sie und wirft sie weg, aber so, dass wir sie finden und denken, Achtermann war es. Jetzt haben wir eindeutig Spuren vom Tatort an seinen Schuhen und im Hotelzimmer. Er kann zwar zurzeit nicht reden, aber ein Motiv hätte er, nicht wahr? Auch wenn es dir nicht logisch vorkommt. Mir schon. Der will sein Leben lang Nationaltrainer werden und dieses Arschloch nimmt ihm diesen Posten weg. Achtermann, obwohl er Ehlig angeblich nicht ausstehen kann, stimmt der Entscheidung zu, anstatt für Heiligmann ein gutes Wort einzulegen, weil er seinen eigenen Präsidentenarsch retten will. Also legt Heiligmann den Ehlig um und lässt den Achtermann dumm dastehen! Nun musst du nur noch eine Verbindung zu diesem Seiler finden, der ihm den Tipp gab, wann Ehlig nach Dresden kommt.«

Tauner schüttelte traurig den Kopf. »So naiv ist der doch nicht!«

»Siehst du, du wehrst dich immer noch dagegen. Überleg doch mal, wir haben schon die absurdesten Dinge am Tatort gefunden, weißt du noch, diesen Abschiedsbrief, von dem Typen, der sich angeblich selbst mit der Axt erschlagen hat? Die Frau hat nicht einmal daran gedacht, ihre Handschrift zu fälschen!«

»Die war aber irre, hatte im Affekt gehandelt und stand unter Schock. Der Mörder von Jansen hat alles geplant und eiskalt ausgeführt, das ist ein himmelweiter Unterschied. Dieser Heiligmann müsste doch wissen, was alles auf dem Spiel steht.«

»Gerade das ist es ja. Alles, was für ihn auf dem Spiel stand, ist der Trainerposten! Deshalb ist er in Dresden geblieben, um sich nicht verdächtig zu machen.«

»Und warum wurde er nun überfahren und fast umgebracht?«

»Vielleicht war das der Seiler, der seine Komplizenschaft vertuschen wollte.« Für Martin schien es logisch.

»Wie viele Spuren von Heiligmann hast du am Tatort gefunden?«

»Wir haben den Dreck aus dem Teppich im Hotel.«

»Aber welche Spuren von ihm hast du am Tatort gefunden!«

»Keine, aber ich habe auch keine Indizien dafür, dass Franz Beckenbauer da war!«

»Bitte?«

»Ich will damit sagen: Das Fehlen von Indizien beweist gar nichts. Andersrum liegt der Beweis schon vor.«

Tauner nickte und starrte in die aufkommende Nacht. Martin war eine angenehme Gesellschaft – und seine Frau noch dazu, denn die hatte sich gleich zu einer Freundin zurückgezogen. Kühles Bier hatten sie genug, und Tauner konnte hier schlafen.

Martin stemmte sich aus seinem Stuhl. »Ich mach mal den Grill an.«

Tauner wollte es ihm gleichtun, aber Martin legte eine Hand auf seine Schultern. »Bleib mal sitzen und entspann dich.«

Tauner fiel erleichtert zurück und fragte sich, ob er mit seiner Frau in solch einem Haus mit solch einem Ausblick auf die Stadt glücklicher gewesen wäre. Wahrscheinlich nicht, dachte er, und bestimmt liegt das an mir. Vielleicht bin ich eben so. Ein Idiot. Einer, der mal einen Tumor im Kopf hatte, der ein paar Jahre lang als gute Ausrede hatte herhalten müssen, aber doch eben ein Idiot.

Martin brachte einen kleinen Grill, stellte ihn in eine Ecke der Terrasse, schüttete Holzkohle hinein, tat ordentlich Spiritus darauf und entzündete das ganze zu einer riesigen Stichflamme. »Was macht denn der Torwart?«

Tauner hob die Schultern. »Der fährt kreuz und quer durch das Land, hebt ständig Geld ab und besucht alle möglichen Verwandten und Bekannten auf der Suche nach seiner Frau.«

»Wollt ihr ihm nicht helfen?«

»Wir lassen auch nach ihr suchen.«

»Und er veralbert euch nicht? Vielleicht hat er gemerkt, dass er verfolgt wird?«

»Der hat in der ganzen Zeit noch nicht einmal seine Unterwäsche gewechselt, der hat nur seine Frau im Kopf. Ich dachte, er hat sie totgehauen, und vielleicht glaubt er das auch noch selbst irgendwie, aber die Leichenhunde haben nicht angeschlagen, zumindest nicht dort, wo er selbst nach ihr suchte. Ich glaube eigentlich nicht mehr daran. Ich denke, die will ihm eine Lektion erteilen, hält sich irgendwo versteckt und lässt ihn schmoren.«

Martin hatte sich wieder neben ihn gesetzt und schon eine neue Flasche mitgebracht. »Hans sagte, die Ehlig ist echt scharf!«

Tauner sah Martin missmutig an, nickte allerdings. »Kann man so sagen. Und jetzt redet sie keinen Ton mehr mit mir.«

Martin lehnte sich zurück und trank einen großen

Schluck. »Die ist extra wegen dir nach Dresden gekommen. Die kommt auch noch mal.«

Tauner sah Martin wieder an, um zu erkennen, ob der das ernst meinte. Doch Martin war keiner, der solcherart Witze riss. Er war ein feiner Denker. Und offenbar auch ein guter Psychologe, denn obwohl es nur Worte waren, fühlte Tauner sich gleich viel besser.

»Und dein Spion in Hamburg, hat der schon was gebracht?«

Tauner zuckte mit den Schultern. »Solche Dinge eben, die man immer so vermutet. Alvers und Kopte betreiben wohl unter anderem ein Bordell. Das ist ja nicht verboten. Nebenbei haben die auch noch ordentliche Geschäfte. Wahrscheinlich, um das Geld zu waschen. Der eine Seiler ist entfernt verwandt mit dem Seiler vom DFB, der hat ein paar Wettbüros, die ganz gut gehen und ein paar Spielbanken, und dieser Rüdinger ist ein Jurist und verkauft Immobilien. Alles in allem noch nichts, was man irgendjemandem zur Last legen kann, die kennen sich von früher, noch aus der Jugend, und Jansen gehörte mit dazu und auch Ehlig. Die Gerüchte, die Ehlig damals den Trainerposten kosteten, entstanden wohl, weil in Seilers Geschäftsunterlagen einige Unregelmäßigkeiten aufkamen. Irgendjemand von der Hamburger Stadtzeitung hat da den Namen Ehlig erwähnt, nur weil der bei einer Party eingeladen war, zu der die anderen auch kamen. Es muss daraufhin einen kleinen Streit in dieser Gruppe gegeben haben, aber die haben sich alle wieder versöhnt. Heiligmann ist anscheinend ein wenig später zu dieser Gruppe gestoßen als die anderen, während er in den Neunzigern Trainer in Hamburg war. Es gibt auch Fotos, wo sie alle gemeinsam drauf sind in fröhlicher Runde. Aber ob die nun geschäftlich verknüpft sind, kann man nicht nachweisen. Das Problem bei der Sache ist vor allem der pensionierte Staatsanwalt Dögerling. Der hat offenbar keine Lust, sich an etwas zu erinnern. Er meinte zwar zu Bärlach, dass er etwas gefunden hätte, aber das wären Kleinigkeiten gewesen, die man über das Finanzamt klären konnte. Bärlach behauptet zwar, er hätte in einem Lokal im Hamburger Szeneviertel ein Foto gesehen, auf welchem die allesamt mit dem Dögerling abgebildet waren, aber er konnte oder wollte es nicht beschlagnahmen. Als er ein zweites Mal dort war, war das Foto weg. Er hatte es sich wohl zu lang angesehen beim ersten Mal. Er will dort noch einmal nachfragen gehen. Ich habe dem Bärlach aber gesagt, der soll erst mal halbe Kraft fahren, wegen des Angriffs auf Heiligmann.«

Martin ließ sich ein wenig Zeit, nachdem Tauner geendet hatte, und es entstand der Eindruck, dass er so viel hatte gar nicht hören wollen. »Siehst du dir das Spiel an, übermorgen?«, fragte er und untermauerte damit diesen Eindruck.

Tauner trank eine halbe Flasche Bier in einem Zug und wischte sich den Mund ab. »Nicht einmal, wenn mich das vor der Hölle retten würde.«

Martin nickte. »Dieser Bärlach hätte das Foto mit seinem Handy auch abfotografieren können!«

Tauner war es im Moment egal. »Hat er aber nicht.«

16

Am Tag des Halbfinalspiels erhob Tauner sich nüchtern und ausgeschlafen aus seinem Bett. Der Morgen erstrahlte so jung und frisch, dass sogar Tauner sich mit dem Sommer anfreunden konnte. Er kochte sich einen Kaffee, eine Seltenheit, weil er ja eine Pia hatte, die das konnte. Außerdem schaltete er das Radio an, in der Hoffnung, es käme ein Lied, das ihm nicht gleich die Nerven raubte. Nach einigem Suchen wählte er das kleinste aller Übel, den Oldie-Sender. Aber selbst die Tatsache, dass die Musik seiner Jugend nun schon zu den Oldies gehörte, konnte seiner Laune keinen Abbruch tun.

Bald verließ er das Haus mit der Absicht, einmal eher als Pia im Büro zu sein. Pfeifend stieg er in den BMW, schaltete auch hier das Radio ein und verzog ein klein wenig den Mund, als die überdrehten Moderatoren über das Spiel zu sprechen begannen. Dann klingelte sein Handy. Er nahm es hervor und sah die Nummer der Staatsanwältin. Sein Pfeifen verstummte, und ohne den Anruf anzunehmen, fuhr Tauner los.

Bald schaltete er das Radio aus und begann, wütend auf das Lenkrad zu trommeln, während er sich ein wenig aggressiv durch den morgendlichen Verkehr schlängelte. Schließlich hielt er bei einem Bäcker, um sich eine Zeitung zu kaufen und sich zu vergewissern, was er im Radio gehört hatte.

Kaum hielt er die Zeitung in den Händen, klingelte

sein Telefon erneut so, als ob die Diekmann-Wachte ihn sehen konnte. Schlagartig war die Luft nicht mehr morgendlich frisch, sondern schon viel zu warm, der Verkehr war zu dicht, das Gehupe zu laut und Tauners Leben nach einem kurzen Abstecher ins Wunderland der Entspanntheit zurück in alter Bahn.

Die Staatsanwältin rief noch vier Mal an, bis Tauner endlich in seinem Büro angelangt war. Dort empfing ihn Pia, die offenbar niemals später kam als ihre Chefs. Zumindest konnte Tauner sich an keine einzige Gelegenheit erinnern. Sie stellte ihm einen Kaffee hin und ging wortlos in ihr Büro zurück, was bedeutete, sie wusste, was los war.

Uhlmann kam zehn Minuten später, hatte eine Zeitung in der Hand und wollte sie gerade auf Tauners Schreibtisch werfen, als er sah, dass dort schon eine lag.

»Von wem hat er das?«, fragte Tauner grußlos und tippte auf das Interview mit Ehlig, welches doppelseitig abgedruckt war.

»Nun ja, ich würde sagen, von seiner beleidigten Frau und diese wiederum hat es von dir!« Hans ließ keine Zweifel daran, dass er daran keinen Zweifel hatte. Er setzte sich hinter seinen Schreibtisch und holte sein Frühstück hervor.

»Die Wachtel hat mich schon hundert Mal angerufen. Das kann sie sich doch sparen, oder? Ich weiß, was die sagen wird, und sie weiß, was ich antworten werde.«

»Sie ist aber eine Frau und wird es trotzdem sagen wollen!« Darüber war sich Uhlmann sicher.

»Pia, hab ich nicht irgendeinen Termin, zu dem ich mich verdrücken kann?«

»Heut vierzehn Uhr kommt der junge Mann wegen der Zeugenaussage.«

»Und Spechtler? Ist der nicht wieder in Dresden? Nehm ich mir den eben vor!«

»Der ist gestern Abend hier angekommen und noch in der Nacht wieder losgefahren. Jetzt ist er in Berlin, dort wohnt eine Cousine seiner Frau.«

»Dann nehmen wir ihn eben wieder fest!«, bestimmte Tauner.

»Ich glaube, das wird dich jetzt nicht vor der Diekmann-Wachte retten«, brummelte Uhlmann.

»Aha, und warum nicht?«

Uhlmann hob den Finger und Tauner hörte die sich nähernden Schritte im Flur. Er fluchte lautlos, dann hatte er eine Idee, holte schnell sein Telefon hervor, wählte Bärlachs Nummer an und legte nach kurzem Klingeln wieder auf. Dann sprang die Tür auf, und diesmal war die Staatsanwältin wirklich wütend, das sah man ihr an.

»Warum machen Sie nicht gleich ein Interview mit der Bild-Zeitung? Da können Sie denen gleich erzählen, dass Sie noch immer keinen Plan haben. Und vor allem können Sie denen erzählen, dass Sie bald nicht mehr der Leiter der Mordkommission sind.«

»Das haben Sie nicht allein zu entscheiden!«

»Nein, das habe ich nicht, das ist wahr, aber ich werde mich auch gar nicht darum kümmern müssen, das tun Sie schon von ganz allein!«

Tauner sah auf und war wütend auf Bärlach, weil dieser nicht zurückrief und ihn aus der misslichen Lage befreite. Er wusste, dass er sich bis zu einem gewissen Grad auf den Rückhalt seiner Vorgesetzten verlassen konnte. Die hatten es schon mehr als einmal geschafft, die Staatsanwaltschaft davon zu überzeugen, wie nützlich der wütende Herr Tauner war. Er durfte es nur nicht übertreiben, sagte eine leise Stimme, die sein Gewissen war und sich ein wenig nach Pia anhörte. »Was werfen Sie mir denn vor?«

»Nichts, gar nichts, außer, dass Sie offenbar vor der Ehlig alles ausgeplaudert haben, selbst Dinge, die ausdrücklich geheim bleiben sollten, nämlich, um einen Eklat zu vermeiden, aber den haben wir ja nun!«

»Wo ist denn der Eklat? Was ist denn das Drama? Ich habe die Ehlig nur befragt, außerdem wusste sie schon fast alles. Vielleicht hat sie aus der Art meiner Fragen nur die richtigen Schlüsse gezogen!«

»Vielleicht hat sie getan, was ihr Mann aufgetragen hat, hat den notgeilen Hauptkommissar ausgefragt, damit der Ehlig jetzt die Trümpfe ausspielen kann. Dass der den Achtermann nicht ausstehen kann, weiß doch jeder. Dass man die Waffe mit seinen Fingerabdrücken gefunden hat, wussten nur Sie und Ihre Kollegen, und Sie haben mit der Ehlig gesprochen. Für mich ist der Fall klar und für die Medien auch.«

Tauner kniff die Lippen zusammen und beschloss, den Bärlach baldmöglichst loszuwerden, weil der immer noch nicht zurückrief. Außerdem fragte er sich mittlerweile, ob er sich nicht wirklich vollkommen dämlich verhalten hatte. Da zwinkert mal eine schöne Frau mit den Augen und er fing an, sich wie ein Anfänger zu verhalten. Diese Einsicht stimmte ihn nicht gerade fröhlicher. »Achtermann und seine Berater haben von der Waffe mit den Fingerabdrücken gewusst! Und überhaupt, was geht mich das an? Soll der Achtermann sich was einfallen lassen. Schließlich hat der sich den Ärger selbst eingebrockt.«

»Was einfallen lassen?«, fauchte die Staatsanwältin dazwischen. »Für die Öffentlichkeit steht er jetzt als Mordverdächtiger da. Die sehen das nicht so differenziert wie Sie, Herr Tauner. Die sehen eine Mordwaffe mit Fingerabdrücken drauf. Und der Ehlig, sowieso gerade Held der Nation, setzt den Hebel natürlich sofort an.«

»Wir könnten es dementieren, setzen Sie eine Pressekonferenz an und ich sage denen, dass dies alles nicht stimmt.«

»Sie …« Die Diekmann-Wachte verstummte wieder und in ihrem Kopf mahlten die Mühlsteine und noch ehe sie etwas erwidern konnte, klingelte endlich das Telefon.

Tauner nahm ab. »Herr Bärlach, was gibt es denn zu so früher Stunde?«

»Wieso gibst du so schnell klein bei?«, fragte Uhlmann, nachdem die Staatsanwältin emsig telefonierend abgezogen war. »Du hasst doch Pressekonferenzen!«

»Die hätte sonst nicht so schnell Ruhe gegeben. Ich überlege die ganze Zeit, bei wem ich mich beschweren kann, damit der Fall an einen anderen Staatsanwalt weitergegeben wird. Meyer, der war gut!«

»Ich glaube nicht, dass du Einfluss auf die Staatsanwaltschaft nehmen kannst. Meyer würde sich außerdem schön bedanken für dieses Chaos. Ich hoffe bloß, du lässt die Wachtel bei der Pressekonferenz nicht hängen, die sorgt wirklich noch dafür, dass du deinen Posten verlierst!«

»Ach was, die kann gar nichts, außer mich stören. Was hätte die mir denn schon vorzuwerfen? Dass ich Zeugen befragt habe? Die Ehlig müsste man drankriegen, oder lieber gleich den Ehlig, denn was erlaubt der sich, solche ungeheuren Aussagen in einem Zeitungsinterview zu machen. Der hat wohl zu viel Höhenluft geschnuppert. Dem könnte eine Niederlage nicht schaden!«

»Red kein dummes Zeug!«, rief Pia. »Nur, weil du den nicht leiden kannst. Außerdem kann die Staatsanwältin schon für deinen Abgang sorgen!«

»Hatte denn der Bärlach etwas zu erzählen?«, unterbrach Uhlmann.

Tauner winkte ab. »Ach was, der hat mich nur zurückgerufen, weil ich den angeklingelt habe. Der will sich heute noch mal mit Frau Jansen treffen. Die hat wohl dem Treffen zugestimmt, unter der Bedingung, dass dieser ungehobelte Tauner nicht dabei ist! Außerdem hat sich sein neuer Hamburger Kollege schon als nützlich erwiesen, er kennt den Kneipenbesitzer mit dem Foto, wo die ganze Hamburger Truppe samt Heiligmann und Dögerling abgebildet ist.«

Uhlmann verzog das Gesicht, als hätte sich etwas sehr süß Aussehendes als sehr sauer entpuppt. »Was willst du denn damit erreichen? Den Fall von damals noch mal aufrollen, weil der Staatsanwalt befangen war? Wenn du da herausfindest, dass der Ehlig doch Dreck am Stecken hat, zünden die uns hier die Bude an. Mann, in meiner Haut will ich nicht stecken.«

»Ich will doch nur die alten Verbindungen nachvollziehen. Wenn die sich mal in den Haaren hatten, ist das vielleicht nicht vergessen, da sind noch irgendwelche Rechnungen offen. Ich bin mir ziemlich sicher, nach dem missglückten Anschlag auf Ehlig haben die Heiligmann als Sündenbock ausgemacht. Die versuchen ihm, den Mord anzuhängen, jetzt, wo er sich nicht wehren kann. Wenn er tot ist, wären wahrscheinlich alle zufrieden. Passt eigentlich immer jemand auf ihn auf?«

»Im Krankenhaus sind immer zwei Polizisten«, rief Pia aus ihrem Zimmer. Im nächsten Moment klingelte ihr Telefon. »Ja?«, fragte sie knapp. »Aha!«, meinte sie dann. »Na dann!«, sagte sie schließlich und legte auf. »Eine gewisse Angelika Schober ist hier mit ihrem Anwalt und möchte eine Aussage machen.«

»Okay«, sagte Tauner, aber es war nicht okay. Was wollte die Prostituierte hier, die Heiligmanns Alibi darstellte?, fragte er sich.

»Da bin ich ja gespannt«, murmelte Uhlmann, aussehen tat er aber nicht so.

Eine Minute später klopfte es an der Tür.

Frau Schober, eine Frau knapp über zwanzig Jahre, mit recht weiblicher Statur und blondem Haar, und ein junger Anwalt, der aussah, als sei er frisch aus der Anwaltsfabrik geliefert worden, traten ein. Tauner deutete unwirsch auf die Stühle vor seinem Schreibtisch. Uhlmann kam herübergerollt.

»Sie wollen eine Aussage machen?«, fragte Tauner. »Noch eine Aussage? Ist Ihnen etwas Neues eingefallen?«

Die junge Frau sah verschüchtert zu ihrem noch faltenfreien Anwalt. Der nickte aufmunternd. »Also ich, ich möchte meine Aussage widerrufen«, sagte sie leise.

»Reden wir von Herrn Heiligmanns Alibi?« Tauner wischte sich resigniert über das Gesicht. Was sollte die schon sagen, Hotelangestellte hatten ihre Anwesenheit in Heiligmanns Zimmer bestätigt. Er holte einen Ordner hervor und suchte die entsprechenden Blätter. »Hier ist Ihre Aussage. Heiligmann habe Sie per Telefon in sein Hotelzimmer geordert und dort wären sie die ganze Nacht geblieben. Ihre Telefonnummer habe er über einen Bekannten erhalten, der schon mehrmals in Dresden war und auf Ihre Diskretion und Ihre besonderen Fähigkeiten schwöre. Sie arbeiten in verschiedenen Städten, sind aber in Dresden gemeldet und extra zum Testspiel angereist, wo immer was zu holen ist, wenn so viele …«

»… reiche Typen am Platz sind«, vollendete Frau Schober den Satz. »Also ich war in dieser Nacht zwar in seinem Zimmer, aber er war nicht da!«

Tauner runzelte die Stirn. »In der Nacht, als Holger Jansen getötet wurde?«

Frau Schober nickte.

»Ab wann und wie lang befanden Sie sich in seinem Zimmer?«

»Von halb zehn abends bis zum nächsten Morgen, ich bin gegen acht aufgewacht.«

»Und Herr Heiligmann?«

»Der ist gegen halb elf gegangen und spät in der Nacht wiedergekommen.«

»Wann sind Sie eingeschlafen?«

»Um Mitternacht ungefähr.«

»Sie wissen also nicht genau, wann er wieder da war?«

»Na, als er kam, bin ich aufgewacht und hab kurz auf die Uhr gesehen, da war es so gegen halb drei.«

»Gut!« Tauner hatte sich alles aufgeschrieben. Jetzt sah er auf. »Warum kommen Sie jetzt damit? Wenn das so stimmt, haben Sie vorher eine Falschaussage gemacht, das ist strafbar!«

»Strafbar nicht in dem Sinne«, mischte sich der Anwalt ein. »Es ist nicht ihre Idee gewesen und sie stand erheblich unter Druck, als sie die Falschaussage machte.«

»Aha, Sie wurden also erpresst? Von wem?«

Wieder sprach der Anwalt und brachte die Schober mit einer Handbewegung zum Schweigen. »Es war keine Erpressung in dem Sinne. Herr Heiligmann hat ihr dafür eine ganze Menge Geld gegeben.«

Tauner knallte den Stift auf den Tisch. »Dann ist das aber keine Erpressung, sondern Bestechung, bezahlter Meineid, ist das nicht strafbar? So etwas kostet Hunderttausende Euros, Dutzende Beamte, die wochenlang in die falsche Richtung ermitteln.« Und es kostet mir den Ruf, dachte sich Tauner noch hinzu.

»Sie entschuldigen uns mal kurz?« Uhlmann erhob sich und packte Tauner am Arm, zog ihn unsanft aus dem Büro hinüber zu Pia. Tauner hatte nicht wirklich etwas entgegenzusetzen, denn Uhlmann hatte fast die doppelte Masse. Uhlmann schloss die Tür.

»Die ist hier, um ihre Aussagen zu widerrufen und richtig auszusagen. Du kannst die nicht so anschreien, nur weil dir nicht passt, was sie sagt. Die macht sonst zu und wir kommen überhaupt nicht mehr weiter.«

»Das hat doch damit nichts zu tun!«

»Klar hat es das, dir gefällt nicht, dass Heiligmann der Täter ist!«

»Weil nichts passt!«

»Alles passt, lass ihn aus dem Koma erwachen und dann konfrontieren wir ihn mit der Tatsache, dass sein Alibi futsch ist. Er wird garantiert weich und dann kann er uns noch sagen, wer ihn wohl über den Haufen gefahren hat. Und jetzt gehen wir wieder raus und hören uns schön an, was die zu sagen hat.« Uhlmann packte Tauner wieder am Arm, doch der riss sich los, straffte seine Kleidung am Körper und stieß Uhlmann in entsprechende Richtung. Schweigend nahmen sie wieder ihre Plätze ein.

Tauner räusperte sich, leckte sich über die Zähne und setzte dann ein derart falsches Lächeln auf, dass man ihn in der richtigen Uniform mit einem Flugbegleiter hätte verwechseln können. »Lassen wir mal den ganzen Ärger beiseite! Was hat Sie denn nun plötzlich bewogen, Ihre Aussage zu widerrufen?«

»Ich hatte einfach Angst, nachdem Herr Heiligmann totgefahren wurde.«

»Er ist noch nicht tot, die Ärzte hindern ihn am Sterben. Und das halten Sie jetzt für richtig? Anstatt bei der Abmachung zu bleiben, fallen Sie Ihrem Geschäftspartner bei der erstbesten Gelegenheit in den Rücken?« Uhlmann räusperte sich laut und Tauner hätte ihm gern einen Bleistift in den Oberschenkel gerammt. »Versaut einem das nicht das Geschäft?« Tauner lächelte eisenhart.

Nun meldete sich wieder der Anwalt zu Wort. »Ich weiß nicht genau, was Sie mit solcherart Fragen bezwecken wollen. Ich kann die Nützlichkeit darin nicht erkennen«, sagte er und wirkte ein wenig verunsichert.

»Glauben Sie mir, ich überlege mir genau, was ich frage, auch wenn mein eigener Kollege mir das manchmal nicht glaubt. Wie viel Geld haben sie bekommen?«

»Zehntausend!«, erwiderte die Schober schnell, dann schüttelte sie den Kopf. »Fünftausend meinte ich! Ich wollte erst Zehntausend, aber er sagte, fünf müssten genügen für so eine leichte Aufgabe. Und schließlich wollte er ja nicht einmal Sex.«

Tauner nickte und machte sich eine Notiz. Er ließ sich Zeit dabei, schrieb und schrieb und sah dann wieder auf. »Also, warum sind Sie so schnell umgekippt? Das Heiligmann umgefahren wurde, ändert doch am Tatgeschehen von vor zwei Wochen nichts. Sie bringen sich doch nur selbst in die Bredouille.«

»Ich weiß aber nicht, warum er umgefahren wurde, und ich dachte, ich geh zur Polizei und sag lieber, was los war, dann wollte ich mich verstecken.«

Tauner nickte und sah sich den Anwalt an. »Ich kann Sie nicht bitten, einmal fünf Minuten aus dem Zimmer zu gehen? Meine Kollegin macht prima Kaffee!«

Der Anwalt lächelte. »Den Kaffee nehme ich gern, aber ich muss darauf bestehen hier zu bleiben.«

»Damit Sie Frau Schober auf die Finger hauen können, falls sie etwas Falsches erzählt?«

»Damit sie so aussagt, dass es ihr nicht zum Verhängnis wird.«

Tauner schürzte die Lippen. »Wo ist das Geld?«

»Hier in Dresden, ich habe es auf ein Sparkonto eingezahlt.« Frau Schober blickte Tauner ehrlich an, ein wenig Mitleid heischend.

»Er hat es Ihnen in bar gegeben?«

Die Schober nickte und wischte sich eine Strähne aus dem Gesicht.

»Sie haben sich noch gar nicht vorgestellt«, fiel es ihm plötzlich ein und er strahlte den Anwalt an.

»Silvio Häusler von der Kanzlei Brauner und Klein.«

Tauner notierte es sich. »Ich weiß ja nicht, wie lange Sie schon im Geschäft sind, und wie sehr Sie in Sachen Strafverteidigung bewandert sind. Aber sicherlich werden Sie Ihrer Mandantin schon vorher gesagt haben, dass sie mit hoher Wahrscheinlichkeit in Untersuchungshaft kommt!«

»Was?«, rief die Schober ängstlich aus und ihre Augen wurden feucht.

»So, wie sich die Sache darstellt, sind Sie eine Komplizin. Auch wenn Sie nicht gewusst haben sollten, was Heiligmann vorhatte, so haben Sie ihn doch nach der Tat geschützt, anstatt die Wahrheit auszusagen. Sie gaben ihm somit die Möglichkeit, Spuren zu verwischen und zu fliehen.«

»Aber er ist doch gar nicht geflohen!«

»Das ist eine andere Sache«, sagte Tauner und sah dabei zu Uhlmann. »Ich werde jetzt bei der Staatsanwältin einen Haftbefehl beantragen.«

»Ich komme ins Gefängnis?«, quiekte die Schober heiser und schlug die Hände vor das Gesicht.

Herr Häusler legte ihr beruhigend die Hand auf die Schulter. »Nun, ich dachte wir könnten so etwas vermeiden, eben weil Frau Schober freiwillig zu Ihnen gekommen ist. Zwar ist das erst mit zwei Wochen Verspätung geschehen, aber immerhin ist es geschehen!«

Tauner nickte. »Sie verstehen das nicht recht. Ich tue das doch für Sie! So wie es aussieht, ist sie nirgendwo sicherer aufgehoben als hier bei uns.«

Der Anwalt dachte eine Sekunde lang nach, dann hatte er sich mit der Sache abgefunden. »Frau Schober, der Hauptkommissar hat recht. Es kann nicht schaden, wenn Sie zwei Wochen hier bleiben. Ewig können die Sie sowieso nicht hier behalten. So sind Sie sicher, bis sich die Wogen ein wenig geglättet haben.«

»Die lügt doch!« Tauner hatte einen uniformierten Beamten kommen lassen, welcher die Schober samt Anwalt zum Haftrichter gebracht hatte.

»Warum denn Falk? Warum glaubst du keinem Menschen, du siehst überall nur Verschwörung.«

»Na klar, Verschwörung, schon allein aus dem Grund, dass jemand versucht hat, Heiligmann umzubringen.«

»Vielleicht war das ein Racheakt? Die Hamburger Truppe hat einen ihrer Jungs verloren und nun rächt sie sich dafür.«

»Dann müssten die sich ja ganz sicher sein, dass es Heiligmann gewesen war. Ich rufe Martin an. Wir müssen Heiligmanns Zimmer noch mal untersuchen. Die hatten keinen Sex, hat die gesagt. Aber vielleicht stimmt das ja gar nicht. Dann können wir sie unter Druck setzen, weil sie schon wieder gelogen hat.«

»Der kann doch in den Wochen danach auch Sex gehabt haben!«

»Aber vielleicht finden wir Spuren von ihr. Beim Sex geht eine Menge DNA ab. Außerdem glaube ich nicht, dass er nach der Tat Sex hatte, er musste doch damit rechnen, besonders unter Beobachtung zu stehen. Und wir müssen die Konten der Schober kontrollieren. Wieso sagt die erst zehntausend und verbessert sich dann? Das war doch eine Lüge. ›Ich wollte zehntausend und er hat mir fünf gegeben‹, so ein Unsinn.«

»Warum soll sie sonst zehntausend gesagt haben?«

»Mensch Hans, kannst du deinen Hals nicht bewegen oder dein Gehirn? Die lügt, die Ehlig lügt, alle lügen, siehst du das nicht? Schon wenn jemand einen Bruchteil einer Sekunde zögert, dann lügt er.«

»Oder denkt nach. Deiner Meinung nach lügen alle, hast du doch selbst gerade gesagt.«

»Du findest das natürlich alles bequem. Heiligmann liegt wehrlos im Krankenhaus. Er hat kein Alibi mehr und hat sogar ein wichtiges Indiz in seinem Hotelzimmerteppich hinterlassen, anstatt seine Schuhe zu putzen.«

»Wenn es bequem ist, dann kann man es doch lassen. Du willst es einfach nicht bequem, das sieht man dir und deinem Lebensstil an. Immer wenn es dir ein paar Tage gut geht, suchst du dir irgendetwas zum Aufregen. Legst dich absichtlich mit der Wachtel an, oder sogar mit Meyer, obwohl du den gut leiden kannst. Und in Wirklichkeit kannst du mich bestimmt auch gut leiden und verbirgst es nur sehr gut. Ich kann dich nämlich trotzdem leiden, obwohl du ein Rindviech bist.«

»Du bist auch ein Lügner!« Tauner winkte ab.

17

»Na, bist du nun zufrieden oder nicht?« Tauner wollte es gleich hinter sich bringen. Zu erfahren, dass die deutsche Mannschaft das Halbfinale gewonnen hatte, war nicht zu vermeiden gewesen, wildfremde Menschen hatte sich ihm an den Hals werfen wollen.

Pia grinste und zuckte mit den Schultern. »Es ist ja nicht gesagt, dass ein knapper Sieg psychologisch wirklich wertvoll gewesen wäre. Ein vier zu null schafft auf alle Fälle Respekt beim nächsten Gegner! Vor allem wenn man England abgeschossen hat.«

»Und jetzt müssen sie noch ein Spiel gewinnen und dann bist du für immer glücklich?«

»Nö, nur die nächsten zwei Jahre, bis zur WM.«

»Und wenn sie verlieren?«

»Dann bin ich etwa zwei Tage lang unglücklich und dann sage ich mir, es gibt Schlimmeres, zum Beispiel Mord.« Pia schien zufrieden mit sich und der Welt, und Tauner wollte es ihr diesmal nicht vermasseln. Er hatte sich seinen feinen Anzug angezogen, auch wenn er niemals zugegeben hätte, dass er dies wegen der Pressekonferenz tat. Er wollte nachher noch essen gehen, hatte er Pia verraten und hoffte, sie fragte nicht, wann und mit wem. »Ist denn die Ehlig wieder in der Stadt?«, fragte Pia.

»Nein, und ich denke die wird auch nie wieder hier erscheinen.«

Pia grinste. »Triffst du dich mit deiner Frau?«

Tauner schloss kurz die Augen. Soweit hatte er nicht gedacht, dass er Pia mit seiner Lüge falsche Hoffnungen machte. »Ehrlich gesagt, wollte ich mit dir essen gehen. Zur Feier des Sieges sozusagen!«

Pia lächelte noch immer, doch dabei runzelte sie unsicher die Stirn, weil sie nun nicht mehr wusste, ob sie sich ärgern oder freuen sollte. »Du feierst den Sieg der Nationalmannschaft?«

»Und den Sieg der Vernunft über die Intuition!«

»Du bist nicht zufrieden.«

»Das bin ich nicht. Heiligmann sieht für mich wie ein armer Sündenbock aus.« Tauner griff in seine Hosentasche, weil es da drinnen zu vibrieren begann. Er sah auf die Nummer. »Jetzt fragt die Dickmann-Wachtel, wo ich bleibe«, murmelte er. »Ja!«, sagte er und »Hmm«, kratzte sich an der Schläfe und verzog das Gesicht dabei. »Gut, dann eben so, hab ich nichts dagegen. Wiederhören ... äh und ...« Tauner sah auf sein Display, der Anruf war schon beendet. Trotzdem sagte er leise Entschuldigung.

»Was hat sie gesagt?«

»Vor allem, dass ich erst den Anruf annehmen soll, wenn ich fertig bin, schlecht über sie zu reden. In zweiter Linie hat sie gesagt, sie möchte die Pressekonferenz allein bewältigen, mit dem Polizeisprecher.«

»Das passt dir doch in den Kram, oder?«

»Ja, nur die Begründung nicht, weil sie nämlich Angst hat, ich könnte ausfällig werden oder andere Dummheiten machen.«

»Hemingway wollte den Literaturnobelpreis erst gar nicht in Empfang nehmen, auch wegen der Begründung, aber schließlich hat er ihn doch genommen.«

»Und sich ein paar Jahre später den Kopf weggeschossen!«

Uhlmann kam ins Zimmer. »Vielleicht war das auch eine Verschwörung. Der Sache könntest du mal nachgehen.«

»Du kannst auch mit essen kommen. Ich gebe einen aus.«

Uhlmann erstarrte verblüfft, und Tauner vermerkte in seinem Notizbuch im Kopf, dass man auch mit Nettsein die Leute vor den Kopf stoßen konnte.

»Ach, komm schon! Du hast doch gewusst wie es ablaufen wird.« Uhlmann schwang seine Bierneige, als wäre es ein Cognac und trank sie aus. Eine aufmerksame Kellnerin kam und ehe Uhlmann überhaupt etwas sagen konnte, hatte er schon ein neues Bier.

Tauner zwang sich, Wasser und Cola zu trinken, er musste seine Kollegen noch nach Hause fahren. »Wenn ich die schon grinsen sehe«, knurrte er.

Uhlmann wischte sich den Bart ab. »Sie kann es aber auch gut. Hätte Schauspielerin werden sollen.«

»Ein Staatsanwalt, der sich so der Presse hingibt, kann kein guter sein. Muss doch für jeden offensichtlich sein, dass die Frau einfach nur kamerageil ist.«

»Ja, deshalb stürzen sich ja alle auf sie, noch dazu hat sie einen hübschen Hintern und ansehnliche Brüste!«

Pia hüstelte gekünstelt.

Uhlmann war sich keiner Schuld bewusst. »Was denn? Das kannst du von Meyer nicht behaupten. Die macht halt ein bisschen Werbung für sich und wer weiß, in zehn Jahren ist die Richterin oder Justizministerin. Also halte dich lieber gut mit ihr, vielleicht verschafft sie dir einen Job, bei dem du gut bezahlt wirst.«

»Die ist dem Achtermann förmlich in den Hintern gekrochen! Und es gefällt mir nicht, dass sie den Heiligmann so öffentlich als Haupttatverdächtigen präsentiert hat.«

»Das musste sie nun aber, um den Verdacht von Achtermann zu nehmen, außerdem hält sie wohl die Indizien ebenfalls für ausreichend. Was soll das denn werden, wenn der Präsident vom DFB während des Turniers zurücktreten müsste?«

»Hans, jetzt machst du mich wirklich wütend, obwohl du das Restaurant aussuchen durftest. Du weißt genau, wie scheißegal mir solche Vorgänge sind.« Tauner stutzte und klopfte auf seine Jacketttasche, dann fischte er sein Telefon heraus. »Der Herr Bärlach. Tauner hier! Ja? Ja! Kennen Sie das kanadische Restaurant an der Frauenkirche? Kennen Sie die Frauenkirche? Ja, hier in Dresden, nicht München. Wissen Sie was, nehmen Sie sich einfach ein Taxi.« Tauner legte auf. »Bärlach ist in Dresden.«

Bärlach wirkte ein wenig abgehetzt, setzte sich und blickte leicht irritiert auf die halbformelle Kleidung der Anwesenden. »Wem darf ich denn zum Geburtstag gratulieren?«

Tauner beugte sich vor. »Das wissen Sie nicht?«

»Ihnen etwa?«

»Nein, niemand hat Geburtstag. Was verschlägt Sie denn so unaufgefordert zu mir? Gibt's in Hamburg nichts mehr zu holen?«

Bärlach rutschte bis zur Kante der Sitzfläche und beugte sich vor. »Ich wollte nicht telefonieren und schreiben wollte ich Ihnen auch nicht. Ich war mir nicht sicher, wer das in die Hände bekommt. Deshalb hab ich mir einen Mietwagen genommen und bin hergekommen.«

»Sie machen es aber spannend!«

»Der Dögerling, der ehemalige Staatsanwalt, der hat mir nachforschen lassen, der Hamburger Beamte, der mich unterstützen sollte, der hatte privaten Kontakt zu Dögerling. Ich dachte erst, das hätte der wegen mir gemacht, aber der hatte schon vorher Kontakt mit dem. Deshalb wusste ich nicht, ob ich ihm noch trauen kann. Dieser Dögerling hatte jedenfalls selbst mal ein Verfahren am Hals, welches zwar auch im Sande verlaufen ist, jedoch nur, weil der Anwalt des Klägers die Klage zurückgezogen hatte und das Verfahren eingestellt wurde. Dieser andere Anwalt, das war Rüdinger und die Kanzlei in der er damals arbeitete hieß Braune und Klein …«

Tauner hob die Hand. »Was?«

»Braune und Klein!« Bärlach nahm sich ein Notizbuch hervor und blätterte darin, bis er den entsprechenden Eintrag fand.

»Die Schober kam doch gestern auch mit einem Anwalt von Braune und Klein.«

»Ja …« Bärlach sah sich um. »Und wissen Sie, wen diese Kanzlei noch vertritt oder besser gesagt früher vertreten hat?«

»Den Herrn Ehlig«, stöhnte Pia, die manchmal mehr wusste, als sie zugeben wollte, weil sie flinke Finger und einen schnellen Computer hatte.

Tauner blies Luft aus und lehnte sich zurück.

»Ja, und leider war es das noch nicht.« Bärlach sah

Tauner tief in die Augen. »Diese Frau Schober, die Heiligmanns Alibi verworfen hat, die hat fünftausend Euro bekommen, die wurden vor einer Woche auf einem ihrer Konten eingezahlt …«

»Wieso wissen Sie das schon und ich nicht?« Tauner konnte es nicht glauben.

»Weil ich gute Leute kenne, die nachsehen können, ohne erst auf den Durchsuchungsbefehl zu warten.«

Tauner pfiff leise durch die Zähne und musste unwillkürlich grinsen. »Sie haben ja verborgene Talente an sich …« Er ließ den Satz unbeendet und sah, wie Bärlach sich freute.

»Das Wichtigste ist aber noch nicht gesagt! Die hat noch mal zehntausend bekommen. Es wurde ein neues Konto eröffnet, auf den Namen ihrer Mutter, die heißt nicht Schober, sondern Helbig, das hätten sie also gar nicht einfach einsehen können und darauf sind jetzt zehntausend Piepen.«

»Also hat sie erst fünftausend von Heiligmann bekommen, und dann noch mal zehntausend! Und von wem? Kann man das auch nachverfolgen?«

Bärlach nickte und schien ein Stück von Pia abzurücken, dann ließ er die Bombe platzen. »Von einem von Ehligs Konten!«

Schweigen breitete sich aus am Tisch, machte einmal die Runde und verflüchtigte sich zuerst bei Tauner. »Und wieso ausgerechnet diese eine Prostituierte? Haben die vorher recherchiert in Dresden?«

»Wieso Dresden?«, fragte Bärlach.

»Die ist doch Dresdnerin!«

Bärlach schüttelte den Kopf. »Die ist noch hier gemeldet, aber die arbeitet in Hamburg seit zwei Jahren. Kommt nur mal zu Besuch nach Dresden!«

»Okay«, sagte er. »Was können wir damit anfangen? Diese Information ist illegal, also dürfen wir sie nicht bei der Wachtel anbringen … oder weiß die schon davon?«

Bärlach schüttelte eifrig den Kopf.

»Beweisen tut das allerdings auch noch nichts.«

»Kein bisschen!«, brummte Uhlmann, doch sein Gesicht drückte Sorge aus, soweit man es unter dem Bart erkennen konnte.

»Also müssen wir den Leuten in Hamburg ein bisschen auf die Finger klopfen«, sprach Tauner aus. Dann hellte sich sein Gesicht auf. »Und wir nutzen dabei den Umstand, dass die Wachtel vor allen herausposaunt hat, Heiligmann sei der Täter. Morgen fahren wir nach Hamburg! Freuen Sie sich, Herr Bärlach?«

»Ja, sehr, die Autobahn ist mir heute schon sehr ans Herz gewachsen!« Bärlach grinste schief.

Tauner streckte seine Hand aus und Bärlach nahm sie zaghaft, als befürchtete er, gleich einen Stromschlag zu bekommen. »Ich bin Falk«, sagte Tauner.

»Torsten«, sagte Bärlach.

Uhlmann regte sich und streckte ebenfalls die Hand aus. »Hans«, sagte er.

»Pia«, sagte Pia.

»Torsten, Torsten«, sagte Bärlach und schüttelte brav, was ihm dargeboten wurde.

»Was hat denn eigentlich Frau Jansen noch so gesagt?« Tauner stieg aus dem Auto und streckte sich. Auch in

Hamburg war es heiß, doch, und das konnte genauso gut Einbildung sein, wehte ein leichter, kühlender Wind aus Norden. Während der Fahrt hatten sie nahezu die ganze Strecke über geschwiegen, denn Bärlach, erschöpft von der Reise nach Dresden und der kurzen Nacht, hatte geschlafen und versuchte nun heimlich, einen Sabberfleck auf seiner Schulter zu verreiben.

»Die ist seltsam, hat nur solche Andeutungen gemacht. Nichts Konkretes. Man hat bei ihr einfach den Eindruck, als sei sie beleidigt, dass es ihren Mann getroffen hat und nicht den Ehlig. Sie und die Ehlig sind nicht gerade beste Freunde. Das mag vielleicht am Altersunterschied liegen, oder vielleicht mögen sie sich einfach nicht. Im Grunde genommen gehört Frau Jansen selbst mit zur Hamburger Truppe, wie du sie nennst. Die Ehlig ist ja erst viel später eingestiegen.«

»Möchte mal wissen, wie die auf den Ehlig gekommen ist!«

»Sie hat ihn offenbar gezielt angebaggert.«

»Das weißt du auch?« Tauner sah sich um und legte dann seinen Kopf in den Nacken, um an ihrem Hotel hinaufzusehen.

»Ich informiere mich über alles, wenn ich kann. Der Presse war das damals nicht entgangen. Die hatte wohl irgendeine Misswahl gewonnen, hat ein paar Jahre lang als Model gearbeitet, nicht bei den ganz großen Agenturen, und eher so sporadisch, und hat auch manchmal Werbung gedreht.«

»Und dann hat sie sich so einen reichen Typen geangelt und hat nun ausgesorgt.«

»Der Witz ist ja, sie braucht sein Geld gar nicht. Ihre

Eltern waren vermögend, mit einundzwanzig hatte die schon ein paar Millionen auf dem Konto. Ich denke, sie hat das getan, um in die Öffentlichkeit zu gelangen. Aber offenbar war sie nur ein paar Tage lang Gesprächsstoff und dann war der Fußball wieder wichtiger. Hätte sie aber besser wissen können, oder? Oder wie viele Trainerfrauen kennst du?«

Tauner zuckte mit den Achseln. »Da fragst du den Falschen. Fällt bei ihr das Motiv Geldgier also höchstwahrscheinlich schon mal aus. Hat sie Zugang zu Ehligs Konten?«

»Hat sie, nicht auf alle, aber auf zwei davon, und von dem einen kam das Geld.«

»Warum könnte sie es sonst getan haben, wenn nicht wegen des Geldes?«

»Vielleicht war sie ihn satt, wollte ihn loswerden, ohne dabei ein Scheidungsdrama von der Presse ausgeschlachtet zu bekommen. Zurzeit stünde sie damit sowieso als Verräterin da.«

»Gut, ich würde sagen, wir gehen ins Hotel und dann knüpfen wir uns mal die Hamburger Truppe vor.«

Stunden später hatte Tauners Elan schweren Schiffbruch erlitten. Keiner der Leute, mit denen er reden wollte, war aufzufinden. Weder Kopte, Alvers, noch Rüdinger und Seiler und wieder war ihm, als hätte jemand von seiner Ankunft gewusst, doch wer sollte das wissen außer Uhlmann, Pia, Bärlach oder er selbst? Und wenn es keiner von ihnen war, wer sollte es gewesen sein? Wurden sie vielleicht beobachtet? Hatte jemand die Fäden in die Hand genommen, der über viel mehr Mittel verfügte? Der

BND vielleicht? Bärlachs Vater? Beobachtete der seinen Sohn und achtete darauf, dass dieser ja nicht die falschen Leute ansprach oder gar irgendetwas aufwühlte, das größere Kreise zog? Tauner schwieg sich aus, obwohl Bärlach irgendetwas gesagt hatte. Er hatte sein Essen nicht angerührt, während Bärlach aß, als schmeckte es ihm. Konnte er zufrieden sein, jemanden des Mordes anzuklagen, wenn doch sein Instinkt sagte, dass nichts passte, obwohl alle Indizien dafürsprachen? Warum aber wollte dann jemand den Heiligmann umlegen? Und warum diese dummen Fehler, dieser Dreck im Teppich, eine wankelmütige Nutte als Alibi? Warum hatte er die Waffe nicht ganz verschwinden lassen? Niemals wären sie auf Heiligmann gestoßen.

»Hast du mich überhaupt gehört?«, fragte Bärlach nachdrücklich.

»Bitte?«

»Ich sagte, ich denke die ganze Zeit darüber nach, dass es irgendwie zu einfach wäre, wenn Heiligmann der Mörder ist. Der ist doch Sportsmann, der hat doch seine Niederlage akzeptiert, denkt man.«

»Ja, denkt man. Aber vielleicht auch nicht.«

»Aber es klingt nicht plausibel. Ebenso wenig passt es, dass er über den Haufen gefahren wurde.«

»Kannst du meine Gedanken lesen?«

»Manchmal ja, denn sie stehen dir oft ins Gesicht geschrieben.«

»Ich drehe die Sache aber um.«

»Umdrehen?«, fragte Bärlach verständnislos.

»Ich gehe davon aus, dass Heiligmann der Mörder ist. Das hilft, mir darüber klar zu werden, wie schwach die Argumentation ist. Warum hat er die Waffe nicht entsorgt? Weil er glaubte, mit ihr Achtermann an die Karre zu fahren.« Tauner sah in Bärlachs verständnisloses Gesicht. »Ihm eins auszuwischen. Dass er damit eine Spur zu sich legte, hat er vielleicht nicht bedacht. Warum war er noch in Dresden, obwohl er sich längst hätte absetzen können? Weil er unauffällig sein wollte. Du weißt ja, wie schwer das ist, unauffällig zu tun, meistens übertreiben die Leute. So wie einer pfeift und mit den Händen in der Hosentasche davongeht, wenn er eine Scheibe eingeworfen hat. Warum aber wollte ihn jemand umbringen? Vielleicht wollte das gar keiner und der Anschlag galt mir!«

»Ach was!«

»Er hatte vielleicht Pech, dass ich gerade des Weges kam. Jemand muss uns beobachtet haben und hat dem Fahrer Anweisungen gegeben. Dann sagte er, fahr los, es ist der Linke. Und der Fahrer hat die Anweisung falsch verstanden. Der Beobachter könnte am anderen Ende der Straße gestanden und links gesagt haben, meinte aber rechts, vom Fahrer aus gesehen. Verstehst du? Er hat uns verwechselt.«

»Das müsste aber bedeuten, dass du in großer Gefahr lebst.«

»Tue ich aber nicht, weil ich nämlich nicht daran glaube.«

»Nun doch nicht?«

Tauner wollte auffahren wegen Bärlachs Dämlichkeit, bis er die drei Bier und den langen Tag, den sie gehabt hatten, bedachte und kam gleich wieder runter. »Es war zwar Nacht, aber an der Stelle ist wirklich alles hell erleuchtet und mal ehrlich, man wird doch auf zehn Meter einen sechzigjährigen, dürren Mann von einem knapp Übervierzigjährigen … na, sagen wir mal, mäßig kräftig gebauten Mann unterscheiden können. Der hätte bremsen können oder das Lenkrad verreißen oder was auch immer.«

»Aber mal angenommen, es wäre doch nicht so. Wenn jemand dich umbringen wollte! Frau Ehlig hat dich gebeten, zu ihr zu kommen. Sie wusste die Zeit und die Richtung, aus der du kommst. Sie selbst hätte dich beobachten und dem Fahrer Anweisungen geben können.«

»Warum sollte die mich umbringen? Sie weiß ja, dass ich ersetzbar bin, irgendein anderer macht meinen Job.«

»Aber vielleicht hast du etwas gesagt, dass ihr Angst machte.«

Tauner dachte nach und war nun froh, wieder auf Alkohol verzichtet zu haben. »Wir fragen die einfach«, sagte er und erhob sich. »Du weißt, wo die wohnt?«

»Ich weiß alles!«, meinte Bärlach und Tauner hörte ein leichtes Lallen.

»Sind Sie jetzt den ganzen Weg von Dresden gekommen, damit ich Ihnen die Tür vor der Nase zuschlage?« Frau Ehlig stand in der Tür ihrer großen Villa, welche sich wiederum auf einem großen Grundstück befand, auf dem man hätte ein Stadion bauen können, doch soweit ging die Liebe zum Fußball bei Herrn Ehlig wohl doch nicht. Tauners Dienst-BMW hatte sich nicht ganz nahtlos in Ehligs Fuhrpark vor dem Haus eingefügt. Ein Ferrari stand da, ein weißer Mercedes und einer, der aussah, wie ein Mercedes, aber keiner zu sein schien. Bestimmt gab es noch eine Garage unter der Villa, die noch mehr solcher Spritfresser beherbergte.

Warum hat sie dann erst aufgemacht?, dachte Tauner leise belustigt. »Ich hatte gehofft, Sie verstehen, dass ich manchmal Dinge tun und sagen muss, die nicht allen gefallen.«

»Ist das eine Entschuldigung?«

»Ich habe keinen Grund mich zu entschuldigen. Und Sie sollten froh darüber sein. So wie ich bei Ihnen keine Rücksicht auf Gefühle nehmen kann, nehme ich auch bei anderen keine Rücksicht. Rücksichtnahme löst nämlich keinen Fall. Wenn der Täter nicht Heiligmann war, ist er noch auf freiem Fuß und könnte es erneut versuchen.«

»Deshalb steht mein Mann auch unter ständiger Beobachtung!«

»Deshalb sind Sie vielleicht nicht bei ihm? Weil Sie Angst haben, Ihnen könnte auch etwas passieren.«

»Und Sie, haben Sie keine Angst, Ihnen könnte etwas passieren?« Frau Ehlig war schnippisch, hatte die Tür jedoch immer noch nicht zugeworfen.

»Warum haben Sie Ihren Mann geheiratet?«

»Das muss ich Ihnen nicht sagen!«

»Sie könnten aber, und Sie könnten mich endlich hereinlassen.«

Die Ehlig tat pikiert. »Was sollen denn die Nachbarn sagen, wenn ich hier mitten in der Nacht einen Fremden in mein Haus nehme?«

»Das hat Sie in Dresden auch nicht gestört, wir waren sogar zusammen in der Zeitung.«

»Denken Sie etwa, ich habe das geplant?« Jetzt war Frau Ehlig wirklich zornig.

»Ich muss Ihnen all diese Fragen stellen, um Sie aus der Liste der Verdächtigen streichen zu können.« Tauner versuchte es mit einem Lächeln.

»Ach wie nett, der Herr Hauptkommissar. Ich denke, der Heiligmann ist der Hauptverdächtige? Ihre feine Staatsanwältin hat das doch herausposaunt. Bin ich also doch noch mit drin im exklusiven Pool der Verdächtigen? Und Frau Jansen? Wollen Sie die auch gleich noch mit hineinnehmen?«

Tauner schüttelte den Kopf und hob an, etwas zu sagen, dann ließ er die Luft ungenutzt entweichen und Frau Ehlig stehen.

»Was?«, fragte Bärlach aufgeschreckt, als Tauner ins Auto sprang.

»Du solltest mich schützen und nicht pennen. Haben wir eigentlich die Jansen auf der Liste der Verdächtigen?«

»Wieso denn das?«

»Vielleicht hatte die alle Fäden in der Hand? Nur mal so als Denkanregung. Wir fahren jetzt hin.«

»Was, zur Jansen?«, rief Bärlach entsetzt. »Die schläft doch jetzt!«

»Mir doch egal, ich schlafe nicht.« Tauner wollte losfahren, doch sein Handy klingelte. Er nahm es hervor. »Frau Ehlig? … Nein, keineswegs, nein, nicht mit einem Wort. Bitte seien Sie unbesorgt. Aber Sie sehen, wie schnell etwas gesagt ist, obwohl man sich nichts Böses dabei dachte.« Er legte auf. »Frau Ehlig zeigt sich besorgt, dass es auf sie zurückfallen könnte, wenn ich jetzt Frau Jansen verdächtige«, erklärte Tauner.

»Was letztendlich vielleicht nicht einmal ohne Absicht passiert ist«, orakelte Bärlach.

»Kannst du aus diesem Satz mal die Wurzel ziehen?«

»Ich meinte, vielleicht hat sie absichtlich so eine Äußerung getätigt.«

»Aber warum denn?«

»Weil Frauen nun mal so sind, gönnen der anderen nichts!«

»Torsten! Könntest du Tacheles reden?«

»Weil doch die Jansen früher mal etwas mit dem Ehlig hatte!«

»Was?« Tauner wollte in die Bremsen treten, doch der Motor lief noch nicht mal.

»Wusstest du das nicht?«

»Bin ich deshalb ein schlechter Polizist? Ich meine, jeder denkt jetzt, der Heiligmann war's, soweit wie wir hat doch bist jetzt noch keiner gedacht!«

Bärlach hob beschwichtigend die Hände. »Habe ich doch gar nicht gesagt. Aber als du mir aufgetragen hast, über die Hamburger Truppe zu recherchieren, da habe ich das eben gemacht.«

»Ja, anscheinend machst du etwas konsequent, wenn man es dir sagt, das ist manchmal eine gute Eigenschaft, aber nicht immer, aber in diesem Fall finde ich es gut, hätte es aber besser gefunden, ich wüsste das vorher.«

Bärlach murmelte etwas, das vom startenden Motor geschluckt wurde.

Tauner sah seinen Kollegen streng an. »Was hast du gesagt?«

»Ich sagte: Dann lies doch die E-Mails, die ich dir schicke.«

»E-Mails«, zischte Tauner, als ob er damit irgendetwas entschuldigen konnte. »Wie lang waren die zusammen?«

»Das kann man nicht genau sagen. Offenbar lief das eine ganze Weile nebenbei, ohne dass es jemand bemerkte. Also die waren in ihrer Jugend mal richtig zusammen, so als sie achtzehn waren. Aber wie gesagt, anscheinend lief das noch eine Weile nebenbei, auch als sie mit Jansen schon zusammen war.«

»Wusste der das?«

Bärlach hob die Hände und verzog das Gesicht. »Anscheinend. Und er schien es sogar geduldet zu haben, so wie ich das sehe. Ich weiß es nicht genau.«

»Gut, egal, wir fahren da jetzt hin.«

»Frau Jansen!« Tauner hämmerte an die Tür des hübschen und sehr großen Einfamilienhauses und Bärlach, dem das sichtlich unangenehm war, trat zwei Schritte zurück. »Frau Jansen, machen Sie auf, bitte. Die Kripo ist hier. Ich habe gesehen, dass Sie noch wach sind!« Tauner hämmerte erneut und drückte auf die Klingel. Dann erhellte sich freudig sein Gesicht und an Bärlach gewandt hob er den Daumen. Augenblicklich wurde die Tür aufgerissen und eine wütende Frau stand in der Tür.

»Was fällt Ihnen ein!«, fauchte sie Tauner an. Sie sah noch älter aus als bei der Beerdigung. Vielleicht war es auch nur das schlechte Licht.

»Tut mir leid, aber Ihnen sollte daran gelegen sein, dass der Fall geklärt wird.«

»Ich denke, er ist geklärt!«

»Natürlich, nur fehlen uns eine ganze Menge Einzelheiten. Wir wollen schließlich vor Gericht nicht dumm dastehen, wenn die Verteidigung uns blöde Fragen stellt.«

»Was sind Sie nur für ein Polizist?«, meinte Frau Jansen angewidert. »Können Sie sich nicht vorstellen, dass ich keine Lust habe, wieder und wieder an den Tod meines Mannes erinnert zu werden, während dieser Mistkerl ein Spiel nach dem anderen gewinnt und nun im Finale steht? Wenn der jetzt noch Europameister wird, dann ist Holger schneller vergessen als … als … als ein vorgestriger Regenschauer.«

»Sie waren mit dem ›Mistkerl‹ mal zusammen!«

»Das ist kein Geheimnis, wollen Sie mir das jetzt anhängen? Ich verstehe überhaupt nicht, was Sie hier wollen!«

»Ich möchte Ihnen ein paar Fragen über einige Personen stellen und deshalb möchte ich Sie bitten, uns ins Haus zu lassen. Ich könnte Sie schlimmstenfalls auch aufs Revier bestellen!«

»Sie haben hier gar kein Revier! Aber ich lass Sie rein, damit die Nachbarn nicht dumm reden.« Die Jansen trat beiseite und ließ Tauner ein. »Sie haben versprochen, ihn nicht mitzubringen«, sagte sie, als Bärlach sich an ihr vorbeidrückte.

Bärlach nickte entschuldigend. »Ja, ich weiß, aber er ist wie heißer Teer, bleibt überall kleben!«

»Nehmen Sie Platz.« Frau Jansen setzte sich an einen großen Tisch in einer großen teuren Küche und bot den Männern nichts an.

»Womit hat Ihr Mann Geld verdient?«, fragte Tauner gerade heraus.

»Also …« Frau Jansen schnappte nach Luft, bevor sie sichtlich zusammensackte. »Er war Ehligs Assistent. Er hat für ihn alles erledigt, hat Anrufe getätigt, Besorgungen gemacht, hat ihn gefahren. Ich weiß nicht, alles eben. War immer da, wenn Ehlig ihn brauchte.«

»Er hat nur für Ehlig gearbeitet?«

»Ja, nur«, erwiderte Frau Jansen zögernd.

»Und dabei ist so viel Geld rausgesprungen?« Tauner machte eine ausladende Geste. Er hatte zwar noch nie ernsthaft darüber nachgedacht, doch er war sich sicher, ein Haus in dieser Größenordnung hätte er sich nicht leisten können.

»Ehlig verdient ein paar Millionen im Jahr, da springen leicht ein paar Tausender heraus.«

»Und Ihr Mann ist nicht nebenbei irgendwie zu Geld gekommen?«

»Ich weiß nicht, worauf Sie hinaus wollen.«

»Kennen Sie einen Herrn Dögerling?«

»Nein!«

»Hatten Sie jemals Ärger mit dem Finanzamt?«

»Nein, aber jetzt weiß ich, was Sie meinen. Wegen der Sache damals. Das war eine Fehlinvestition. Einer der Jungs hatte eine Sache am Laufen, die viel Geld versprach, und alle haben investiert.«

»Mit Jungs meinen Sie Alvers, Kopte, Rüdinger, Seiler, Ehlig und Ihren Mann?«

Frau Jansen nickte unwirsch und fuhr fort. »Als sich diese Sache als Luftnummer entpuppte, haben sie alle versucht, ihr Geld wiederzubekommen. Die haben da eine ganze Menge eingebüßt.«

»Können Sie das genauer erklären?«

»Nein, das kann ich nicht. Fragen Sie Ehlig, der hat damals am meisten eingebüßt, wobei es den vielleicht am wenigsten gestört hat.«

»Welcher von den Jungs war es denn, der das Geschäft anpries?«

»Das weiß ich nicht.«

»Wir könnten es herausfinden.«

»Dann finden Sie es heraus.«

»Es war Heiligmann.«

Frau Jansen zögerte eine Sekunde, sah Tauner in die Augen, wollte wissen, ob er bluffte. Tauner starrte fragend zurück. Dann sah die Jansen zu Bärlach.

»Sie wissen es nicht«, sagte sie dann. »Also finden Sie es heraus.«

»Glauben Sie, Ehlig hat Heiligmann unter Druck gesetzt?«

»Ich wüsste nicht warum.«

»Glauben Sie, Heiligmann konnte es nicht vertragen, dass Ehlig den Posten des Nationaltrainers bekam?«

»Er konnte viel vertragen.«

Tauner legte die Arme auf den Tisch und verschränkte die Finger ineinander. »Frau Jansen, Sie benehmen sich nicht wie eine Frau, die möchte, dass der Tod Ihres Mannes aufgeklärt wird. Sie benehmen sich wie eine Frau, die noch nach dem Tod ihres Mannes versucht, Dinge zu vertuschen.«

»Sie sind unverschämt, wissen Sie das?«

»Möglicherweise. Deshalb finden mich viele unausstehlich. Aber wissen Sie, ich kann es nicht leiden, so behandelt zu werden. Ich versuche hier meine Arbeit zu machen, mir wurde aufgetragen, diesen Fall zu lösen.

Deshalb bin ich hier, mitten in der Nacht, fern von Frau und Kind.«

»Sie haben gar keine Frau mehr«, entfuhr es der Jansen und Tauner lehnte sich befriedigt zurück.

»Was wissen Sie denn noch alles?«

»Ich weiß nichts.« Frau Jansen fegte Krümel vom Tisch, die es gar nicht gab.

»Ich bin jetzt hier. Hier in Hamburg und ich werde der Sache auf den Grund gehen. Zwar habe ich einigen Leuten versprochen, keinen Staub aufzuwirbeln, aber so wie es aussieht, bleibt mir gar nichts anderes übrig. Wo auch immer die Jungs sind, sie können sich nicht ewig verstecken, sie werden auftauchen und ich werde da sein. Und wenn der Ehlig aus Danzig wiederkommt, werde ich mich an ihn dranhängen. Und ich werde mir noch mehr Leute bestellen und ich werde das Finanzamt einschalten und bestimmt fallen mir noch eine Menge anderer unangenehmer Institutionen ein, die ebenso penetrant sind wie ich, vor allem, wenn die wittern, dass noch Geld zu holen ist.«

»Verlassen Sie jetzt mein Haus. Ich habe genug Unheil erlitten, Sie können mir nicht drohen. Ich habe meinen Mann verloren und Sie tun so, als sei ich die Verbrecherin. Gehen Sie jetzt!«

Tauner nickte Bärlach zu und erhob sich. Wortlos ließen sie sich aus dem Haus komplimentieren und sprachen erst wieder, als sie im Auto saßen.

»Also ehrlich gesagt, verstehe ich deine Methoden nicht«, meinte Bärlach zaghaft.

Tauner ließ es unkommentiert.

»Du setzt sie so sehr unter Druck, genau wie die Ehlig,

da hat die doch keine Lust mehr zu reden, die ist nur wütend!«

Tauner fuhr los und wünschte, er könnte sich an den Weg zum Hotel erinnern. »Was soll die denn schon erzählen? Anscheinend hat sie Angst vor diesen Jungs, so wie sie sich benimmt. Die traut sich nicht einmal irgendetwas zu erzählen, nachdem ihr Mann tot ist. Ich sage dir, da läuft etwas. Das war nicht nur so ein Hassmord und erst recht kein Totschlag im Affekt.«

»Affekt kann es sowieso nicht gewesen sein, dazu war er zu gut vorbereitet.«

»Ja, entschuldige meine Wortwahl. Dann sage ich eben Gelegenheitsmord. Die Sache war durchgeplant, vielleicht sogar die Terminänderung der Pressekonferenz, vielleicht sogar die Auswahl des Hotels. Jemand hat den Tatort recherchiert, der Täter stand genau dort, wo keine bewohnten Häuser sind.«

»So genau recherchiert war es auch nicht, der Polizeistützpunkt war da.«

»Aber da ist nachts nur die Wache! Von einem Sicherheitsdienst. Irgendwas ist mit den Jungs. Etwas, dass schon seit ein paar Jahren gärt. Du weißt doch, das ist wie in der Schule, immer suchen sie sich einen in ihrer Mitte aus, den sie gängeln und der an allem Schuld ist, wenn was passiert.«

»Ja«, sagte Bärlach und hörte sich sehr betroffen an.

Tauner schenkte ihm einen kurzen Blick und dachte sich seinen Teil. »Hast du die Tabletten gesehen bei der Jansen?«

»War eine ganze Menge.«

»Und die Fotos von den Kindern? Der eine von denen

kam mir so bekannt vor. Schon bei der Beerdigung dachte ich das. Ich weiß nicht, ob das der älteste Sohn ist oder der mittlere. Ist der auch bekannt oder so?«

»Die haben gute Jobs in der Wirtschaft, der mittlere ist Vorstandsmitglied von einem Konzern, soviel ich weiß, vielleicht war er mal in den Nachrichten.«

Vorstandsmitglied, dachte Tauner, mit knapp vierzig. Was habe ich nur verpasst, dass ich niemals Vorstandsmitglied eines Konzernes geworden bin.

18

»Ja?«, schnauzte Tauner ins Telefon. Er hatte verschlafen und das war furchtbar genug. Bärlach würde rasiert und poliert im Frühstücksraum sitzen und ihn vorwurfsvoll ansehen. Dass ihn auch noch Uhlmann weckte, war die Höhe.

»Nein, ich habe nichts getrunken. Haha, und nein, ich war auch nicht auf der Reeperbahn. Ja, lach du nur, ich weiß die Wahrheit! Was weiß ich nicht? Der junge Kerl? Ach der Zeuge. Alexander Pi… was?« Tauner versuchte, auf seinem Notizblock mitzuschreiben. »Egal!

Was ist mit dem? Hat er sich beschwert, dass ich ihn versetzt habe? Ihr habt euch unterhalten, schön, jetzt gerade? Ja?«

Tauner lauschte eine Weile. »Ein weißer Mercedes? Wie wäre es, wenn du dich mit ein paar Leuten auf den Weg in die Gegend machst und Leute befragst? Welche Leute? Alle! Ja, danke, ich wusste, du liebst diese Arbeit, sag Pia schönen Gruß. Sag ihr, ich vermisse ihren Kaffee. Nein. Weil ich gerade keinen habe. Tschüss … Was noch? Weg? Ganz weg? Na dann, Fahndung ausrufen und ihn einsammeln!«

Bärlach saß im Frühstücksraum, adrett und gebügelt, hatte einen sauberen, leeren Teller vor sich und sah aus, als wartete er seit einer Stunde in dieser Position. Tauner konnte über so viel Anstand nur den Kopf schütteln. Hoffentlich, dachte er, hab ich nicht recht mit meiner Annahme, dass er nur ein Spitzel ist.

»Noch nix gegessen?«

»Nix«, erwiderte Bärlach.

»Hab schon gearbeitet«, log Tauner und konnte sogar ein Fünkchen Eifersucht erkennen, dass in Bärlachs Augen erglomm. »Uhlmann hatte gerade einen Zeugen im Büro, der bei Heiligmanns Abflug anwesend war.«

»Abflug«, wiederholte Bärlach vorwurfsvoll.

»Jedenfalls hatte der nichts zu erzählen, was ich nicht schon wusste. Dann fragte er aber, ob denn jemand herausgefunden hätte, was mit dem weißen Mercedes wäre.«

»Welcher weiße Mercedes?«

»Das hat der Hans auch gefragt. Der Junge hat Folgendes erzählt. Angeblich hätten in der Nacht des Mordes ein paar Leute in der Neustadt, die auf dem Weg von ihrer Kneipe nach Hause waren, einen weißen Mercedes gesehen, der ganz langsam fuhr. Die dachten erst, der hätte sich verfahren, weil der ein Hamburger Kennzeichen hatte. Dann aber hätte der extrem beschleunigt, sei mit quietschenden Reifen abgebogen und dann, als sie ihn nicht mehr sehen konnten, haben sie einen Schrei gehört von einer Frau. Die Leute sind losgerannt, doch als sie um die Ecke kamen, war niemand mehr zu sehen, weder Frau noch Mercedes.«

»Und was hat das mit uns zu tun?«

»Nun, erstens war es ein Hamburger Kennzeichen, und zweitens war die Frau, der die Leute zufällig oder absichtlich nachliefen, Frau Spechtler, nachdem sie sich im Streit von ihrem Mann getrennt hatte.«

»Interessant«, murmelte Bärlach. »Und das Kennzeichen, hat sich das keiner gemerkt?«

Tauner schnalzte mit der Zunge. »Das Problem ist Folgendes. Diese Information geht als Gerücht um. Niemand weiß, wer das wirklich gesehen hat. Alle wissen nur, dass sie jemanden kennen, der es von jemandem gehört hat. Ich denke mir aber, es wird nicht ganz aus der Luft gegriffen sein.«

»Aber warum sind die Leute, die es gesehen haben sollen, nicht gleich zur Polizei gegangen?«

»Vielleicht weil es Leute sind, die nicht gleich zur Polizei gehen. Oder die dachten einfach, der Spechtler hat seine Olle wieder eingesammelt, ob die nun wollte oder nicht.«

»Wie du immer redest! Abflug und Olle, schließlich ist

die vermisst, oder? Ich meine, wenn es so wäre, hat die dann jemand gekidnappt? Und wenn ja, warum? Vielleicht sollten wir uns den Spechtler doch noch einmal vornehmen.«

»Das wiederum ist ein weiteres Problem. Entweder hat der gemerkt, dass er verfolgt wird, oder er hatte einfach nur Glück, er ist unseren Kollegen entkommen. Ist in ein Kaufhaus gegangen in Berlin, hat sein Auto in der Tiefgarage stehen lassen und ist verschwunden.«

»Der ist ganz weg?«, fragte Bärlach verblüfft und konnte wohl nicht glauben, dass so etwas passieren konnte.

»Ja, ganz.« Tauner hob bedauernd die Schultern und ging sich etwas zu essen holen.

Herr Rüdinger war ein großer Mann, überragte Tauner um mehr als einen Kopf und war sogar größer als Bärlach. Er war in einen teuren Anzug gekleidet, sein Haar war weiß und modern geschnitten. Wie auch die anderen der Hamburger Jungs hatte er die 60 gerade überschritten und betrachtete Tauner gutmütig, so wie man einen kleinen Jungen betrachtete, der vorgab, Bauarbeiter oder Feuerwehrmann zu sein.

»Es ist mir eine Freude Sie hier zu haben. Ich hoffe, ich kann Ihnen helfen, meine Herren!«, sagte Rüdinger, bot ihnen zwei Stühle an und setzte sich hinter seinen Schreibtisch.

Tauner und Bärlach setzten sich. »Freuen Sie sich nur nicht zu früh, es wird bestimmt unangenehm«, drohte Tauner, dem diese Freundlichkeit gegen den Strich ging.

»Oh, als Anwalt bin ich fast ausschließlich mit unangenehmen Dingen konfrontiert. Was möchten Sie wissen?«

»Wie stehen Sie zu den Herren Ehlig, Heiligmann und Jansen?«

»Nun ja, hauptsächlich sind es meine Freunde, oder waren es, in Holgers Fall.«

»Sind Sie immer schon Freunde gewesen?«

»Seit unserer Schulzeit.«

»Heiligmann aber nicht!«

»Heiligmann ist erst später hinzugestoßen. Aber das tat unserer Freundschaft keinen Abbruch. Wissen Sie, dieses ganze Konkurrenzgehabe, das ist nur von der Presse erfunden.«

»Sie reden von Ehlig und Heiligmann?«

Rüdinger lehnte sich zurück. »Ja, die beiden und wir alle. Wir sind eine eingeschworene Gemeinschaft. Leider ist nun der Samen des Misstrauens gesät, nachdem sich herausgestellt hat, dass Erwin auf Holger geschossen hat.«

Tauner machte sich auf ein verbales Schachspiel gefasst. »Wenn Sie sagen, es gab keine Konkurrenz, warum sollte Herr Heiligmann dann auf Ehlig schießen?«

Rüdinger hob erstaunt die Hände. »Ja, warum soll er das denn? Es wurde doch auf Holger Jansen geschossen!«

»Wir glauben, dass es eine Verwechslung war. Weil sonst Jansen immer fuhr und weil Ehlig eigentlich gar nicht hätte fahren dürfen.«

»Nun gut, soweit kenne ich mich am Tatort nicht aus. Ich jedenfalls sehe keinen Grund, warum Erwin auf Klaus Ehlig geschossen haben soll.«

Tauner sah zu Bärlach und wusste mit Rüdinger nichts anzufangen, er hatte offenbar schon Türme, Springer und Läufer verloren und konnte nur noch mit der Dame agieren. »Es gibt Fotos, auf denen Sie mit dem ehemaligen Staatsanwalt Dögerling zu sehen sind. Sie und die anderen Jungs.«

»Das ist leider so. Ein unglückliches Foto, könnte falsche Assoziationen bei Kriminalpolizisten hervorrufen. Dögerling hatte den Fall schon längst zu den Akten gelegt, als wir uns in dem Lokal trafen.«

»Sie sitzen aber in sehr geselliger Runde.«

»Ich sagte ja: ein unglückliches Foto.«

»Tja, und um Missverständnisse aus dem Weg zu räumen, könnten Sie mir doch erklären, worum es damals ging, bei dieser kleinen Affäre.«

»Also gut!« Rüdinger setzte sich gerade und schlug die Beine über. »Da wir uns alle sehr nahe waren und uns vertrauen konnten, war es manchmal so und ist es eigentlich immer noch, dass wenn einer ein gutes Geschäft wittert, die anderen teilhaben lässt. Das hat sich in verschiedene Richtungen ausgewirkt. Seinen ersten richtigen Job in der Bundesliga hat Klaus mir zu verdanken. Ich kannte jemanden, einen Spielerberater, der seinen Namen ins Gespräch brachte. Dafür hat Klaus mich an seinem Gehalt beteiligt und nicht nur mich, sondern die anderen auch.«

»Der Berater hieß Seiler?«

»Nein, Seiler war es nicht. Ich wollte Ihnen nur ein Beispiel geben. Wir sind jedenfalls in Hamburg sehr bekannt, die meisten Türen stehen uns offen. Manch einer hört von einer bevorstehenden Fusion zweier Konzerne und rät uns, welche Aktien man kaufen sollte. Ein anderer will ein Hotel eröffnen und bittet uns zu investieren. So geht das hin und her. Meistens verdienen alle dabei und manchmal verlieren wir etwas, so ist das Leben.«

»Mit dem Hotel meinten Sie Bordell?«

»Ich rede von Hotels und Bordellen, wenn Sie es genau wissen wollen. Ich erfahre manchmal ein paar Stunden eher, wo die Stadt eine neue Straße bauen will, oder ob der Bahnhof erweitert werden soll, also rufe ich die Jungs an und frage, wie viel Geld sie dafür freimachen wollen.«

»Das klingt aber doch, als bewege es sich hart am Rande der Legalität. Handel mit Insiderwissen fällt mir da als Stichpunkt ein.«

Rüdinger hob die Hände. »So läuft das nun mal, irgendeiner bekommt die Informationen zuerst und macht das Beste daraus. Es gab nicht nur einmal Ermittlungen deswegen, Sie wissen nur von der einen, die damals Klaus den Posten des Nationaltrainers kostete. Das war dumm und unglücklich.«

»Und verantwortlich war Heiligmann!«

»Hat Frau Jansen ihnen das gesagt?«

»Woher wissen Sie, dass wir bei ihr waren?«

»Sie haben Jungs gesagt, vorhin, das sagt nur Frau Jansen, für die sind wir seit vierzig Jahren ›die Jungs‹. Aber Sie haben recht. Leider verließen wir uns zu sehr auf Erwin. Er hat es nicht bös gemeint, es klang wirklich wie ein guter Tipp. Es ging um günstige Immobilien in Mannheim, die abgerissen werden sollten, um einem Einkaufszentrum Platz zu machen. Der Hauptinvestor hatte

Heiligmann angesprochen, wir sollten die letzten zwanzig Prozent finanzieren, Gewinn hätte wohl bei achtzig Prozent der investierten Summe gelegen. Letztendlich war es eigentlich unsere Schuld. Es war nicht unser Terrain, wir konnten die Informanten nicht auf ihre Glaubwürdigkeit prüfen und haben es auch gar nicht versucht. Der Deal ist geplatzt, das Einkaufszentrum wurde nicht gebaut, die Häuser stehen immer noch und wir waren froh, als wir sie wieder loswurden. Dabei haben wir alle eingebüßt und für ein paar Monate gab es ein bisschen böses Blut.«

»Soviel ich weiß, ging es aber um Schwarzgeld und Bestechung. Außerdem glaube ich zu wissen, dass von ganz anderen Dingen noch die Rede war. Gekaufte Spiele zum Beispiel und illegale Wetten!«

»Sehen Sie, Sie wissen eben nur, was in den Medien stand, und Sie glauben gar nicht, welch harte Arbeit es erfordert, einen solch schlechten Ruf wieder loszuwerden. Der Hauptinvestor war es, der Geld waschen wollte, er war Teilhaber eines illegalen Buchmacherrings. Nur leider wurde sein Name mit unseren Namen in Zusammenhang gebracht. Es gibt keine Anklage, keine Verhandlung und kein Urteil und trotzdem fällt es immer wieder auf uns zurück.«

»Verfügen Sie über Ehligs Konten?«

»Ich könnte über sie verfügen, das ist eine Sonderregelung. Weil er sehr beschäftigt ist, hat er mir eine Vollmacht hinterlassen. Ich soll mich um sein Geld kümmern und kann investieren, ohne jedes Mal fragen zu müssen.«

»Können Sie auch über andere Konten verfügen?«

»Das muss ich Ihnen nicht sagen.«

»Wie viel hat er damals verloren?«

»Die Hälfte seines damaligen Vermögens.«

»Wie viel wäre das?«

»Mehr als Sie glauben!« Rüdinger lächelte wieder gütig.

»Sechs Millionen Mark«, sagte Bärlach leise.

Rüdingers Gesicht schlief ein wenig ein, dann beugte er sich vor. »Wissen Sie, Herr Bärlach, und das meine ich als guten Rat, nicht als Drohung. Es gibt hier Leute, die können es überhaupt nicht ertragen, wenn hier jemand herkommt und nach den Geschäften anderer Leute fragt.«

»Meinen sie Kopte und Alvers?«, fragte Tauner, der solch einen Tonfall ganz und gar nicht mochte, jemand, der drohte und dabei sagte, dass er nicht drohen wollte.

»Ich rede hier von anderen Leuten, die nicht in unseren Kreis gehören. Die fragen gar nicht erst, wer gemeint ist.«

»Machen Sie sich um uns keine Sorgen, wir können schon auf uns aufpassen.« Tauner erhob sich. Dann verharrte er. »Was sagt Ihnen eigentlich der Name Spechtler?«

»Ein guter Torwart, der nie gelernt hat, sich zu beherrschen.«

»Wussten Sie, dass seine Frau entführt wurde?«

Rüdinger legte den Kopf schräg. »Entführt?«

Tauner konnte dem keine Deutung entnehmen. »Spechtler sucht seine Frau. Offenbar ist er auf dem Weg nach Hamburg. Wo meinen Sie, könnte er hier suchen?«

Rüdinger deutete an wie groß die Welt ist. »Überall«, sagte er dann und fand sein Lächeln wieder. »Meine Herren.«

Benjamin Alvers, auch gern Big Ben genannt, erwartete sie in einem tristen Büro, welches im völligen Gegensatz zu seinem sonstigen Lebensstil stand. Grauer Teppich, graue Möbel, graue Sitzbezüge, selbst die Lamellen vor den Fenster schienen grau von der Zeit. Alvers selbst war mittelgroß und übergewichtig, trug ein teures Hemd, eine Goldkette und mehrere Goldringe an seinen Fingern. Der Zuhälter in ihm war sofort zu erkennen, so klischeehaft war das Bild. Doch nach Tauners Informationen war Alvers längst über den Zuhälterstatus hinaus, stellte eine Art Überperson in der Szene dar.

Alvers war nett zu Tauner, würdigte Bärlach aber keines Blickes.

»Das ist nicht Ihr Büro«, stellte Tauner fest.

»Das ist mein Büro für besondere Gäste.«

Tauner nickte. Besonders konnte alles bedeuten. »Was fällt Ihnen zu Staatsanwalt Dögerling ein?«

»Nicht mehr als Herr Rüdinger Ihnen erzählt hat.«

Tauner ahnte, was nun geschehen würde. Rüdinger hatte Alvers informiert und dieser würde kein Wörtchen mehr preisgeben als nötig. Er musste sich andere Fragen einfallen lassen. »Haben Sie nicht versucht, Heiligmann aus Ihrer Clique zu werfen, nachdem die Sache in Mannheim schiefgelaufen war?«

»Welche Clique?«, fragte Alvers zurück.

»Haben Sie? Es wäre nur zu verständlich. Oder haben Sie ihn genötigt, das Geld wiederzubeschaffen?«

»Welches Geld?«

Tauner atmete durch und lehnte sich zurück. »Frag du ihn etwas!«, forderte er Bärlach auf.

Alvers sprach zu Tauner als wäre Bärlach nicht im Raum. »Der junge Mann darf getrost seinen Mund halten. Sie wissen nicht, welche Kreise das zieht, wenn jemand, der gekleidet ist wie jemand, der nicht wie ein Polizist aussehen will, herumläuft, nach mir fragt und in meinen Geschäften herumschnüffelt.«

»Der junge Mann tut nur, was ich ihm aufgetragen habe! Es gehört zu unserer Arbeit. Irgendjemand muss nämlich aufpassen, dass hier nicht jeder tut, was er will.«

»Soviel ich weiß, Herr Hauptkommissar, tun Sie auch, was Sie wollen!« Alvers erhob sich. Tauner hatte keine Handhabe, er hatte nichts gegen den Mann vorzubringen und keine Frage, bei der irgendeine Chance bestand, dass sie eine vernünftige Antwort erfuhren. »Dieses Gespräch ist nutzlos, Sie wissen das genau wie ich. Deshalb bringe ich es hier zu Ende. Auf Wiedersehen!«

»Wieder einen Tag vergeudet!«, stöhnte Bärlach und streckte sich in seinem Stuhl auf der Hotelterrasse. Die Sonne ging gerade unter. »Die haben überhaupt keinen Respekt vor uns. Lassen uns dumm in der Tür stehen, tun so, als wären sie nicht da.«

»Ich finde, heut war es gar nicht so schlimm. Immerhin haben wir Alvers noch getroffen und das Gespräch mit Rüdinger fand ich sehr aufschlussreich!«

»Inwiefern denn das? Alvers ist ein großmäuliger Angeber. Und das Gespräch mit Rüdinger hat die Sache eher noch komplizierter gemacht.« Bärlach schüttelte den Kopf.

»Wegen Heiligmann hat Ehlig mal etwa sechs Millionen Mark verloren. Ich wäre wütend auf den!«

»Diese Info kam von mir, Rüdinger hat gar nichts gesagt!« Bärlach schien fast beleidigt deshalb.

»Hätte er aber nicht gesagt, dass Ehlig Geld verloren hat, hätte ich nicht gefragt wie viel.«

»Ja, gut, aber nun hat der Ehlig ja nicht auf den Heiligmann geschossen. Jemand anderes, wahrscheinlich nicht Heiligmann, hat auf Ehlig geschossen und Jansen getroffen.«

Tauner hörte gar nicht richtig zu, er hätte jetzt gern ein kaltes Bier und einen klaren Kopf zugleich, da beides nicht ging, zumindest nicht lang genug, musste er auf ersteres verzichten, um das Chaos seiner Gedanken zu lichten. »Ich müsste mich noch mal mit der Ehlig treffen. Ich muss noch etwas aus ihr herauskitzeln. Ich frage mich nicht, ob Heiligmann geschossen hat, sondern wer dem Heiligmann etwas anhängen möchte. Hier hat jemand versucht, zwei Fliegen mit einer Klappe zu schlagen.«

»Wenn nicht sogar drei, wenn wir den Achtermann mitzählen«, sagte Bärlach, der anscheinend auch um die Ecke denken konnte. »Und du willst von der Ehlig was genau hören?«

Tauner erwiderte erst nichts und schüttelte den Kopf. »Ich will nichts sagen, was dir den Kopf verkleistert. Lass uns mal unabhängig voneinander auf denselben Gedanken kommen. Und jetzt klingelt mein Telefon.« Tauner holte sein Funktelefon hervor. »Uhlmann arbeitet noch«, sagte er dann schmunzelnd. »Ja?«, fragte er hart. »Jemand gefunden, widersprüchlich? Ja, wer hätte das gedacht. Da hat sie sich aufgeregt, ist ja klar. Was?« Tauner lauschte und verdrehte die Augen. Bärlach zeigte seine humorvolle Seite und ahmte stumm ein flatterndes Huhn nach. Tauner musste kichern. »Gut, Hans, schlaf schön!«

»Die Wachtel hat sich echauffiert. Was wir schon wieder im Hamburg treiben und ob wir nicht den Fall Heiligmann nachbereiten wollen. Jetzt kriegt die natürlich Angst, ich vermassele ihr den Auftritt.«

»Genau genommen ist es ja nicht ganz fair ihr gegenüber, es so darzustellen, als sei Heiligmann der Täter.« Bärlach rührte Zucker in den Kaffee und hielt damit inne, als er sich von Tauner angestarrt fühlte.

»Bitte verdreh die Fakten nicht, lieber Kollege, sonst sind wir gleich wieder per Sie. Die Wachtel war ganz scharf darauf, Heiligmann den Löwen zum Fraß vorzuwerfen!«

»Ja, aber letztendlich wird die Frau Diekmann-Wachte das nicht so sehen. Die wird dir wieder die Hölle heiß machen. Und schließlich kann sie dir schon das Leben schwer machen.«

Darüber dachte Tauner bereits eine Weile nach, zumindest seit dem Moment, da die Wachtel ihn aus der Pressekonferenz ausgeladen hatte. Und vielleicht, so hatte er herausgefunden, war es nur eine andere Form seiner Gemeinheit, das Spiel mit der Staatsanwältin auf die Spitze zu treiben. Möglicherweise steckte tief in seinem Unterbewusstsein der Wunsch auszusteigen. Eine Suspendierung schien das Beste, was ihm passieren konnte. So sah es nicht aus wie eine Kapitulation und er konnte den Märtyrer spielen. Aber so wie es aussah, ließ die

Wachtel viel mehr durchgehen, als er ihr jemals zugetraut hatte. Und trotz all dieser tiefenpsychologischen Erkenntnisse hob Tauner einfach nur die Schultern, was hätte er Bärlach denn schon erzählen sollen. »Wie denn schon, ich mache nur meine Arbeit!«

Jetzt musste Bärlach lachen. »Ja, du tust es, aber wie Alexander der Große: rings um dich herum nur Trümmerfelder!« Bärlach lachte noch ein wenig und verstummte langsam. Tauner schwieg und nur die Geräusche der anderen Gäste, die aßen und sich unterhielten, drangen an den Tisch. »Du weißt doch, wie ich das meine?«, fragte Bärlach leise.

Tauner konnte über so wenig Selbstvertrauen nur den Kopf schütteln. Er spürte, dass es ihm gut tat, wenn der junge Beamte versuchte, ihn aus der Reserve zu locken, nur störte ihn, wenn er dabei gleich wieder einen Rückzieher machte. »Die haben jetzt die Zeugen gefunden! War gar nicht schwer, sagt der Hans. Fast zehn Leute haben die Entführung beobachtet. Leider haben die sehr widersprüchliche Angaben über Kennzeichen und Fahrzeugtyp abgeliefert. Nur, dass es ein weißer Mercedes war, haben alle bestätigt. Nichts von dem Gesagten passt irgendwie, auch nicht, wenn man versucht, verschiedene Buchstaben und Zahlen zu kombinieren. Martin hat wohl ausgerechnet, dass sich etwa zehn Millionen Möglichkeiten für ein Kennzeichen ergeben. Na ja, ist ja auch schon über drei Wochen her.«

»Passt auch nicht eine der Nummern auf einen weißen Mercedes? Man muss ja nicht alle Kombinationen berechnen.«

»Nein, passt eben nichts. Einzig die Aussage, Spechtler

habe sich auf der Louisenstraße mit seiner Frau gestritten. Ich bin weg, hat sie geschrien, komm ohne mich klar, oder so etwas Ähnliches im Wortlaut. Dann ist sie losmarschiert und Spechtler blieb beleidigt zurück. Die Leute sagten übrigens aus, dass Spechtler gar nicht so besoffen war. Jedenfalls läuft die Spechtler zur Kamenzer, genau die falsche Richtung zum Hotel. Auf dieser Straße wartet der Mercedes, der den Leuten auffiel. Dann läuft sie die Kamenzer hoch bis zur Nordstraße, dort biegt sie ab, der Mercedes gibt Vollgas, biegt ab, Frau Spechtler schreit und weg war sie.«

»Und Herr Spechtler?«

»Der schien von alldem nichts mitbekommen zu haben.« Tauner aß Rührei und Toast und dachte weiter nach.

Bärlach aß Müsli mit viel Rosinen, ließ sich aber Zeit dabei. »Ich weiß, wo ich einen weißen Mercedes gesehen habe«, sagte er schließlich.

Tauner sah auf. »Frau Ehlig!« Zuerst wollte er sein Besteck weglegen, besann sich jedoch eines anderen. Der Mercedes hatte auf dem Grundstück gestanden und das drei Wochen nach der Entführung. Entweder hatte ihn Frau Ehlig schon fortgeschafft, nachdem Tauner sie besucht hatte, oder aber er stand noch immer da. Außerdem gab es weiße Mercedes wie Sand am Meer, kein Grund, sein Ei stehen zu lassen. Doch jemand kam an ihren Tisch und verschaffte ihm doch einen Grund.

»Herr Tauner?«, fragte eine Hotelangestellte.

»Ja!«

»Ein Telefonat für Sie.« Sie hielt Tauner ein Telefon entgegen.

»Danke«, sagte Tauner. »Ja?«

»Mischen Sie sich nicht weiter ein!«, keuchte eine verstellte Stimme.

»Rüdinger? Sind Sie das?«

»Es geht um Leben und Tod, mischen Sie sich nicht ein! Sie haben einen Täter, genügt Ihnen das nicht?«

»Nun ich …« Das Gespräch war beendet. Tauner versuchte, die Nummer herauszufinden.

»Es war ein unbekannter Teilnehmer«, sagte die Angestellte, die ein paar Schritte zurückgetreten war.

»Wer könnte das gewesen sein?«

Tauner hob die Schultern, ganz wohl war ihm nicht. »Rüdinger hat sich gestern sehr deutlich ausgedrückt. Jedenfalls weiß der Anrufer, in welchem Hotel wir sind, ich glaube, das wollte er auch deutlich machen, indem er mich nicht direkt angerufen hat, sondern das Hotel.«

»Und was hältst du davon?«

»Ich bin natürlich begeistert.«

»Ich meine, es ist doch dumm. Einen Privatdetektiv könnte man so vielleicht aufhalten, aber doch keinen Polizisten.«

»Nein? Ich meine: Die meisten haben Frau und Kinder und ich ja auch, nicht wahr? Wer will schon gern sterben, oder? Es geht um Leben und Tod. Gut ausgedrückt finde ich, es hat die Sache auf den Punkt gebracht. Da kannst du noch so ein harter Typ sein, wenn dir jemand nach dem Leben trachtet, denkst du schon drüber nach.«

»Aber hast du nicht so etwas schon mal durchgemacht?«

»Falls du auf meine OP ansprichst, da sah es verdammt schlecht aus und es konnte nur besser werden. Die Ärzte haben ja nicht versucht mich umzubringen, sondern zu retten. Das ist viel schwerer als umbringen, das kannst du mir glauben, ich hab schon eine ganze Menge toter Leute gesehen und bei manchen ging es blitzschnell.«

»Aber willst du jetzt nach Hause fahren?«

»Natürlich nicht!«

19

»Schönes Wetter haben Sie heute mitgebracht«, rief Frau Ehlig.

Tauner verlangsamte seinen Schritt ein wenig. Ihm kam es plötzlich vor, als ginge er über ein Minenfeld.

»Warum so zögerlich?«

»Sie sind mir zu nett!«, erwiderte Tauner.

»Macht Ihnen das ein schlechtes Gewissen?«

»Noch nicht, aber wahrscheinlich gleich. Ich habe nämlich vor, eine Hausdurchsuchung zu beantragen.«

Frau Ehlig zwang sich weiter zu lächeln und wartete, bis Tauner bei ihr auf der großen Treppe vor der Villa angelangt war. »Unsere erste Begegnung in Dresden war so reizvoll gewesen. Sie waren so ein guter Unterhalter, und nun sehen Sie, was daraus geworden ist? Jetzt wollen Sie meinem Mann zwei Tage vor dem Finale so etwas antun!«

»Sie könnten uns auch einfach ins Haus lassen und wir sparen uns den ganzen bürokratischen Mist. Dann muss Ihr Mann gar nichts davon wissen.«

»Was suchen Sie denn zum Beispiel, vielleicht kann ich Ihnen helfen?«

»Wir suchen zum Beispiel eine junge Frau.«

»Die finden Sie in St. Pauli, das weiß doch jeder.«

»Wir suchen Spechtlers Frau!«

»Vielleicht ist sie auch da?« Frau Ehlig lächelte wie bei einer Misswahl und schenkte auch Bärlach einen Blick.

Tauner änderte seinen Plan und stellte sich auf ein Geplänkel ein, nach dem Wagen würde er fragen, wenn er die Ehlig aufgeweicht hatte. »Ihr Mann hat wegen Heiligmann sechs Millionen DM eingebüßt, ist das wahr?«

Frau Ehlig sah kurz zu Bärlach, dann hob sie die Schultern. »Und nicht nur das, wegen der schlechten Presse hat er in Achtermann einen Fürsprecher verloren und damals den Posten als Nationaltrainer nicht bekommen.«

Bärlach meldete sich zu Wort. »Trainerjobs in Europa sind meistens viel lukrativer, er hat doch in den nächsten Jahren zweihunderttausend im Monat verdient, oder mehr noch.«

»Aber es geht um die Ehre«, sagte Frau Ehlig theatralisch. »Wenn du erst ein gefragter Mann bist und sollst für dein Land kämpfen und mit einem Mal will dich keiner mehr, wie fühlt man sich da?«

»Also hegte Ihr Mann noch Groll gegen Heiligmann?«

»Großen Groll!«, sagte Frau Ehlig. »Aber was hat das mit dem Fall zu tun?«

»Und die anderen? Haben die nicht auch Grund gehabt, wütend auf Heiligmann zu sein?«

»Ja bestimmt, auch die haben viel Geld verloren, Seiler war fast bankrott, mein Mann hat ihm aus der Patsche geholfen! Aber was hat das mit dem Fall zu tun? Und bitte ignorieren Sie diese Frage nicht wieder.«

»Das muss ich aber.«

»Ich vermute, dass Heiligmann für Sie nicht der Täter ist und nur zum Sündenbock gemacht wird.«

Tauner hob die Schultern.

»Da stellt sich die Frage, warum sie dann nicht gleich Heiligmann umgebracht haben, anstatt zu versuchen, meinen Mann zu ermorden.« Frau Ehlig hatte es wieder geschafft, ein perfektes Lächeln in ihr Gesicht zu zaubern und Tauner fragte sich, was die Frau wirklich wollte.

»Hatten sie denn einen Grund dafür?«

»Jetzt fragen Sie schon wieder mich, Herr Tauner. Waren Ihnen die Antworten von Herrn Rüdinger und Herrn Alvers nicht ausreichend?«

»Ich habe nur erfahren, dass jeder von jedem profitiert. Alle vertrauen einander und investieren blind in Geschäfte, die ihnen von einem der jeweils anderen Jungs empfohlen wurden.«

»Nun, nicht blind. Aber im Großen und Ganzen haben Sie recht. Mein Mann geht sogar soweit, Herrn Rüdinger seine Konten anzuvertrauen.«

»Und wenn mal einer einen schlechten Tipp gibt? Wie Heiligmann zum Beispiel?«

»Sie waren gnädig mit Heiligmann. Er wollte bei den Jungs einsteigen und hat ihnen ein schlechtes Geschäft vermittelt. Sie haben alle eingebüßt, viel Geld, aber sie haben ihn nicht verstoßen.«

»Aber vielleicht doch, vielleicht haben sie nur auf die passende Gelegenheit gewartet. Und irgendetwas hat Ihr Mann getan, dass sie ihn loswerden wollten. Oder Sie!«

Frau Ehligs Lächeln blieb, Tauner konnte sie nicht mehr schocken. »Herr Hauptkommissar, unsere Gespräche drehen sich im Kreis. Warum denn nur? Wer sagt denn auch, dass mein Mann das Opfer sein sollte? Warum nicht der Jansen? Sehen Sie ihn sich doch an! Er hatte nie etwas und er konnte nie etwas. Mein Mann war Trainer, Heiligmann Fußballer und Trainer. Rüdinger ist ein erfolgreicher Anwalt und auch die anderen Jungs haben gutes Geld gemacht. Der Einzige, der wirklich immer nur profitierte, war Jansen, er hat damals keinen Verlust gemacht und das erste Geld, das er investierte, war von Klaus geborgt zu einem Zinssatz von null. Etwas, das man meinem Mann damals unter anderem auch ankreiden wollte, als Geldwäscherei.«

»Sie meinen, Jansen sollte das Opfer sein?«

»Ich meine gar nichts«, sagte Frau Ehlig leise und ein bisschen verriet sie damit, dass sie wohl zu viel gesagt hatte.

»Was ist nun, Frau Ehlig, lassen Sie uns einen Blick in Ihr Haus werfen?«

»Da brauchen Sie mehr als nur einen Blick. Aber bitte.

Fühlen Sie sich wie zu Hause. Ich muss doch wohl nicht dabei sein?«

»Sie können gern, aber Sie müssen nicht.«

Frau Ehlig winkte scheinbar gelangweilt ab. »Ich bin hinten auf der Terrasse, falls Sie mich brauchen. Ansonsten finden Sie bestimmt wieder den Weg nach draußen!«

»Meinst du, wir sollten wirklich durch das Haus schnüffeln ohne Durchsuchungsbefehl?«, fragte Bärlach zögerlich.

»Sie hat uns dazu aufgefordert. Sei nicht zimperlich. Fangen wir im Keller an!«

»Und denkst du wirklich, Spechtlers Frau könnte hier sein?«

»Oder ein Hinweis auf sie, oder wir haben uns mal ein schönes Haus angesehen.« Tauner sah sich in der großen, marmornen Vorhalle um und fand schließlich eine Tür, von der aus eine Treppe in den Keller hinabging.

Unten angekommen pfiff er leise anerkennend und genoss insgeheim die Kühle. »Seh dich da drüben um, ich glaube, da geht es zu den Garagen. Sieh in alle Räume.«

»Wonach soll ich denn suchen?«

Tauner sah Bärlach nachdenklich an. »Nach allem, was auf die Entführung einer jungen Frau hinweist.«

»Alles klar«, murmelte Bärlach und zog kopfschüttelnd los.

Tauner wandte sich nach links, betrat einen Bereich, der zu einer grottenartigen Saunalandschaft umgebaut worden war, von dort aus erreichte er eine Bar, die einer öffentlichen Bar in nichts nachstand. Daraufhin befand er sich ziemlich verblüfft neben einem beleuchteten Swimmingpool wieder, umrundete ihn einmal und betrat einen Raum, der nichts weiter war als ein Weinkeller. Hier steckte wirklich viel Geld drin, dachte er bei sich und versuchte sich vorzustellen, er wäre der Besitzer und könnte abends noch eine Runde schwimmen, bevor er sich mit einer guten Flasche Wein an den Kamin setzte. Oder er würde in die Sauna gehen, oder in die Garage, nur um mal eine Runde mit dem Ferrari zu drehen. Tauner schüttelte den Kopf, denn er stellte fest, dass ihn nichts von dem wirklich reizte und dass die meisten Dinge hier eigentlich nur da waren, um damit vor anderen zu protzen. Denn was war langweiliger, als allein in der Sauna zu sitzen oder in seinem Pool zu schwimmen, wo nicht einmal jemand aufpasste, ob man einen Krampf bekam und wohlmöglich absoff.

»Falk!«, hörte er Bärlach rufen.

»Hier im Wasser!«

Bärlach kam angelaufen, hatte eine kleine Folientüte bei sich, hielt sie vor sich wie einen ekligen Regenwurm.

»Was ist das?«

»Ein blondes Haar, hing im Türschloss zur Garage.«

Tauner runzelte die Augenbrauen. »Zeig mir die Stelle!«

Tauner lief Bärlach nach, durchquerte Bar und Sauna, erreichte einen Raum voller Fitnessgeräte, dann einen Bereich, der wirklich wie ein Keller aussah, auch wenn er viel größer und aufgeräumter und heller beleuchtet war als jeder andere Keller der Welt und außerdem wirkte, als befände sich darin jedes nutzlose Werkzeug, das irgendwo auf dieser Welt einmal hergestellt worden war. Schließlich hielt Bärlach an einer Tür. Er öffnete sie und Tauner konnte die Garage sehen, in der drei weitere Autos standen und Platz für zehn war. Bärlach bückte sich und deutete auf die Schlossfalle im Türrahmen. »Hier war das Haar eingeklemmt.«

»Könnte hängen geblieben sein, wenn jemand sie aus dem Haus gezerrt und hier hineingetragen hat«, überlegte Tauner laut.

»Ja, wenn.«

»Können wir es analysieren lassen?«

Bärlach nickte. »Das kann ich organisieren. Martin muss nur die Daten seiner Analysen aus Spechtlers Hotelzimmer zum Vergleich nach Hamburg senden.«

Sie fanden Frau Ehlig wie angekündigt auf der Terrasse. Womit sie nicht gerechnet hatten, war ihre Blöße. Rücklings lag sie in der Sonne auf einer Sonnenliege, nur mit einer Sonnenbrille bekleidet. Diese schob sie nun von der Nase und hob den Kopf ein wenig. »Ach, ich dachte die Herren Kriminalisten sind schon weg!«

»Wir wollten Bescheid geben, dass wir jetzt gehen.« Tauner hatte wohl schon öfter nackte Frauen gesehen und konnte damit ein wenig besser umgehen als andere Anwesende. »Sie werden sich verbrennen, wenn Sie nur so herumliegen.«

»Sie könnten mich eincremen«, kokettierte die Ehlig.

»Den Rücken creme ich Ihnen ein, den Rest kriegen Sie allein hin«, gab Tauner zurück, blieb aber weiter in sicherer Distanz.

»Dann tun Sie das«, bat Frau Ehlig und drehte sich auf den Bauch, was nicht weniger reizvoll war.

Tauner trat heran, ließ sich die Sonnencreme geben und rieb Frau Ehligs Rücken ein, wobei er zu sämtlichen erogenen Zonen zehn Zentimeter Sicherheitsabstand ließ.

Frau Ehlig rekelte sich sehr damenhaft. »Die Polizei, dein Freund und Helfer«, spöttelte sie.

»Gleich ist der Spaß vorbei!« Tauner wusste nicht mehr, ob er schon alle Fragen gestellt hatte und er wusste nicht, was passiert wäre, wenn Bärlach nicht als Anstandsdame hinter ihnen gestanden hätte.

»Haben Sie denn was gefunden?«

»Nichts Verwertbares. Die Geschäfte ihres Mannes werde ich gründlicher untersuchen lassen. Und ich werde versuchen herauszufinden, ob die Jungs wirklich alle so gute Freunde sind.«

»Ich habe es schon geahnt«, seufzte Frau Ehlig. »Sie können sich einfach nicht entspannen!«

»Irgendwie hab ich das Gefühl, die will Ihren Mann trotzdem loswerden«, sagte Bärlach in die Stille, nachdem sie angemessenen Abstand gewonnen hatten.

»Trotzdem?« Tauner nahm seinen Blick nicht von der Straße, schaltete einen Gang hoch.

»Als nutze sie die Gelegenheit, ihn irgendwie … ach ich weiß auch nicht.« Bärlach winkte ab. Doch er war noch nicht fertig. »Dieser Hinweis auf Jansen, was hatte der zu bedeuten?«

»Jansen war ein Schmarotzer, wollte sie damit sagen. Zwar war er der Assistent oder wie auch immer man das nennen soll, aber er lebte nur davon, dass Ehlig und die anderen Geld machen!«

»Aber deshalb stoßen die ihn doch nicht nach vierzig Jahren von sich weg, oder?«

Tauner bremste ein wenig ab. »Aber vielleicht will Ehlig den loswerden?«

»Du meist das Attentat ging gezielt auf Jansen, und Heiligmann wollen sie gleich mit loswerden? Müssten die nicht Angst haben, der lässt die ganze Gruppe auffliegen?«

»Deshalb haben sie den ja über den Haufen gefahren. Mal davon abgesehen, was hat er denn zu erzählen? Zwar beschränken sich die Jungs nicht nur auf alltägliche Geschäfte, aber irgendwie scheint sich alles noch im Rahmen der Legalität abzuspielen. Und wenn Ehlig Europameister wird, ist er sowieso der Held. Da steht Heiligmann nur als schlechter Verlierer da, wenn er dummes Zeug redet. Und bis zum Finale ist der allemal ruhig gestellt, wenn er nicht sogar stirbt. Man müsste nur wissen, inwieweit die Ehlig involviert ist.«

»Die hast du doch in der Hand«, meinte Bärlach leise.

»Wie meinst du das?«

»Na, die scheint dir doch aus der Hand zu fressen. Du besuchst sie heute Abend, trinkst einen Wein mit ihr und dann legst du sie flach, mal sehen, was sie zu erzählen hat.«

Tauner bremste abrupt ab und sah Bärlach an. »Flachlegen? Ich dachte, solche Wörter gibt es in deinem Wortschatz nicht! Ich soll also mit einer Verdächtigen anbandeln, um Informationen herauszuholen?«

Bärlach hob die Schultern und wagte es nicht, Tauners Blick zu erwidern. »Es geht um Leben und Tod! Extreme Situationen erfordern extreme Handlungen!«

»Sagt man das so?« Tauner gab wieder Gas und fragte sich, ob er deshalb ein noch schlechterer Mensch werden würde. Natürlich würde niemand das gutheißen. Nicht einmal mit einem Ergebnis könnte man das rechtfertigen. Und er könnte nicht mehr das Scheidungsopfer spielen. Dann müsste er offen eingestehen, dass ihm seine Ehe vollkommen egal war. Aber was machte das schon für einen Unterschied, nur weil er aussprach, was er dachte und was sowieso schon alle anderen wussten. »Wir fahren noch mal nach St. Pauli und heute Abend denken wir darüber nach.«

»Die finden wir nie, wenn wir die nicht vorladen!« Bärlach war wütend, das sah Tauner ihm an, und daran änderten auch der Eisbecher und der Kaffee nichts, die vor Bärlach auf dem Tisch standen. »Die haben doch überall Augen hier! Was sollen die uns schon zu sagen haben!«

Tauner versuchte nicht darüber nachzudenken. Er musste ruhig bleiben, auf das Laborergebnis hoffen und dass jemand einen Fehler machte. Jetzt wollte er erst einmal in Ruhe einen Kaffee trinken und auf den Abend warten. Das Straßencafé versprach dafür ein guter Platz zu sein. Hier war nicht viel los, nur wenige Autos fuhren auf der Straße und der Kiez war ein paar hundert Meter zu weit weg, als dass sich allzu viele schräge Typen hier einfanden.

»Die lachen bestimmt schon über uns. Der ganze Kiez

lacht!« Bärlach kochte vor Wut und ließ sein Eis stehen wie ein trotziges Kind, obwohl er es sich selbst bestellt hatte.

»Niemand lacht über die Polizei!«, sagte jemand und setzte sich ungefragt. Es war ein Herr um die sechzig, der aber aussah wie vierzig. Sein Hemd war aufgeknöpft, eine dünne Goldkette war am Hals zu erkennen. Das Haar war noch voll, aber nachgefärbt.

Tauner setzte sich gerade und griff sich ins Jackett. »Und Sie sind?«

»Herr Kopte!«, antwortete Bärlach.

»Richtig, und Sie sind Hauptkommissar Tauner und der Herr Bärlach, der uns schon so lange versucht zu erreichen. Sie können sich sicher vorstellen, dass jemand mit meinem Ruf immer viel unterwegs und beschäftigt ist, es ist nicht so, dass wir Ihnen absichtlich ausgewichen wären. Was wollen Sie denn wissen? Ich hoffe, Sie fragen mich jetzt nicht nach meinen Finanzunterlagen, denn die liegen wie üblich seit Monaten beim Finanzamt.« Herr Kopte freute sich seines Lebens und dass einer seiner Jungs tot war, kümmerte ihn scheinbar nicht mehr. Tauner versuchte sich zu erinnern, ob er den Mann bei der Beerdigung gesehen hatte. Er war sich nicht sicher und nahm sich vor, Bärlach danach zu fragen, sobald sie allein waren.

»Ich will wissen, wer Interesse daran hatte, Ehlig, Jansen und Schrägstrich oder Heiligmann loszuwerden.«

»Das nenne ich direkt auf den Punkt gebracht. Und Sie meinen, ich wüsste so etwas?« Kopte lächelte und bestellte sich mit den Fingern schnipsend etwas, das sich umgehend als von einer Kellnerin serviertes Bier entpuppte.

Tauner staunte, wie schnell das gegangen war. »Soviel wir wissen, gab es Unstimmigkeiten vor zwölf Jahren.«

Kopte lachte. »Ja, das können Sie laut sagen!«

»Heiligmann hatte ein Geschäft vermittelt, das nicht richtig funktionierte und Sie alle haben Geld eingebüßt.«

Kopte lachte noch immer. »Ja, und er selbst hat eingebüßt. Aber wegen so einer Kleinigkeit bringt man sich nicht um. Wir waren alle sauer auf ihn, aber er hat es wieder gut gemacht.«

»Sechs Millionen D-Mark sind doch keine Kleinigkeit!«

»Wer hat denn dabei sechs Millionen eingebüßt?« Koptes Lächeln kippelte ein wenig und er runzelte die Stirn.

»Ehlig?«, sagte Tauner vorsichtig. »Und Sie?«

»Also, bei dieser Sache hat Klaus vielleicht eine halbe Million verloren. Die sechs Millionen hat er woanders eingebüßt.«

»Ach ja?«

»Na ja, ich weiß ja nicht, ob ich darüber so reden darf …«

»Doch dürfen Sie«, sagte Tauner.

Kopte beugte sich ein wenig vor. »Also, die sechs Millionen, das war ein Geschäft, da war ich nicht mit dabei und die anderen auch nicht.«

»Ehlig hat allein ein Geschäft abgeschlossen?«

»Nein, nein, eines mit Jansen. Jansen hatte ihm wohl einen Tipp gegeben. Es ging um verschiedene Spiele, die gekauft worden waren. Aber eigentlich geht mich das gar nichts an. Haben ja beide ihren Schaden davon getragen.«

»Reden Sie nur weiter, das bleibt unter uns, streng vertraulich.« Tauner wedelte auffordernd mit der Hand.

»Also ... Mehrere Spiele an einem Spieltag waren wohl verschoben worden. Damals gab es so einen Ring, die zogen das einmal im Jahr durch. Die haben das für Leute gemacht, die schon Geld hatten, aber schnell noch mehr brauchten. Man investiert zuerst blind eine gewisse Summe, die zur Bestechung benutzt wird, und dann investiert man noch mal in bestimmte Ergebnisse, die vorher bekannt gegeben werden. Natürlich nicht offiziell, sondern die Beträge werden aufgeteilt und unter fremden Namen eingezahlt. Am Gewinn werden dann die Buchmacher beteiligt und die Männer mit den Kontakten und die, die ihren Namen hergegeben haben. Das Geld erhält man dann in Form von Beratergehältern oder über Scheinverkäufe zurück.«

»Da geht aber viel Geld verloren!«

»Ach was, wenn alles klappt, hat man Quoten von eins zu fünfzig oder gar achtzig. Da bleibt eine ganze Menge hängen. Ehlig hätte aus seinen sechs Millionen zwanzig machen können, oder mehr. Das Risiko trägt man allerdings selbst, denn wenn nur eines dieser Ergebnisse nicht eintrifft, bricht die Quote zusammen und das Geld geht flöten.«

»Und genau das ist passiert?«

Kopte hob die Schultern und senkte gleichzeitig die Mundwinkel wie ein Franzose. »Tja, offenbar hat man Jansen geködert, hat ihn eine Weile mitspielen und gewinnen lassen, bis er so weich gekocht war, dass er Ehlig einen großen Coup schmackhaft machen konnte. Was er wohl nicht gewusst hatte, dass es von Anfang an nur darum ging, an Ehligs Geld zu kommen, denn die Leute wussten ja, wie abhängig Jansen von Ehlig war und umgekehrt.«

»Dann gab es also gar keine Wetten, keine gekauften Spiele?«

Kopte schüttelte den Kopf. »Ach was. Ehlig konnte sich nicht beschweren, denn was hätte er erzählen sollen? Dass er Spiele kaufen wollte?«

Bärlach wollte auch was sagen. »Das ist ja starker Tobak. Und wie hat Jansen sich rausgeredet?«

»Er hat Klaus weismachen können, dass er ebenfalls betrogen wurde. Und Frau Jansen hat mitargumentiert, das half wohl am meisten, denn für die hat der Klaus immer noch ein Faible.«

»Ist das so offensichtlich?«, fragte Tauner.

»Das weiß doch jeder hier!« Kopte winkte ab.

»Und die Jansen und die Ehlig, wie verstehen die sich?«

»Die sind sich nicht grün. Weiß nicht, ob die sich mal in den Haaren hatten, wäre ja auch kein Wunder.«

»Glauben Sie, dass Ehlig den Verlust weggesteckt hat? Oder halten Sie es für möglich, dass er …«

Kopte riss die Augen auf. »Sie denken, Klaus wollte Holger umlegen? Ach was …«

Eigentlich wollte Tauner etwas ganz anderes sagen, doch nun hielt er den Mund, damit der neue Gedanke ihm nicht entfleuchte. Kopte lachte in sich hinein, schüttelte den Kopf und trank sein Bier in großen Zügen.

»Warum erzählen Frau Jansen und Frau Ehlig die Geschichte anders?«

»Ist doch klar, die Jansen will den Umstand nutzen, dass Erwin jetzt der Tatverdächtige ist, um ihren Mann nachträglich reinzuwaschen. Und Frau Ehlig weiß vielleicht gar nicht richtig Bescheid. Die ist ja erst später dazugekommen.«

»Stimmt es, dass Sie und die Jungs jedes Geschäft teilen? Büßt man da nicht manchmal viel Geld ein?«

Kopte blinzelte verschmitzt. »Sie verstehen das nicht, was? Wir sechs vertrauen uns blind. Und wir haben uns gegenseitig groß gemacht, wenn jeder seinen Kram gemacht hätte nur für sich, dann wären wir nicht das, was wir sind. Wir konnten uns immer auf den anderen verlassen, wir wussten, wenn etwas nicht klappt, stehen die anderen hinter einem. Wir setzen uns zusammen, besprechen das Geschäft und wenn die Mehrheit dafür ist, wird es durchgezogen. So läuft das bei uns. Bis wir alle mal tot sind. Wie die Musketiere, die sechs Hamburger Musketiere, einer für alle, alle für einen. Ein richtiger Kodex, verstehen Sie? Ein Gesetz!«

»Müssten es nicht sieben sein, mit Heiligmann?«, fragte Bärlach.

Kopte nickte. »Gut, dann eben sieben!«

Kopte verabschiedete sich, nachdem das Gespräch noch eine Weile belanglos dahingeplätschert war. Tauner beobachtete, wie er davonging. Es hatte den Anschein, als wichen die Leute Kopte aus. Er grüßte zwei, drei Personen nett, so wie man einen Bekannten über die Straße grüßt, und verschwand dann um die Ecke.

»Hast du die eigentlich alle gesehen bei der Beerdigung?«

Bärlach dachte nach, dann nickte er. »Standen getrennt, haben nicht miteinander gesprochen. Kopte war sogar mit einem Rolls-Royce da. Oder war das Alvers?«

»Warum hat der uns das jetzt erzählt? Ich kann mir keinen Reim drauf machen.«

»Der ist kein Anwalt. Der erzählt einfach drauf los!« Bärlach hob die Schultern und starrte seinen Eisbecher an, dessen Inhalt geschmolzen war. »Ich geh mal auf die Toilette.« Er erhob sich, verharrte mit starr gerichtetem Blick über Tauners Schulter. Dieser war zu faul sich umzusehen, was es hinter ihm gab, erkannte jedoch in Bärlachs Blick, dass es etwas Bemerkenswertes sein musste, bis er einen Motor aufheulen hörte. »Achtung!«, rief Bärlach. Im nächsten Augenblick sprang er zur Seite. Tauner tat es ihm instinktiv gleich, wurde von etwas Großem heftig gestoßen, spürte, wie sich ein Stuhl erst an seinem linken Arm verhakte und dann davonflog, was einen heftigen Schmerz verursachte. Leute schrien und Geschirr splitterte, dann jaulte der Motor erneut auf, ein Getriebe wehrte sich gegen den ersten Gang, dann quietschten Reifen und das Geräusch entfernte sich. Das alles geschah innerhalb von zwei, drei Sekunden, während Tauner am Boden lag und nur Beine sah und einen umgestürzten, steinernen Blumenkübel. Jemand packte Tauner am verdrehten Arm, was so höllisch wehtat, dass Tauner aufschrie. Er riss sich los, stemmte sich hoch, sah nur noch das Heck eines Wagens, das um die Ecke verschwand. Zurück blieben umgekippte Stühle und Tische, auf dem Gehweg vermischte sich Bier, Kaffee und Eis zu einer unansehnlichen Brühe, die vom Bordstein tropfte.

»Hat sich jemand das Kennzeichen gemerkt?«, fragte Tauner, doch die meisten Leute hatten damit zu tun, ihren Schreck zu überwinden und zu sehen, ob sie verletzt waren.

»Jemand verletzt?«, fragte Tauner und sah sich um. Er fand Bärlach am Boden liegend, doch dem war nichts passiert außer ein paar Kratzern. Auch die anderen Leute hatten Glück gehabt, nur Tische und Stühle waren verbogen. Geschirr lag zersplittert am Boden, jemand weinte, doch offenbar war Tauner der einzige Verletzte, alle anderen hatten das Auto anscheinend rechtzeitig gesehen. Bärlach klopfte sich Glasscherben aus der Kleidung.

»Hast du etwas gesehen? Hast du dir das Nummernschild gemerkt?«

Bärlach nickte und nahm sein Telefon hervor. »Das war Spechtler, ich dachte erst, der wollte mit uns reden, aber dann gab er plötzlich Gas!« Er tippte 110 in sein Telefon und lauschte.

Tauner sah sich um, ob er etwas tun konnte und plötzlich wurde im bewusst, wie sehr sein Arm schmerzte.

»Geht es Ihnen nicht gut?«, fragte jemand.

»Nicht den Arm anfassen!«, stöhnte Tauner, dann stellte ihm jemand einen Stuhl hin und er setzte sich.

20

»Verstehst du das?«, fragte Tauner, sein Arm war wieder eingerenkt und hing in einer Schlinge. Nach drei Stunden waren sie zurück im Hotel. Tauner saß auf seinem Bett. Bärlach stand am Fenster, sah angespannt nach draußen, als befürchtete er, das Hotel könnte überfallen werden.

Er schüttelte den Kopf. »Warum sollte Spechtler uns angreifen? Das frage ich mich schon die ganze Zeit. Es geht um Leben und Tod, hat er doch heute Morgen gesagt.«

»Und das Auto?«

»Haben sie gefunden, aber keine Spur von Spechtler.«

Tauner nickte. »Irgendwie weiß ich schon, was er will. Er will, dass die Polizei sich nicht einmischt. Er will das mit dem Entführer selbst klären. Er hat Angst, dass ihr etwas zustößt. Es geht um Leben und Tod. Es ist zwar dumm, die ermittelnden Beamten direkt anzugreifen, aber bestimmt ist er panisch, wusste sich nicht mehr anders zu helfen. Aber: Ist er uns nach Hamburg gefolgt oder war er schon vor uns da?«

»Ich denke, er war schon eher da.«

»Also vermutet er, dass sie hier ist. Vielleicht kennt er die Hamburger Gruppe und ahnt, dass die seine Frau haben.«

Bärlach drehte sich um, lehnte seinen Hintern an die Fensterbank. »Aber warum sollten die sie haben?«

»Vielleicht hat sie etwas gesehen? Sie hat sich mit Spechtler gestritten und ist davongelaufen, dann sieht sie jemanden, den sie nicht sehen sollte. Oder Spechtler wusste etwas, hat zufällig etwas mitbekommen. Die wollen jedenfalls, dass er den Mund hält.« Tauner hielt inne, denn Bärlachs Telefon begann zu klingeln.

»Ist es? Hundert Prozent? Alles klar.« Bärlach nahm das Telefon runter. »Das Hamburger Labor. Es ist eindeutig ein Haar von Frau Spechtler.«

»Dann müssen wir in Ehligs Villa rein.«

Bärlach nickte und ging wieder ans Telefon. »Haben Sie sich mit dem Staatsanwalt in Verbindung gesetzt? Gut, der Durchsuchungsbefehl ist durch?« Bärlach nahm das Telefon wieder runter. »Die Hamburger Polizei will das selbst in die Hand nehmen.«

Tauner hob die gesunde rechte Schulter. »Von mir aus, wir fahren aber trotzdem hin!«

Frau Ehlig war offenbar zu müde, um beleidigt zu sein. Rauchend stand sie auf der Terrasse, während zehn Polizisten das Anwesen durchkämmten, die Villa und die Autos auseinandernahmen. »Ich dachte, Sie hätten sich in der Villa umgesehen?«, sagte sie und blies Rauch in den Nachthimmel.

»Das haben wir. Wo ist Frau Spechtler?«

»Herr Tauner, ich weiß nicht, wovon Sie sprechen. Ich habe die Frau noch nie gesehen. Ich habe keine Ahnung, wie das Haar hier ins Haus kommt.«

»Ist Spechtler vielleicht schon mal zu Besuch hier gewesen mit seiner Frau?«

»Nein, ich sagte doch gerade, ich kenne die gar nicht.«

»Wie soll sonst das Haar hierher gekommen sein?«

»Hier kann jeder ein und aus. Jeder von der Truppe.«

»Jeder? Einfach so?«

Frau Ehlig warf die Kippe achtlos auf den Boden und sah Tauner traurig lächelnd an. »Sie können das wirklich nicht verstehen, stimmt's, Herr Tauner? Die teilen sich alles. Absolut alles!«

»Teilt er Sie auch mit den Jungs?« Tauner wollte es nicht glauben, aber seltsamerweise durchfuhr ihn heiße Eifersucht.

»Er würde es tun, wenn ich bereit wäre. Da kommen Sie nicht rein, das ist eine verschworene Gemeinschaft. Seit, was weiß ich, vierzig, fünfzig Jahren, verstehen Sie das nicht? Die waren zusammen in der Schule! Die lassen alles stehen und liegen, wenn einer Hilfe braucht. Die teilen sich das Geld und die Häuser, die Autos und manchmal die Frauen. Sie schenken sich vollstes Vertrauen und es ist traurig, dass Sie das nicht wahrhaben wollen, Herr Tauner. Das macht mich traurig, weil es mir zeigt, was für ein einsamer, zorniger Mann Sie sind.« Frau Ehlig drehte sich weg und ging ins Haus. Tauner blieb stehen und bemerkte erst jetzt Bärlach, der am Rande der Terrasse stand und alles mitbekommen hatte.

»Ich bin nicht einsam!«, sagte Tauner und ärgerte sich sogleich darüber. Das Beste ist, ich schweige ab hier, dachte er sich. »Ich meine, ich bin doch nicht bescheuert! Das ist doch nicht menschlich, alles zu teilen. Nicht böse zu sein, wenn man sechs Millionen Mark verliert. Die Frau zu teilen! Jeden mit seinen Autos fahren zu lassen. Das gibt's doch nicht, oder? Drei von denen könnten doppelt so viel Geld haben oder noch mehr. Die schleppen die anderen drei durch. Jansen hat nichts und kann nichts. Seiler, was macht der? Hat Kontakte, wahrscheinlich zum DFB über seinen Großcousin, aber was ist das schon? Spinn ich? Ich spinne doch nicht, oder? Nichts gegen Männerfreundschaften, aber das ist wohl ein bisschen zu viel des Guten, oder? Rüdinger hat Zugriff auf alle Konten, da lache ich mich doch tot! So was gibt es doch nicht wirklich, oder? Ich meine: sechs Millionen Mark eingebüßt! Drei Millionen Euro! ›Na ja, halb so schlimm, beim nächsten Mal klappt's bestimmt, Holger‹! Kapier ich es wirklich nicht? Torsten! Bin ich zu dumm?«

Bärlach sagte nichts dazu, sah betreten zu Boden, dann blickte er wieder auf. Offenbar hatte er nur ein wenig Zeit vergehen lassen wollen. »Du hattest dein Handy im Auto liegen lassen. Als es klingelte bin ich rangegangen. Es war Martin, er sagte, wir sollen sofort nach Dresden kommen.«

»Sofort?«, fragte Tauner.

Bärlach nickte.

»Hat er noch etwas gesagt?«

»Er hat gesagt, wir sollen sofort nach Dresden kommen, mehr nicht. Was kann das bedeuten?«

»Das bedeutet, dass wir sofort nach Dresden fahren.«

Martin hatte wohl die ganzen sieben Stunden in seinem Büro gewartet, nachdem ihm Tauner telefonisch seine Ankunft angekündigt hatte. Er sah übermüdet aus und irgendwie voller Schuldgefühle. Tauner und

Bärlach ging es nicht besser, beide hatten nicht geschlafen. Bärlach, weil er fahren musste, Tauner, weil Bärlach fuhr und er fürchtete, der junge Mann schliefe am Steuer ein.

»Wehe, wenn du jetzt nichts zu bieten hast«, drohte Tauner halb im Scherz. Er konnte kaum noch seine Augen offen halten. Wenn er sich jetzt setzte, würde er wahrscheinlich sofort einschlafen. »Hast du Kaffee?«

Martin nahm die Brille ab und rieb sich die Augen. Auf Tauners Anfrage ging er nicht ein. »Es geht um einen Kaugummi«, sagte er müde. »Und ich habe lange überlegt, ob ich dich deswegen anrufe oder nicht. Ich wollte erst mit dir persönlich reden, ehe ich es weitergebe. Er war einer von den tausend anderen Dingen, die ich eingesammelt habe. Er lag nicht am Tatort, sondern auf der Brücke, nicht weit von der Stelle, wo die Waffe hinuntergeworfen wurde. Es ist Ehligs Kaugummi.«

Tauner setzte sich, aber er schlief nicht ein. »Irrst du dich auch nicht?«, fragte er, nachdem er sich diese Frage eine Minute lang durch den Kopf hatte gehen lassen.

Martin putzte seine Brille ausgiebig, setzte sie wieder auf. »Ist die Sonne heiß? Ist Schnee weiß? Ist Tauner ein Rindvieh, dass er so etwas fragt?«, sagte er dann.

Tauner nickte.

Martin nahm die Brille wieder ab und begann sie erneut zu putzen, doch wahrscheinlich hatte er Schlafsand in den Augen, denn seine Brillengläser glänzten wie die Türklinken bei einem Kreditunternehmen mit günstigen Zinsen. »Du hast Ehligs Haus auseinandernehmen lassen?«

»Nicht eigenmächtig. Ein Hamburger Staatsanwalt hat

bereitwillig einen Durchsuchungsbefehl unterschrieben und die Hamburger Kripo war schneller da als ein Schriftsteller am Telefon. Leider war Spechtlers Frau *nicht* da und es scheint, als ob dieses Haar in der Garagentür, neben der Zeugenaussage über den Hamburger Mercedes, das einzige Indiz ist.«

»Und Spechtler hat versucht, euch zu überfahren?«

Tauner nickte zu Bärlach. »Torsten sagt, dass es Spechtler war. Leider hat der auch seinen Ausweis nicht liegen lassen.«

»Weißt du, dass die Hamburger Staatsanwaltschaft schon lange einen Grund dafür sucht, Ehligs Anwesen zu durchforsten? Die suchen noch immer nach Anhaltspunkten für Betrug und Steuerhinterziehung.«

»Woher weißt du das?«

»Aus der Zeitung. Mein Kollege hat sie mitgebracht.« Martin legte eine große Zeitung auf den Tisch.

Tauner nahm sie, sah sich, klein und verschwommen, wie er die Ehlig eincremte und die Schlagzeile: *Wird Ehlig das Verhältnis seiner Frau nun zum Verhängnis? Dieser Mann lässt einen Tag vor dem Finale das Haus des Bundestrainers durchsuchen. Ehligs Vergangenheit wirft dunkle Schatten!* »Das muss ein Paparazzo gewesen sein«, murmelte Tauner und ein bisschen wurden ihm nun angesichts seiner Courage die Knie weich.

»Mir egal, Falk. Was stellen wir mit dem Kaugummi an?«

»Nichts, noch nichts. Ich muss erst ein paar Stunden schlafen, vorher kann ich keinen klaren Gedanken mehr fassen.«

Tauners Erwachen war kein schönes. Sein Rücken tat ihm von der alten Couch in seinem Büro weh und es fehlten mindestens vier Stunden Schlaf, wenn nicht sogar acht. Auch sein Arm schmerzte. »Ist er da drin?«, hörte er Frau Diekmann-Wachte fragen. Ächzend setzte er sich auf.

Pia sagte: »Ja, aber …« Dann wurde die Tür aufgerissen.

»Ich habe Ihnen gesagt, übertreiben Sie es nicht! Sind Sie denn wahnsinnig, Ehligs Haus durchsuchen zu lassen?«

Tauner musste sich erst die Lippen mit der Zunge befeuchten, ehe er sprechen konnte. »Es besteht noch immer begründeter Verdacht, dass er mit der Entführung von Spechtlers Frau in Verbindung steht.«

»Welche Entführung? Das ist eine Behauptung von ein paar Leuten, die zu betrunken waren, sich ein Kennzeichen zu merken, und außerdem wegen kleinerer Delikte allesamt schon mehrmals vorgeladen waren. Außerdem ist es eine Frechheit, diese Aktion hinter meinem Rücken durchzuführen.«

»Der Hamburger Staatsanwalt hat darauf bestanden, dass es in seinen Zuständigkeitsbereich fällt, streiten Sie sich doch mit dem. Jürgens heißt der.« Tauner erhob sich und schleppte sich zu seinem Bürostuhl.

Die Staatsanwältin folgte ihm, als versuchte sie, in Schlagdistanz zu bleiben. »Reden Sie sich nicht heraus! Sie sind doch einfach nur mit Ihrem Leben nicht zufrieden und lassen es an allen anderen aus. Und als ob das nicht reicht, machen Sie auch noch mit der Ehlig rum.«

»Werden Sie mal nicht persönlich«, stöhnte Tauner, er

hatte sich beim Versuch, sich gerade zu setzen, auf seinen verletzten Arm gestützt.

Die Staatsanwältin umrundete den Tisch und stützte sich herrisch auf. »Persönlich, ich werde gleich mal persönlich! Was ist mit Ihnen, sind Sie betrunken, oder was? Achtzig Millionen Deutsche werden heute am Tag des Finales erfahren, dass die Villa des Bundestrainers durchsucht wurde, und Ihr Foto ist da drin mit seiner Frau und die ist nackt! Und Ihren Namen werden Sie mit meinem Namen in Verbindung bringen. Ist das nicht persönlich? Wenn die heute verlieren, sind wir daran Schuld!«

Tauner stemmte sich hoch und richtete sich auf. »Sie halten jetzt mal die Luft an«, sagte er leise und wusste noch nicht weiter, deshalb tat er so als striche er sich das Hemd glatt. »Sie haben den Fall übernommen und damit auch mich als Leiter der Mordkommission. Wenn ich falsche Anweisungen gebe, dann übernehme ich dafür auch die Verantwortung, aber wenn ich versuche, meine Arbeit zu machen, und Ihnen passt das nicht, dann müssen Sie sich eine andere Arbeit suchen, anstatt mich anzuschreien wie ein hysterisches Huhn. Schließlich bin ich nicht der Mörder von Herrn Jansen, sondern versuche, den Fall zu klären!«

»Und warum haben Sie mich blind in diese Pressekonferenz laufen lassen, um aller Welt zu verkünden, Heiligmann sei der Mörder?«

»Sie haben mich persönlich aus der Pressekonferenz herausgehalten und Sie selbst haben sich zu weit aus dem Fenster gelehnt, indem Sie das bekannt gegeben haben. Sie haben den Ermittlungen vorgegriffen. Niemand hat Sie dazu gezwungen.«

Die Staatsanwältin stemmte die Hände in die Hüften. »Doch, ich war gezwungen, nämlich weil Sie der Ehlig erzählt haben, dass wir Achtermanns Fingerabdrücke auf der Tatwaffe gefunden haben!«

Tauner sprang auf. »Ich habe der Frau nichts erzählt, was sie nicht sowieso schon wusste!«

»Würdet ihr bitte aufhören, euch anzuschreien?«, bat Pia laut.

»Seit wann duzen wir uns«, fuhr die Diekmann-Wachte sie an.

Pia nahm es ungerührt hin. Sie hielt ein Telefon in der Hand, bedeckte es mit der anderen. »Die Bürgermeisterin ist dran.«

Tauner stöhnte und verdrehte die Augen.

»Geben Sie her!«, fauchte Frau Diekmann-Wachte, nahm das Telefon und stapfte zum Fenster.

»Was ist mit Ehlig?«, flüsterte Pia.

»Weiß ich noch nicht, ein Kaugummi mit seinem Speichel wurde bei der Tatwaffe gefunden, also oben auf der Brücke, von wo die Waffe in die Prießnitz geworfen wurde.«

Pia fuhr zurück und bedeckte ihren offenen Mund mit der Hand. Dann wurden sie von der lautstarken Staatsanwältin abgelenkt.

»Das ist nun mal unsere Arbeit, Frau Bürgermeisterin. Ich kann immer nur den jeweiligen Stand der Ermittlungen bekannt geben, und nur so weit, wie es aus ermittlungstaktischen Gründen möglich ist. Und wenn seine Villa durchsucht wurde, gab es auch triftige Gründe dafür. Bei allem Respekt, aber das fällt in den Zuständigkeitsbereich der Polizei und der jeweiligen Staatsanwaltschaft.

Jetzt die Leitung im Morddezernat auszutauschen, würde nur ein noch schlechteres Licht auf Sie und diese Stadt werfen, als Sie momentan befürchten, schließlich sind wir nicht die Mörder, sondern diejenigen, die den Mörder finden wollen, da kann man keine Rücksicht auf persönliche Belange nehmen. Einen schönen Tag noch!« Die Staatsanwältin legte auf und warf das Telefon auf Uhlmanns Schreibtisch. »So!«, sagte sie. Dann bedeckte sie ihr Gesicht mit beiden Händen. Pia wollte zu ihr gehen, doch Tauner hielt seine Schreibkraft fest und zog sie aus dem Zimmer in ihr eigenes Büro.

Eine Weile standen sie sprachlos da, weil sie nicht wussten, was zu sagen war, sahen sich an und lauschten, schließlich hörten sie schwere schlurfende Schritte und Pia eilte aus dem Zimmer, um Uhlmann abzufangen.

Im gleichen Moment kam die Staatsanwältin in Pias Büro, sie wirkte aufgeräumt und ein wenig erleichtert, den schlimmsten Schaden im Make-up hatte sie beseitigt. »Tun Sie, was Sie für richtig halten, aber bitte halten Sie mich auf dem Laufenden. Immer!«

»Geht klar«, sagte Tauner.

Frau Diekmann-Wachte ging zur Tür, in der nun Pia und Uhlmann standen und bereitwillig Platz machten. Noch einmal hielt die Staatsanwältin inne. »Die haben mich schon in der Schule Wachtel genannt. Das war einfach nur dumm, aber trotzdem sehr verletzend.« Sie lächelte knapp und ging dann davon.

Betretene Stille machte sich breit wie schwüles Wetter vorm Gewitter.

»Ich habe es dir gesagt!«, blitzte Pia los.

Tauner sah sich nach einem Unterstand um. »Ich werde

es nicht mehr tun«, sagte er leise und nahm es sich wirklich fest vor.

»Was stellen wir mit Ehligs Kaugummi an?«, fragte Uhlmann.

»Über den denken wir jetzt nach.«

Uhlmann räusperte sich. »Wusstest du, dass Ehlig und Heiligmann mehrmals gleichzeitig bei Achtermann im Schießverein waren?«

»Woher weißt du das plötzlich?«

»Ich weiß es schon die ganze Zeit, aber auf Ehlig haben wir gar nicht geachtet.«

»Was wissen wir noch über Ehlig, das wir nicht beachtet haben?«

»Dass er sich in den letzten Wochen vor Jansens Tod mehrmals mit Frau Jansen allein getroffen hat?«

»Ist das so?«

»Das haben ein paar Leute aus Hamburg gesagt, die Ehlig eine Weile beobachtet haben. Das waren die gleichen Leute, die die Hausdurchsuchung durchgeführt haben. Dieser Staatsanwalt Jürgens ist offenbar schon seit geraumer Zeit hinter Ehlig her.«

»Und woher weißt du das?«

Uhlmann war beleidigt. »Du denkst wohl, ich mache nichts!«

»Und warum sagst du mir so was nicht schon eher?«

»Was hättest du denn mit dieser Info angefangen, bevor Martin den Kaugummi gefunden hat? Wo ist denn eigentlich dein neuer Busenfreund?«

»Höre ich da eine gewisse Eifersucht heraus?« Tauner versuchte spitzbübisch zu lächeln, dann gab er es auf. »Der schläft wohl noch.«

Pia, die mit mehr psychologischen Talenten ausgestattet war als beide Polizisten zusammen, mischte sich dazwischen. »Ich koche jetzt Kaffee. Martin kommt gleich, er hat gesagt, wir müssen reden, die Rensing von der Gerichtsmedizin kommt auch.«

Tauner pfiff leise. »Eine Krisensitzung.«

»Mach dich nur lustig«, brummelte Uhlmann.

»Ich mache mich nicht lustig, ich habe nur schon weiter gedacht als du und ich hoffe, ich bin im Unrecht, sonst werde ich zur Unperson des Jahres.«

»Folgendes.« Tauner stand vor seiner Tafel. »Wir veranstalten hier ein Brainstorming. Wenn also jemand einen verrückten Gedanken hat, soll er ihn ruhig äußern und niemand geht dazwischen. Fakten fügen wir hinzu, wo es passt. Konzentrieren wir uns auf Ehlig.«

»Den du nicht leiden kannst!«, sagte Pia laut genug für alle.

»Dieses ist schon das Brainstorming, also halt den Mund oder mach mit! Ehlig ist in meinen Augen ein ichbezogenes, egozentrisches Kind!«

»Das ist eine Dopplung«, murmelte Pia und wurde von Uhlmann brummend zurechtgewiesen.

»Er hat Jansen nie vergessen, dass er ihn um sechs Millionen Mark erleichtert hat. Für ihn ist Jansen ein Schmarotzer und Ehlig fühlt sich noch immer zu Frau Jansen hingezogen. Das würde erklären, warum Frau Ehlig sich so auffällig benimmt. Sie ist beleidigt und eifersüchtig, denn offenbar hatte Ehlig Zeit für Frau Jansen, während er sonst nie zu Hause war.«

»Dazu kommt vielleicht, dass Ehlig und Jansen sich

offenbar erst kürzlich gestritten haben«, erwähnte Bärlach nebenbei.

Tauner machte große Augen und sah Bärlach fragend an.

»Das hat der Seiler vom DFB erzählt. Er hat es zufällig gehört. Ehlig warf Jansen vor, immer nur Geld zu wollen und dass er ohne ihn ein Bettler wäre, ohne Frau und Kinder. Jansen meinte, wenn er allen erzählen würde, welchen Dreck er am Stecken hätte, wäre es aus mit der Karriere.«

»Wann hat dir der Seiler das erzählt?«

»Er hat es nicht mir erzählt, sondern den Ermittlern in Berlin, die ihn noch in der Nacht vernommen haben. Steht in den Protokollen.«

Tauner stutzte. »Das habe ich nie gelesen! Wann hat dieses Gespräch stattgefunden, das zwischen Jansen und Ehlig?«

»Genau wollte Seiler sich nicht festlegen, aber es war vielleicht vor zwei Monaten.«

»Das ist der Zeitpunkt, an dem die Waffe beim Schießverein gestohlen wurde.«

Uhlmann meldete sich zu Wort. »Er hat auch gesagt, dass Jansen nicht sehr glücklich war über den kurzfristigen Entschluss, nach Dresden zu fahren!«

»Warum …?« Tauner schwieg. Konnte es sein, dass er diese Fakten alle übersehen hatte, und wenn ja, warum? War er vielleicht wirklich zu sehr auf Frau Jansen und die Jungs konzentriert gewesen? War er so eingeschüchtert von der Staatsanwältin und von Ehligs Prominenz, dass er gar nicht gewagt hatte, daran zu denken?

»Also gut«, sagte er. »Jansen ist zuckerkrank, muss

regelmäßig essen, seit Jahren. Könnte es sein, dass Ehlig damit spekuliert hat? Hatte er es deshalb so eilig, um bei Jansen einen Kollaps zu forcieren? Hat er Jansens Tabletten versteckt?«

»Das klingt ein bisschen an den Haaren herbeigezogen«, murrte Pia.

Tauner ignorierte sie. »Jansen fährt los und bald geht es ihm schlecht, er ist unterzuckert, stimmt's, Frau Rensing? Hat keine Tabletten mit. Kriegt so etwas wie einen Anfall?« Die Gerichtsmedizinerin nickte, Tauner fuhr fort. »Ehlig übernimmt das Steuer. Vielleicht klappt Jansen jetzt erst zusammen oder schläft ein.«

»Zuckerkranke haben immer etwas dabei. Schokolade, Traubenzucker, irgendwas«, sagte Bärlach.

Tauner hob den Finger. »Jansen aber nicht. Im Auto war nichts, hab ich recht, Martin? Kein Drops, kein Lutscher, kein Keks. Ehlig verspricht vielleicht an der Tankstelle etwas zu kaufen, doch er tut es nicht. Jansen kann sich nicht wehren, ist vielleicht sogar besinnungslos. Kann man das herausfinden?«

Frau Doktor Rensing schüttelte den Kopf. »Er war unterzuckert und vielleicht ohnmächtig, aber nachweisen kann man Letzteres nach dem Tod nicht mehr.«

»Gut, darum kümmern wir uns später. Er fährt nach Dresden, kennt sich ein bisschen aus, oder weiß vielleicht genauer Bescheid als wir glauben. Er hält auf der Stauffenbergallee, genau dort, wo die Wohnblocks noch nicht saniert sind, und noch ein gutes Stück vor der Polizeistation mit den Kameras. Es ist stockfinster da, links tote Häuser, rechts Wald, kein Mensch weit und breit. Vielleicht sagte er zu Jansen, dass er pinkeln muss, falls der doch bei Besinnung war. Er steigt aus, nimmt die Waffe, schießt vier Mal auf Jansen, bewegt sich dabei leicht nach links, schießt einmal in seinen Sitz, wo das Jackett hängt, deshalb dieser seltsame Durchschuss, der ihn hätte in die Nieren treffen müssen. Dann steigt er ein, hält sich die Knarre an den Arm und schießt sich selbst ins Fleisch. Deshalb der falsche Einschusswinkel der sechsten Kugel im Sitz.«

»Das ist ja vollkommen behämmert!«, beschwerte sich Pia.

»Es gab keine Schmauchspuren, weder an der Jacke noch am Hemd«, warf Martin ein.

»Sein Hemd war kurzärmelig, die Jacke hat er vielleicht so gelegt, dass der Schuss durch den Ärmel und den Aufschlag ging. Gib mir mal deine Jacke, Torsten!«

Bärlach gab seine Jacke her und Tauner faltete sie so wie Ehlig es hätte tun müssen, hängte sie dann über eine Stuhllehne. »So, gar nicht schwer. Niemand hat Ehligs Wunde so genau untersucht. Die Notärzte haben sie versorgt, im Krankenhaus wurde sie gewaschen, mittlerweile ist sie so gut wie verheilt. Niemand kann das noch nachweisen. Jetzt fährt Ehlig wieder los, gibt ordentlich Gas, überquert die Königsbrücker Straße, hält an der Brücke und wirft dort die Waffe hinab. In einer Plastiktüte, um Achtermanns Fingerabdrücke zu bewahren. Vielleicht war er über die Schmerzen überrascht, oder stand sogar ein wenig unter Schock, deshalb spuckt er den Kaugummi aus. Dann setzt er sich ins Auto, rollt noch ein paar hundert Meter, bis dahin, wo die Wohnhäuser wieder anfangen, damit gleich alle mitbekommen, was los ist, und ruft die Polizei.«

»Okay«, sagte Uhlmann gedehnt und sein Gesicht zeigte viel Missbehagen. »Warum der Umstand mit der Pistole, die hätte er besser entsorgen können. Da standen Mülltonnen, oder er hätte sie vergraben können. Oder ins Dickicht werfen, aber in den Fluss?«

»Eine Mülltonne wäre zu unsicher gewesen, vergraben zu auffällig, dauert zu lang. Es gab eine Abmachung zwischen Heiligmann und Achtermann, dass Heiligmann auf den Trainerposten nachrückt, sobald Ehlig aus irgendeinem Grund von dem Posten verschwindet. Diese seltsame kleine Kampagne gegen Ehlig, ein zwei Monate vor der EM, die wurde vielleicht von den beiden inszeniert. Könnt ihr euch erinnern? Ehlig, der Kokser? Wenn dem so wäre, müsste man Konsequenzen ziehen, hat Achtermann damals in einem Interview gesagt. Wäre Ehlig nicht so erfolgreich in der Qualifikation gewesen, hätten die ihn vielleicht noch abgesetzt. Er wollte sich an den beiden rächen, an Achtermann und Heiligmann.«

Pia schüttelte entrüstet den Kopf. »Die Kampagne war völlig haltlos, sie musste im Sande verlaufen. Dumm von Achtermann sich so zu äußern.«

Tauner widersprach. »Das glaube ich nicht. Dieses ganze Verhalten, dieses aufgeblasene Ego, der verrückte Plan. Der kokst, da bin ich sicher; hätte man den einen Test machen lassen, wäre er aufgeflogen.«

»Der kokst nicht! Sie haben eine Blutprobe genommen, weil er ohne Führerschein gefahren ist. Was du faselst, ist dummes Zeug«, zischte Pia und Tauner machte den Fehler, einen mitleidigen Blick in die Runde zu werfen, der Pia als dummes, unverbesserliches Kind dastehen ließ. Pia sprang entrüstet auf, stampfte in ihr Büro und krachte die Tür hinter sich zu.

»Ich gebe zu«, sagte Martin nach einiger Zeit der Stille. »Der Tathergang klingt zuerst ein wenig verworren, aber wenn man es genau betrachtet, steckt eine gewisse Logik dahinter. Wir haben nur das Problem, dass wir außer diesem Kaugummi keine Indizien vorweisen können. Und wir müssten herausfinden, inwieweit andere in diesen Plan eingeweiht waren und vor allem was Spechtlers Frau damit zu tun hat.«

»Vielleicht hat sie es gesehen?«, schlug Tauner vor.

Martin schüttelte den Kopf. »Das ergibt aber keinen Sinn, nicht nachdem, was die Zeugen ausgesagt haben. Sie ist nicht da gewesen.«

»Vielleicht sind sie Komplizen, vielleicht hat Spechtler den Dreck vom Tatort in Heiligmanns Hotelzimmer geschleppt?«, sagte Bärlach.

»Dann hätten wir Spechtlers Spuren finden müssen. Außerdem hatte er Bewacher dabei. Die haben ihn ja erst verloren, nachdem wir den Dreck in Heiligmanns Zimmer gefunden hatten.«

»Haben wir denn nach Frau Ehligs Spuren gesucht?«, fragte Bärlach und vermied es, Tauner anzusehen.

Martin kaute auf der Lippe, weil das eine Sache war, die er sich wohl zuzuschreiben hatte. Dann schüttelte er den Kopf. »Ich lasse alles noch einmal unter diesen Gesichtspunkten kontrollieren. Was der Ehlig die ganze Zeit über gemacht hat, haben wir gar nicht verfolgt, oder?«

Tauner konnte Martin nicht behilflich sein. »Der war in Polen beschäftigt. Hatte die ganze Zeit über Polizeischutz. Wir sind aber mit dem Spechtler noch nicht weiter! Wenn Ehlig Frau Spechtler sozusagen als Faustpfand eingesammelt hat, wofür? Was hat Spechtler getan?«

»Hat er die Waffe am Tatort deponiert?«, fragte Bärlach.

Martin setzte sich augenblicklich auf. »Wir haben im Auto keinerlei Spuren einer Waffe gefunden.«

»Die war vielleicht in Folie eingewickelt oder in einer Tüte.«

»Die Hunde hätten es gerochen«, sagte Martin und bei Pia begann das Telefon zu klingeln.

»Also was müssen wir tun?«, fragte Uhlmann.

»Erstens«, sagte Tauner den linken Daumen in die Luft gereckt, doch Pia unterbrach ihn, indem sie wütend die Tür aufriss.

»Die Hamburger Kripo hat angerufen. In Ehligs weißem Mercedes sind eindeutig Spuren von Frau Spechtler, Haare vor allem, Klebebandreste mit Hautschuppen dran. Zufrieden?« Pia krachte die Tür wieder hinter sich zu und Tauner, der sie genau kannte und die Geräusche, die sie verursachte, war sich sicher, dass sie weinte.

Tauners Daumen, der noch immer Höhenluft schnupperte, knickte ein wenig ein. Dann streckte er sich wieder. »Erstens, Alarmstufe rot! Frau Ehlig einsammeln, festnehmen und hierher bringen lassen. Zweitens Frau Spechtler suchen, alle Bekannten und Verwandten von Ehlig abfahren, alle Grundstücke, Mietwohnungen, Garagen, was weiß ich. Drittens den Tatort noch einmal abgrasen, ein Versteck suchen, wo die Waffe gewesen sein könnte, Zigarettenkippen, Kaugummis, vielleicht Spuren von Spechtler finden. Viertens dein Labor anrufen«, Tauner deutete mit den vier erhobenen Fingern auf

Martin, »sämtliches Material noch einmal unter neuen Gesichtspunkten absuchen. Ach, und fünftens Frau Jansen festsetzen.«

»Warum denn das?«, fragte Uhlmann, der mitgeschrieben hatte. »Warum sollten die Jansen und die Ehlig gemeinsame Sache machen?«

»Müssen die ja gar nicht, aber woher soll ich das wissen?«

Wieder öffnete Pia ihre Tür. »Falk, die Hamburger wollen noch mal mit dir reden.«

»Geht klar. Martin du klärst das mit deinen Leuten, fährst dann zum Tatort, Torsten du fährst sofort dahin, sicherst alles ab, soweit du kannst, ich komme nach, wenn ich der W… Staatsanwältin alles erklärt habe. Hans, du rufst in Hamburg an, aber rede deutlich, sonst verstehen die kein Wort.« Tauner überlegte noch eine Sekunde, ob alles gesagt war, dann eilte er in Pias Büro.

»Du hast das von Anfang an schon irgendwie geahnt, oder?«, fragte Pia leise, nachdem er aufgelegt hatte.

»Sag doch gleich, ich hätte mir das gewünscht.«

Pia senkte das Kinn bis fast auf die Brust. »Der kann doch aber nicht so irre sein!«

»Er ermordet einen Widersacher, der ihn um drei Millionen Euro gebracht hat und offenbar mit einer Frau zusammen ist, die er seit vierzig Jahren liebt, er schädigt seinen Erzrivalen, der hinter seinem Rücken mit dem DFB-Präsidenten verhandelt hat, und schädigt den DFB-Präsidenten selbst. Er selbst ist verletzt, steht als Held da und ist nun nicht mehr gezwungen, Europameister zu werden, und falls es doch klappt, ist er der Superheld. Mir schien absurd, dass jemand genau dort steht und auf das Auto wartet, kein Zeuge weit und breit, sechs präzise Schüsse, fast alle auf den Punkt bei einem bewegten Fahrzeug, dann diese abgelenkte Kugel … Spätestens nachdem Martin die Tatwaffe gefunden hatte, mit Achtermanns Fingerabdrücken drauf, war mir klar, dass hier etwas nicht stimmt.«

»Warum aber hat er dann den Heiligmann umfahren lassen und wer soll das gewesen sein?«

»Er wollte uns auf die falsche Spur bringen, vorher war Heiligmann nur ein Statist für uns. Dann bezahlt er die Nutte, damit die das Alibi platzen lässt, wenn wir der noch mal auf den Zahn fühlen und ein bisschen Druck machen, nimmt die ihre letzte Aussage bestimmt wieder zurück. Der Rechtsanwalt, mit dem sie kam, war aus derselben Kanzlei, in der Rüdinger früher angestellt war und die damals Ehlig vertreten haben. Bestimmt hatte der noch Kontakte.«

»Und glaubst du, die anderen Hamburger haben davon gewusst?«

»Da bin ich mir nicht ganz sicher.«

Pia holte tief Luft, dann sah sie Tauner noch mal fest in die Augen. »Der kokst nicht. Der ist cholerisch, der schreit und regt sich auf, das macht der schon immer, genauso wie er immer dummes Zeug geredet hat …«

»›Ich will Deutschland zum Sieg führen!‹«, zitierte Tauner Ehlig.

»Genau das, das war ein Versprecher, so ist der schon sein ganzes Leben lang. Der kokst nicht! Behaupte das niemals öffentlich. Du wirst dich nur blamieren!«

Tauner nickte brav, damit Pia ihre Ruhe fand. »Ich halte mich zurück.«

»Dass ich so was in meinem Alter noch erleben muss!« Martin nahm die Brille ab und putzte sie kopfschüttelnd. Seine hagere Gestalt wirkte noch ein bisschen hagerer als sonst.

Autos rasten an ihnen vorbei, obwohl hier nur dreißig gefahren werden durfte. Ihre Reifen knatterten laut über das alte Kopfsteinpflaster, Tauner musste laut reden. Er klopfte Martin auf die Schulter. »Mach dir nichts draus«, sagte er, und erst als er den Satz ausgesprochen hatte, hörte es sich an, als fehlte ein Teil: ›Fehler macht jeder mal.‹ Doch das hatte er gar nicht sagen wollen. Wie sollte man Martin und seinen Leuten einen Vorwurf machen, schließlich war der Tatort gerade mal auf mehrere Dutzend Meter begrenzt worden. Nirgendwo hatte es einen Anhaltspunkt gegeben, wo der Schütze wirklich gestanden haben soll. Das konnte vom toten Winkel der Kameras an der Polizeikaserne bis zur Kurve gewesen sein. Logisch, dass Ehlig keine genauen Angaben machen konnte oder wollte.

Das Waffenversteck hatte Martin selbst gefunden, nachdem er mit Bärlach fast bis dahin gelaufen war, wo die Stauffenbergallee eine S-Kurve beschrieb. Dort hatten sie hinter einem Bretterhaufen einen Blechkasten gefunden. Die auf das Auffinden von Waffen trainierten Hunde hatten angeschlagen und bald hatte man keine zwei Meter weiter im Gebüsch zwischen Unmengen anderem Unrat, Papiertaschentüchern und Plastiktüten einen ähnlichen hellblauen Kaugummi im Gras gefunden wie den, den sie schon einmal gefunden hatten und wie Ehlig sie pausenlos verbrauchte. Nun mussten sie nur noch auf die Bestätigung aus dem Labor warten.

»Die Sache mit dem Spechtler wird mir dadurch aber nicht klarer«, murmelte Martin und setzte sich die Brille wieder auf. »Wenn er so eine Angst um seine Frau hat, warum sucht er sie drei Wochen lang auf eigene Faust, anstatt zu uns zu kommen?«

Für Tauner schien das logisch und während er zu Martin sprach, beobachtete er Bärlach, der still danebenstand, in der Hoffnung, dessen eigentliche Meinung zu erfahren. »Weil er eben Angst hat um sie, weil er Ehlig alles zutraut. Er will die Polizei draußen lassen, deshalb rief er mich in Hamburg im Hotel an und drohte, es ginge um Leben und Tod, und aus dem gleichen Grund hat er auch versucht, mich zu überfahren.«

»Aber was soll Ehlig mit Frau Spechtler anfangen? Er kann doch nicht riskieren, sie freizulassen. Spechtler könnte alles erzählen.«

»Darum ist es wichtig, sie zu finden. Keine Ahnung, wie weit Ehlig gedacht hat. Vielleicht war das unplanmäßig gewesen. Spechtler hat vielleicht kurz vor Schluss gesagt, dass er nicht mitmacht. Da mussten sie ihn unter Druck setzen.«

»Und warum sollte Spechtler die Waffe deponieren? Warum nicht irgendjemand aus Ehligs Bekanntenkreis? Ausgerechnet der Torwart, den Ehlig aus der Mannschaft geworfen hat?«

Tauner schüttelte scheinbar traurig den Kopf, lächelte dann und klopfte Martin noch einmal auf die Schulter. »Du wirst es bestimmt erfahren, wenn wir die allesamt einkassiert haben. Weißt du schon etwas von deinen Leuten aus dem Labor?«

Martin sah Tauner über seine Brille an. »Hätte ich es dir gesagt, wenn ich etwas Neues wüsste?«

Tauner lachte und nickte. »Ich fahr rein und lasse Pia einen Kaffee kochen. Ihr räumt hier noch schön auf und ich warte auf deinen Anruf, damit Frau Diekmann-Wachte den Haftbefehl schreiben kann. Wir müssen uns mit den ukrainischen Behörden in Verbindung setzen, die werden nicht dulden, wenn wir uns auf deren Staatsgebiet zu Amtshandlungen hinreißen lassen.«

»Die werden es kaum erwarten können, ihn zu verhaften«, sagte Bärlach leise. »Wir müssen also sicher sein und uns dann auf die Bahamas verziehen, um hier nicht gelyncht zu werden.«

Tauner klopfte auch ihm auf die Schulter. »Ich werde mich der Öffentlichkeit stellen, mach dir nur deshalb keine Sorgen.« Tauner ließ die beiden stehen.

»Scheint ihm ein großes Vergnügen zu sein«, sagte Bärlach leise, doch Tauner konnte es noch hören.

»Konnte den Ehlig noch nie leiden«, bestätigte Martin noch leiser, doch Tauner hörte auch das. Er dachte sich nur seinen Teil.

Pia war geknickt, da brauchte Tauner gar nicht erst zu fragen. Das große Finale stand bevor und sie wusste nicht einmal, ob es mit Trainer stattfinden würde und schlimmer, sie konnte mit niemandem darüber sprechen, denn bislang war alles geheim. So saß sie an ihrem Schreibtisch, sortierte Akten, heftete ab und ging ans Telefon, wenn es klingelte, nur um sagen, dass es noch nichts Neues gebe. Tauner setzte sich zu ihr an den Schreibtisch, sah ihr zu und verschwendete keinen Gedanken daran, sie nach Kaffee zu fragen.

»Wenn sie gewinnen, kann es dir doch egal sein, oder?«, sagte er schließlich.

Pia verzog den Mund wie ein eingeschnapptes Mädchen und mit einem Mal tat sie Tauner unendlich leid. Er sah das kleine Mädchen, das sie einmal gewesen war, das sich durchsetzen musste gegen vier große Brüder. Ein Mädchen, das keine Mutter hatte, an die es sich anlehnen konnte, weil ihre Mutter so sehr mit sich selbst zu tun gehabt hatte. Ein Wunder eigentlich, wie diese nebenbei noch fünf Kinder zur Welt bringen konnte. Dieses kleine Mädchen hatte nicht allzu viele Träume, war scheinbar zufrieden mit ihrer Arbeit; dass sie keinen Mann fand, störte sie nicht, oder sie wollte vielleicht gar keinen. Ihr Traum war es, die Deutschen beim Fußball gewinnen zu sehen, sie wollte feiern und mitfiebern. Sie wollte nicht nachdenken, ob und wie sinnlos alles war, so wie er es tat, der ungehobelte Klotz Tauner, der eigentlich schon einmal ganz glatt geschliffen war, poliert und geölt. Dann war ihm dieser Tumor dazwischengekommen, nicht nur körperlich, sondern auch seelisch, und die Ärzte hatten ihn mit ihren chemischen und psychischen Therapien aufgespleißt, mürbe gemacht, hatten hier geraspelt und da gebohrt und dann hatten sie ihn gesund entlassen. Körperlich gesund mit einer interessanten Narbe am Kopf, aber all der Lack war ab, all das, was die Leute früher lächeln machte, wenn er etwas zu sagen hatte. Nun rissen sie sich an seinen scharfen Kanten, zogen sich Splitter ein und er wehrte sich erfolgreich gegen jeden Versuch, ihn erneut glatt zu schleifen, damit er weiter der unverstandene Held sein konnte, der immer recht hatte. Und ausgerechnet den wenigen Leuten, die er noch hatte, denen tat er am meisten weh, ob es nun seine Frau war oder Uhlmann, selbst Martin und erst recht Pia. Es stimmte, was die Ehlig gesagt hatte, er konnte sich eine solche Freundschaft nicht vorstellen, er konnte nicht glauben, wie man anderen blind vertraute, weil er selbst niemandem blind vertraute. Er hatte so etwas nie erlebt. Weil unter dem glatt polierten Falk Tauner, den es einmal gegeben hatte, schon immer ein störrischer Esel steckte, der verhinderte, dass er sich selbst vollkommen vertraute. Und wie konnte man anderen vertrauen, wenn man nicht einmal sich selbst trauen konnte.

»Du unterschätzt ihn als Trainer, ohne Trainer ist die Mannschaft, als hätte sie kein Gehirn. Er kann beobachten von außen, er kann einschätzen, wann einer nicht mehr kann, oder seinem Gegner nicht gewachsen ist. Er hat eine Aura, sein selbstbewusstes Auftreten färbt auf die Mannschaft ab. Sie vertraut ihm und sie ist von ihm abhängig.« Pia schniefte, heftete weiter, sah Tauner nicht an.

»Ich wollte dir nicht wehtun vorhin, du weißt, dass ich in letzter Zeit wirklich ein alter Esel bin.«

Pia hob die Schultern und ließ sie kraftlos fallen. »Du hattest ja recht. Es fehlt nur noch der letzte Beweis, aber alles stimmt. Sogar die Ballistiker bestätigen deine Variante.«

»Zumindest haben sie gesagt, dass er sich selbst in den Arm geschossen haben könnte.«

»Erzähle nur niemandem, dass er kokst.« Pia sah auf und lächelte Tauner traurig an.

Tauner wusste das zu schätzen, es zeigte, wie sehr sie ihn mochte, obwohl er ein dummer Holzklotz war. Er rollte mit seinem Stuhl zu ihr herüber und legte seinen Arm um ihre Schulter. »Vielleicht wird ja alles noch gut.«

»Wie denn?«, fragte Pia und Tauner wollten keine vernünftigen Worte einfallen.

»Wer weiß, vielleicht …« Das Telefon unterbrach ihn und zum ersten Mal, seit er Pia kannte, scherte sie sich nicht darum. Deshalb ging er selber ran.

»Tauner hier. Was schon? Spuck es schon aus!« Tauner sah zu Pia. Die sah ihn an, und was sie sah, machte ihr das Leben nicht leichter.

»Danke«, sagte Falk und legte auf. »Tut mir echt leid.« Er wollte sich erheben, musste die Staatsanwältin anrufen, doch Pia hielt ihn fest.

»Kannst du warten? Bis nach dem Spiel? Er ist doch unter Beobachtung, er läuft nicht weg, er ist sich so sicher, Falk, tu es für dich selbst. Warte bis nach dem Finale.«

Nein, wollte Tauner, der störrische Esel sagen, er ist ein Mörder, er soll keine Gelegenheit finden, sich jetzt noch zum Märtyrer zu machen, zum Helden. Er soll die Genugtuung nicht bekommen von den Mithäftlingen vergöttert zu werden und von den JVA-Beamten bevorzugt, er soll leiden, soll sich verteidigen müssen und sehen, wohin es führt, wenn man sich mit Falk Tauner anlegt. Aber Tauner sah Pia an und er konnte ihr diesen Wunsch nicht abschlagen.

»Ist gut, ich kläre das mit der Diekmann-Wachte.«

Pia sprang auf und umarmte ihn. »Danke«, sagte sie und tat etwas, dass sie noch nie gemacht hatte: Sie drückte ihm einen Kuss auf die Wange.

»Aber …«, sagte Tauner laut und schob sie sanft von sich. »Bis zum Spiel musst du mir noch einen Gefallen tun.«

21

»Haben wir uns das auch gut überlegt?«, fragte Tauner und sah seine beiden Kollegen an. Bis zum Spiel waren es noch zwei Stunden und er hatte Uhlmann und Bärlach in eine Kneipe eingeladen, in der er früher öfters ein paar Stunden mit einem Kollegen gesessen hatte, der offenbar an dem Beruf kaputt gegangen war. Was bleibt einem eigentlich anderes übrig, wenn man fast täglich mit dem Abschaum der Menschheit zu tun hatte?

Hans nippte an seinem Bier, sah zum Bildschirm über der Theke, wo seit Stunden nichts anderes gezeigt wurde als die deutsche Nationalmannschaft bei vergangenen Spielen, beim Training, beim Arzt, beim Interview, wo der Trainer zu sehen war, Kaugummi kauend, als gäbe es dafür einen Preis zu gewinnen, der sogar dafür Werbung machte und sie deshalb kostenlos bekam. Wie er redete, sich versprach, manchmal haarscharf an reichsdeutschem Vokabular vorbeischrammte, sich entschuldigte dafür und dem verziehen wurde. Der Verlauf des Turniers wurde gezeigt, alle fünf Siege, knapp, deutlich, berauschend oder ernüchternd, je nachdem. Immer dasselbe, wie seit fast drei Wochen, und Uhlmann konnte einfach nicht anders, als immer und immer wieder hinzusehen. »Es gibt ein paar Sachen, die mir nicht gefallen. Spechtlers Rolle zum Beispiel und die seiner Frau. Und warum Ehlig mit der Jansen anbändelt, obwohl seine Frau viel jünger und hübscher ist!«

»Würdest du deine Frau weggeben, wenn du eine zwanzig Jahre jüngere dafür bekämest?«, fragte Bärlach, dessen Glas sich wohl nur durch natürliche Verdunstung leeren würde.

»Klar!«, sagte Uhlmann, weil alle Männer erst einmal so etwas sagen mussten. »Nein, natürlich nicht«, sagte er anschließend, wie es auch die meisten Männer tun würden. »Im Großen und Ganzen scheint mir alles bis auf eine Sache ganz schlüssig. Zumindest der eigentliche Tathergang. Ehlig drängt loszufahren, vielleicht versteckt er Jansens Tabletten, oder wirft sie aus dem Auto. Jansen fährt los, hat ein Bier getrunken, noch nichts Richtiges gegessen. Jedenfalls geht es ihm schlecht. Ehlig übernimmt das Steuer. Jansen kollabiert, anstatt ihm Zucker an der nächsten Tankstelle zu geben, fährt Ehlig weiter, behauptet nachher, er dachte, Jansen wäre nur müde gewesen und dass er von Jansens Zuckerkrankheit nichts gewusst habe. Was ich ihm überhaupt nicht abnehme, so lange wie die beiden sich schon kennen. Jedenfalls hält er an der dunklen Kurve, noch im toten Winkel der Polizeikameras, holt die Pistole aus dem Versteck. Er wartet, dass kein Auto kommt, ballert fünf Mal ins Auto, setzt sich rein, schießt sich in den Arm, fährt unter Schmerzen los, hält auf der Brücke, wirft die Knarre runter, fährt ein Stück und ruft die Polizei. Das erklärt die hohe Treffsicherheit und möglicherweise auch den falschen Einschlagwinkel der sechsten von fünf Kugeln im Polster. Das Motiv könnte vielfältig sein, von Eifersucht mal abgesehen, könnte er nach wie vor wütend gewesen sein, weil er wegen Jansen mehrere Millionen verloren hatte. Vielleicht war Jansen ihm einfach lästig geworden oder hatte etwas in der Hand, um Ehlig zu erpressen. Aber: Warum macht der sich die Finger schmutzig? Warum lässt er ihn nicht ins Koma fallen und sterben, wäre doch eine prima Sache gewesen für ihn! Er hätte sagen können: Ich dachte, er schläft und plötzlich war er tot, oder so?«

Schweigen breitete sich aus. Bärlach unterbrach es als Erster. »Er wusste nicht, wie lange das dauert. Möglicherweise stundenlang. Das hätte er erklären müssen, denn die Fahrt von Berlin nach Dresden dauerte höchstens zwei Stunden. Genauso gut könnte es sein, dass Jansen gar nicht gestorben wäre. Außerdem wollte er Achtermann noch eins auswischen.«

Uhlmann grunzte bestätigend. »Wenn es stimmt, was du sagst, Falk, und der Ehlig kokst sogar, dann wird dir jeder vom Drogendezernat bestätigen, dass ihm der Plan wahrscheinlich gar nicht so irre vorkam, wie es sich anhört.« Jetzt hatte Uhlmann genug gesagt und nahm einen tiefen Zug.

Tauner winkte ab. »Der kokst nicht!«

Bärlach stimmte ihm zu. »Das wäre zu dumm von ihm, das kann er sich nicht leisten, bei so etwas erwischt zu werden. Aber sein Ego ist einfach so aufgeblasen, dass ich ihm locker eine solche Tat zutraue.«

Tauner sah skeptisch zur Seite. »Ich glaube nicht, dass du das vor ein paar Tagen schon so gesehen hast.«

Bärlach grinste schief und nahm nun doch einen Schluck Bier, der so zaghaft war, dass nicht einmal eine Maus davon besoffen geworden wäre. »Man kann ja seine Meinung ändern. Den scheint wirklich kaum etwas anderes zu interessieren als Fußball, nicht einmal seine Frau. Ich meine, du warst zwei Mal in der Zeitung mit ihr und einmal war sie nackt, und er muss es gesehen haben, aber wie ich ihn kenne, denkt der nur ans Turnier. Ehlig lässt Rüdinger seine Finanzen regeln und hat beziehungsweise hatte einen Dauerassistenten, der wie ein Diener war und ihm alles abnahm, damit er sich um Fußball kümmern konnte. Und dabei fühlt der sich wie ein König, allein wenn man die Pressekonferenzen sieht oder die Interviews, der stößt pausenlos Leuten vor den Kopf, Politikern, Schauspielern, sogar den FIFA-Präsidenten hat er beleidigt. Eigentlich müsste er dir gefallen, Falk.« Bärlach grinste schief.

Tauner nickte und Uhlmann konnte seinen Blick vom Bildschirm nicht lösen. »Meine Damen und Herren«, sagte die Sprecherin im Fernsehen, denn irgendjemand hatte den Ton laut gestellt. »In weniger als zwei Stunden wird die deutsche Mannschaft …« Der Ton wurde wieder abgedreht.

Tauner wollte die Zeit nutzen, ehe der Ton vielleicht

wieder anging. »Die ukrainische Polizei ist instruiert, man hat der Wachtel zugesichert, dass die Verhaftung so unspektakulär wie möglich vonstatten gehen soll. Also ich hoffe, die zerren ihn nicht mit dem Pokal in den Händen aus dem Stadion, falls Deutschland gewinnt. Er wird zuerst in ein ukrainisches Untersuchungsgefängnis kommen und dort sofort den deutschen Behörden übergeben. Ein paar Stunden später werden wir ihn hier haben. Dann kann der Tanz beginnen. Ich werde schlafen gehen, damit ich fit bin und ihn auseinandernehmen kann. Bis dahin hoffe ich, haben die auch Frau Spechtler gefunden.« Tauner griff sich an den Kopf. »Die Nutte! Die will ich auch da haben, damit die noch mal über Heiligmanns Alibi nachdenken kann und ob sie vielleicht von Ehlig bezahlt wurde.«

Bärlach meldete sich sogleich freiwillig. »Ich kümmere mich darum.«

»Alles klar!« Tauner erhob sich und diesmal war es Uhlmann, der ihn festhielt.

»Wenn die heute gewinnen«, sagte der große dicke Mann, »dann werden wir einen Helden verhaften!«

»Ich weiß«, sagte Tauner und klopfte Hans auf die Schulter.

Aufregung lag in der Luft, man konnte es regelrecht schmecken. Überall waren Menschen mit Fahnen unterwegs, lautes Tröten und Hupen ertönte allerorten, es roch nach Bratwürsten und verschüttetem Bier. Tauner hatte seine Armschlinge abgelegt, hatte sich die Jacke über die Schulter geworfen, sodass man den Pistolenhalfter nicht sah und ging gemächlichen Schrittes durch die Straßen.

Hitze stand zwischen den Häusern, obwohl sie lange Schatten warfen, und ließ Tauner den Schweiß von der Stirn laufen und von der Nase tropfen.

Er wusste, dass er nicht würde schlafen können, weder jetzt noch tief in der Nacht. Er fühlte sich aufgeweicht und schwach und war froh, allein damit zu sein. Er wusste, dass er selbst nicht gegen die Aufregung gefeit war, denn er wünschte sich wahrscheinlich tief in seinem Herzen, dass Deutschland gewinnen würde, auch wenn er das nie und nimmer zugeben würde, gerade weil ein geschlagener Ehlig ihm eine leichtere Arbeit versprach. Und er würde es irgendwann nicht mehr aushalten und den Fernseher einschalten, weil er ja doch nicht umhinkam, die Geräusche der Nachbarn und auf der Straße zu ertragen, die jubelten oder stöhnten oder einfach still waren, wenn es schlecht lief. Und wenn das Spiel zu Ende war, würde er miterleben müssen, wie die ukrainische Polizei agierte und er hoffte, niemand verstünde es falsch oder versuchte sogar sich einzumischen, nicht, dass noch jemand zu Schaden kommen würde. Hätte er nicht warten können, bis Ehlig nach Deutschland kam? Ehlig hätte nicht entfliehen können, nach diesem Spiel wusste jeder Mensch auf der ganzen Welt, wie er aussah, und außerdem hatte Ehlig keine Ahnung, wie dicht sie ihm auf den Fersen waren.

Aber er wollte Stärke zeigen, wollte zeigen, dass er zur obersten Instanz gehörte, dass man der deutschen Polizei nicht auf der Nase herumtanzen konnte, nicht in diesem Stadium. Was auch immer nachher geschehen würde, ein Gerichtsprozess, der sich über Jahre in die Länge zog, Winkeladvokaten, die nur nach Formfehlern bei der Ermittlung suchten, die einen Befangenheitsantrag nach dem nächsten stellten, Rüdinger vielleicht, der jeden seiner Schritte anzweifelte, jedes Indiz anfocht, jeden Zeitungsartikel, der jemals über Hauptkommissar Tauner geschrieben wurde, wieder hervorzerrte, und vielleicht sogar ein Freispruch aus Mangel an Beweisen – er, der leitende Beamte bei den Ermittlungen, würde sich nicht auf der Nase herumtanzen lassen.

Plötzlich bremste ein Auto hinter ihm scharf ab, Tauner wirbelte herum, wich vorsorglich aus, doch es war kein Anschlag, auch wenn das Auto dicht neben ihm zu stehen kam. Es war ein dunkler Audi, ein Mietwagen. Frau Ehlig saß drinnen. »Steigen Sie ein!«, sagte sie und eine Pistole, die sie dabei durch das offene Beifahrerfenster auf Tauner richtete, half ihm bei seinem Entschluss. Er öffnete die Tür, setzte sich auf den Beifahrersitz, hoffte, dass niemand der Passanten die Waffe bemerkt hatte.

»Stecken Sie die Waffe weg, ich wäre auch so bei Ihnen eingestiegen«, sagte er, während Frau Ehlig mit der Waffe in der Hand versuchte, sich wieder in den Verkehr einzuordnen.

»Ich habe auch eine Waffe und kann gut damit umgehen. Sie müssen fahren und können mich nicht die ganze Zeit bedrohen!«

Frau Ehlig schien nicht überzeugt und schließlich packte Tauner blitzschnell zu, fasste sie am Handgelenk, wodurch sie ihre Hand öffnete und sich die Waffe abnehmen ließ. Doch sie gab Gas, fuhr auf die zweite Spur und überholte riskant.

»Sie können normal fahren, wo immer Sie mit mir hinwollen«, mahnte Tauner. »Oder wollen Sie vielleicht ein Bett neben Heiligmann?«

Frau Ehlig atmete tief durch, dann bog sie links in eine Nebenstraße, bremste scharf. »Fahren Sie!«, befahl sie und schnallte sich ab.

Tauner stieg aus, öffnete der Ehlig die Fahrertür, begleitete sie zur Beifahrertür und schloss diese, als sie Platz genommen hatte. Dann umrundete er das Auto und stieg erst ein, als er sicher war, dass sie nicht flüchten würde.

»Ich nehme an, Sie haben einen Waffenschein?«, fragte er leise.

Frau Ehlig schwieg und begann, in ihrer Handtasche zu kramen. Tauner beherrschte sich und seinen Drang zur Waffe zu greifen, sie würde nicht noch eine bei sich haben, vermutete er. Schließlich hatte die Ehlig, was sie wollte, ihre große Sonnenbrille, und setzte sie auf. Es wäre nicht nötig gewesen, die Sonne stand so tief zwischen den Häuserzeilen, dass sie nicht mehr blenden konnte. Frau Ehlig weinte. Aber sie weinte, wie eine Grand Dame weinte, als ob sie wütend wäre, als versuchte sie, Contenance zu bewahren, während sie die Herrschaft über ihre Gefühle verlor. Woher wusste sie schon wieder Bescheid, fragte Tauner sich. Um der Ehlig noch ein bisschen mehr Zeit zu geben, sah er in ihrem Navigationsgerät nach, wo sie eigentlich hinwollte. Erstaunt stellte er fest, dass es ein Hotel in der Sächsischen Schweiz sein musste. Wollte sie von dort aus nach Tschechien ausweichen, aber warum sammelte sie ihn dafür ein? Und glaubte sie, man würde sie dort nicht erkennen? Tauner beschloss, vorerst nicht weiterzuspekulieren. Sie hatten ein ganzes Stück Fahrt vor sich, fast eine Stunde.

»Wir tragen uns schon lange mit dem Gedanken der Trennung«, sagte Frau Ehlig plötzlich.

Tauner wartete einen Moment, doch vorerst kam nicht mehr. »Meine Frau will sich auch scheiden lassen«, sagte er schließlich.

Frau Ehlig drehte sich ein wenig in ihrem Sitz. »Will sie, oder wollen Sie und sagen es nur nicht?«

Tauner warf ihr einen kurzen Blick zu. Warum war das so wichtig für alle?, dachte er sich. »Es ist mir egal!«, gab er schließlich zu. Frau Ehlig schnaubte leicht abfällig.

»Wissen Sie, warum ich Klaus geheiratet habe?«, fragte sie dann.

»Nicht wegen des Geldes«, sagte Tauner schnell.

Wieder schnaubte die Ehlig. »Hat das Ihr feiner Herr Bärlach herausgefunden? Vielleicht war ich einfach nur verliebt in den Mann! Könnten Sie das akzeptieren?«

»Mögen Sie ihn nicht, den Bärlach?«

»Meine Erziehung verbietet es mir, darüber auch nur ein Wort zu verlieren.«

Also nein, dachte Tauner, warum so viele Worte. »Was haben Sie vor?«, fragte er.

»Ich will herausfinden, warum Sie solch ein Ekel sind, obwohl Sie mich offenbar sehr mögen!«, erwiderte die Ehlig und das gab Tauner genügend Stoff zum Grübeln.

»Was halten Sie von den Jungs, wie Frau Jansen sie nennt?«, fragte Tauner, nachdem sie die Stadtgrenze von Dresden passiert hatten.

»Sie kommen nicht dahinter, was?« Offenbar war Frau Ehlig froh, dass er wieder sprach, doch trotzdem spöttelte sie.

»Es geht mir nicht in den Kopf. Nicht weil ich geizig bin, oder gierig, ich teile auch gern, doch das geht mir zu weit!«

»Sie vermuten Misstrauen in der ganzen Welt«, stellte Frau Ehlig fest.

Tauner verzog den Mund, wollte sich rechtfertigen und entschuldigen zugleich, doch dann sah er sie an. »Und liege ich denn falsch damit? Diese Welt hat mir Misstrauen gelehrt!«

Nun tat die Ehlig etwas Erstaunliches. Sie legte ihren Arm auf seine Sitzlehne und fasste ihm zärtlich ins Genick. »Sie trauen sich nicht einmal selbst!«, sagte sie leise in diesem so vertraulichen Augenblick. »Sie wissen nicht einmal, was Sie im nächsten Moment tun werden!«

Zuerst wollte Tauner ihre Hand abstreifen, weil es sich nicht gehörte, weil das eine Geste war, die mehr bedeutete als nur ein wenig Gelegenheitssex, doch dann fragte er sich, wann ihn das letzte Mal eine Frau so angefasst hatte und stellte fest, dass er sich kaum erinnern konnte.

»Die Jungs sind furchtbar. Sie sind penetrant, keine Minute ist man sicher vor ihnen, nicht im Urlaub, nicht im Flugzeug, nicht in der Nacht. Sie rufen einander an, sobald einer eine Idee hat. Wenn einem langweilig wird, lassen die anderen alles stehen und liegen und eilen zu ihm. Keiner von denen würde auch nur einen Cent auf seine Frau geben, wenn die anderen ihn brauchen. Das klingt nach den Musketieren, nach einer verschworenen Gemeinschaft, und das ist es auch, doch dabei bleiben alle anderen auf der Strecke. Und so sind sie allesamt sechzig geworden und benehmen sich noch wie Zwanzigjährige. Alberne Jungs!«

»Mächtige Jungs, reiche Jungs!«

»Mächtig und reich, da haben Sie recht. In Hamburg kommt niemand an ihnen vorbei. Kein Bauprojekt, keine Geldanlage, in dem nicht Geld von ihnen steckt. Rüdinger kontrolliert alles, er hat alles in der Hand. Glauben Sie, die verlorenen sechs Millionen D-Mark wären viel Geld gewesen? Dann haben Sie noch nicht gesehen, wie reich die Jungs wirklich sind.«

»Und Ihr Mann?«

Die Ehlig lachte traurig. »Der hat damit nichts zu tun. Sie arbeiten zwar mit seinem Geld, aber es ist ihm egal. Er vertraut ihnen, er will keine Arbeit, er will nur seinen Fußball und seinen Spaß. Er sieht nicht nach, wie viele Millionen auf seinen Konten sind. Als wir in Portugal lebten, ist er fast jede Woche einmal nach Hamburg geflogen, manchmal nur, um mit den Jungs Bier zu trinken. Nicht einmal hat er das für mich gemacht.«

»Wissen Sie, dass sein Geld sogar in Bordellen steckt und Strip-Clubs?«

»Es steckt es in Immobilienfonds, die von anderen Leuten verwaltet werden, was die damit anstellen, ist ihm egal. Alles ist legal, sein Name kann und konnte nie mit etwas Illegalem in Verbindung gebracht werden. Dieser ekelhafte Staatsanwalt Jürgens beißt sich seit acht Jahren die Zähne daran aus und versteht einfach nicht, dass es nichts zu holen gibt. Er ist ein bisschen wie Sie, wissen Sie, er kann meinen Mann nicht leiden und weiß wahrscheinlich nicht einmal warum!«

»Er ist rechthaberisch, aufgeblasen und arrogant!«

»Und was sind Sie, Herr Tauner?«

Tauner blickte Frau Ehlig an, sah sie weiter traurig

lächeln und schluckte jegliche Erwiderung herunter wie ein zähes Stück Fleisch in einem feinen Restaurant.

»Haben Sie den Fall gelöst?«, fragte Frau Ehlig, als sie fast bei dem Hotel in Bad Schandau angelangt waren.

Tauner nickte knapp.

Die Ehlig schwieg einen Moment. »Werde ich meinen Mann noch einmal sehen dürfen?«, fragte sie, doch es klang ein bisschen, als hätte sie noch etwas anderes sagen wollen.

»Wie meinen Sie das denn? Sie können ihn jederzeit sehen, es wird nur immer jemand dabei sein.« Tauner erkannte das Hotel, fuhr auf den Hotelparkplatz und schaltete den Motor ab.

Frau Ehlig nahm ihre Brille endlich ab und Tauner sah etwas, dass er heute schon einmal gesehen hatte. Er sah das kleine Mädchen, das sie einmal gewesen war, das kleine, süße Mädchen, leicht eingebildet, gut erzogen und doch ängstlich tief in ihrem Innern. Es wollte wissen, wie die Welt funktionierte und ob immer jemand da war, der auf sie aufpasste. Ein wenig verlegen war er deshalb, und ein wenig ängstlich auch, denn er wusste nicht, was Frau Ehlig wirklich wollte, ob sie Trost suchte, ob sie ihren Mann schützen wollte, oder ob sie ihn wirklich mochte. Und wie, spann Tauner den letzten Gedanken weiter, sollte das funktionieren? Sie in Hamburg, von den Medien belagert, er in Dresden, gegen den Ex-Mann seiner Geliebten aussagend? Komplizierter konnte es kaum sein.

Frau Ehlig bemerkte sein Zögern, stieg aus dem Wagen, setzte ihre Brille wieder auf, ging ins Hotel. Tauner folgte ihr mit ein paar Metern Abstand und wünschte sich, irgendetwas würde passieren, damit er gehen konnte und die Sache nicht unnötig kompliziert wurde, denn Befangenheit war etwas, das schon einige Prozesse hatte platzen lassen. War das der Grund, warum er hier war?

»Haben Sie Hunger?«, fragte Frau Ehlig, ehe sie an die Rezeption trat. Tauner schüttelte den Kopf. »Werden Sie sich das Spiel ansehen?« Wieder schüttelte Tauner den Kopf. Frau Ehlig nickte und ließ sich ihren Zimmerschlüssel geben. Dann ging sie zum Aufzug, drückte den Rufknopf und wartete. Tauner stand nach wie vor drei, vier Meter entfernt, wusste, dass es einzig an ihm lag, er konnte gehen oder ihr folgen. Ersteres war vernünftig, würde viel Ärger ersparen, würde ihn aber lange Zeit verfolgen, so wie ihn all die Gelegenheiten verfolgten, die er in seinem Leben nicht wahrgenommen hatte, all die Zeitströme, die sich teilten und tausende Universen hatten entstehen lassen, in dem jeweils ein Falk Tauner etwas ganz anderes tat als hier auf dieser Welt. Schließlich kam der Aufzug und Frau Ehlig trat ein, sagte keinen Ton und sah ihn nicht an. Tauner stand und wartete auf irgendwas, und endlich, als die Türen des Aufzuges sich begannen zu schließen, eilte er los und zwängte sich in den Aufzug.

Frau Ehlig ließ sich keinerlei Gefühl anmerken, war wieder die Herrin über Geist und Seele. Und Tauner, der sich keineswegs sicher war, die richtige Entscheidung getroffen zu haben, starrte zu Boden, betrachtete das Muster der Marmorplatten und hörte wie die Tür des Aufzuges sich wieder schloss. Niemand regte sich, doch als der Aufzug anfuhr, stießen sie sich von den Wänden ab, an denen sie gelehnt hatten, und prallten aufeinander wie die kalte Luft eines Tiefdruckgebietes auf den kochenden Smog einer Großstadt.

Auf ihrer Etage angekommen beherrschten sie sich, schafften es bis zum Zimmer, welches Frau Ehlig zuerst betrat.

»Ich …«, sagte Tauner, als er die Tür hinter sich schloss, doch die Ehlig fiel ihm mit ihrem ganzen Körper ins Wort.

»Kein Wort mehr!«, zischte sie.

22

»Er war seltsam in den letzten Wochen«, sagte schließlich Frau Ehlig, nachdem ihr Schweiß abgekühlt war und sie frösteln ließ. Sie langte zur Seite und zog die Bettdecke über sich. Dann tauchte sie ihr Gesicht in Tauners Halsbeuge, schmiegte sich an ihn. Es war dunkel geworden, das Hotel war ruhig, doch in der Ferne tönte Geschrei. »Er war so reserviert.«

»Sagtest du nicht, er sei immer so, kümmert sich nur um Fußball?« Tauner wusste nicht einmal, ob er Du sagen sollte.

»Ja, das stimmt, aber es war, als hätte er sich vollkommen von mir abgewendet. Er hatte schon immer viel zu tun, war oft weg.« Frau Ehlig drängte sich noch dichter an ihn, so als wollte sie sich in ihm verkriechen, als suchte sie nach einem so festen Halt, der sie selbst vor dem schlimmsten Sturm beschützen konnte.

»Als er Nationaltrainer wurde, da spürte ich so eine Freude bei ihm. Er war so gelöst, war aufgedreht wie ein kleiner Junge, natürlich nur in meiner Gegenwart. Und dann verschloss er sich plötzlich. Zwar hatte er noch mehr zu tun, musste Spiele beobachten, Werbefilme drehen, Interviews geben und natürlich die Mannschaft trainieren. Aber anstatt sich mir anzuvertrauen, wie er es manchmal tat, wenn er Stress hatte, war es, als wäre ich für ihn ein Fremdkörper geworden. Als könnte er mich nicht mehr ertragen.«

»Glaubst du …«

»Er hat keine andere Frau … keine, mit der er jetzt schläft.« Frau Ehlig zögerte. Dann wälzte sie sich zur Seite, begann in ihrer Handtasche zu wühlen und kehrte mit einem Blatt Papier in der Hand zu Tauner zurück. »Das hier habe ich gefunden. Ich habe danach gesucht, gebe ich zu. Ich habe die Villa auf den Kopf gestellt, um irgendetwas zu finden, das mir erklären konnte, woran es lag, dass er mich nicht mehr liebte.«

Tauner schaltete die Bettlampe ein, nahm das Blatt, las es und verstand nicht recht. »Er ist Vater?«, fragte er deshalb.

»Er ist der Vater von Jansens zweitem Sohn!«, erklärte die Ehlig.

Tauner ließ das Blatt sinken und Unwohlsein stieg

in ihm auf. Daher war ihm der Mann auf dem Foto so bekannt vorgekommen, nicht weil er in der Wirtschaft tätig war, sondern weil er Züge seines echten Vaters trug. »Hat er den Test angefordert?«

»Er hat ihn offenbar heimlich machen lassen. Er hat auch keine Klage angestrengt oder die Vaterschaft beantragt, er wollte offenbar nur Gewissheit.«

»Aber wenn er Vater des zweiten Kindes der Jansen ist, bedeutet das, sie hatten noch etwas miteinander, als sie schon mit Jansen verheiratet war.«

»So muss es sein.«

»Und hat er sich mit der Jansen deshalb öfters getroffen in den letzten Wochen?«

Frau Ehlig zögerte. »Davon weiß ich nichts«, sagte sie leise.

Tauner stemmte sich hoch. »Es fühlt sich schlecht an. Nichts stimmt mehr. Wie spät ist es?«

»Du willst wissen, wie lange das Spiel noch läuft«, sagte Frau Ehlig, langte nach der Fernbedienung und schaltete den Fernseher an. »Eins zu null für Deutschland, noch zehn Minuten.«

Tauner legte sich zurück und hielt sich die Stirn. Welchen Grund hätte Ehlig, Jansen umzubringen, wenn es nicht ums Geld ging? Was hätte er davon, Jansen jetzt umzubringen, nachdem er weiß, dass er der Vater eines von Jansens Kindern war und dass Jansen im Prinzip seinen Sohn aufgezogen hatte? Hätte nicht eher Jansen wütend sein müssen, wenn er es erfuhr?

»Da ist dieser Widerling!«, flüsterte die Ehlig und Tauner dachte zuerst, sie meinte ihren Mann. Der war aber gar nicht im Bild.

»Wer denn?«

»Jetzt ist der weg, wenn sie die Trainerbank wieder einblenden, links davon, zehn Meter weiter hinten steht Seiler, er hat einen schwarzen Anzug an und eine DFB-Krawatte. Da!«

»Der Großcousin von dem Seiler aus Hamburg? Was ist mit dem?«

»Er ist so … wie der Großwesir in einem Märchenfilm, verstehst du? So ein ekelhafter … wie eine Schlange!« Tauner nickte. »Der war bei uns zu Besuch, schon ein paar Mal. Er ist so penibel, kommt mit Schlips zum grillen, beschwert sich, dass der Wein zu kalt ist, seine Frau darf keinen Ton sagen, die nickt nur und lächelt. Sein Auto ist immer geputzt, der bügelt jeden Abend seine Hosen im Hotelzimmer, hat Klaus mir mal erzählt.«

»So sind manche eben.«

»Einmal, als Klaus am Tag vor der EM noch einmal kurz zu Hause war, war er mit dabei, da hat er gewartet, bis er glaubte, dass niemand hinsieht, und hat einen Kaugummi aufgehoben, den Klaus ausgespuckt hat! Wenn es sein Haus gewesen wäre, aber von unserer eigenen Terrasse!« Die Ehlig kicherte leicht pikiert und Tauner fuhr hoch wie von der Tarantel gestochen.

»Verdammt! Verdammt, verdammt!«, entfuhr es ihm und er sprang aus dem Bett, um sein Handy zu suchen. Es half ihm dabei, dass es zu klingeln begann. Er hob es auf, sah erstaunt die Nummer.

»Pia!«, ging er ran. »Ruf die Diekmann-Wachte an, Ehlig darf nicht verhaftet werden. Nein, nicht verhaften, schnell! Was?« Tauner lauschte, kaute dabei auf der Unterlippe. »Oh, ich dummer Idiot!«, stöhnte er dann und wollte auflegen. Dann fiel ihm noch etwas ein. »Pia? Hast du deshalb auf das Finale verzichtet? … Ich werde es ihm sagen, wenn ich Gelegenheit dazu bekomme! Schnell jetzt, um Gottes Willen!« Tauner legte auf.

»Wo ist Frau Spechtler?«, fragte er Frau Ehlig.

»Ich habe es dir schon gesagt!«

»Du hast gesagt, du weißt es nicht!«

»Nein, ich habe es dir gesagt!«

Tauner schlug sich an den Kopf. »In St. Pauli!« Hastig begann er, nach seiner Kleidung zu suchen, hüpfte einbeinig beim Versuch herum, Hose und Hemd gleichzeitig anzuziehen. Frau Ehlig schälte sich aus ihrer Decke, half ihm dabei, das Hemd zuzuknöpfen.

»Ich hatte Angst.«, sagte sie leise. »Ich war doch ganz allein! Und ich konnte dir doch nicht trauen, ich wusste doch nicht … und ich hatte Angst um dich!«

Tauner nahm sie in den Arm, obwohl ihm die Zeit unter den Nägeln brannte. »Hast du mich deshalb vorhin mit der Pistole bedroht?«

»Ich konnte dir nicht trauen!«, wiederholte Frau Ehlig.

»Aber jetzt kannst du es?«

»Du kommst doch wieder, oder?«

Tauner nickte. »Vielleicht nicht heute, aber ich komme wieder!« Dann wollte er los, doch die Ehlig hielt ihn fest.

»Vergiss die nicht!«, sagte sie und gab ihm seine Pistole, die sie unter ihrem Kissen hervorgeholt hatte. »Ich hatte sie vorsichtshalber an mich genommen.«

Tauner nahm sie mit spitzen Fingern entgegen. »Ich

brauche dein Auto«, sagte er und es hörte sich fast wie eine Entschuldigung an.

Frau Ehlig gab ihm auch die Schlüssel. »Ich warte hier.«

Der Weg war unendlich lang. Der Weg war so lang, dass Tauner vor Ungeduld zu platzen drohte. In drei Ortschaften raste er mit fast doppelter Geschwindigkeit durch Blitzer und machte sich doppelt strafbar, indem er pausenlos versuchte zu telefonieren. Uhlmann ging nicht an sein Telefon und war scheinbar nicht zu Hause. Bärlach ebenfalls nicht und nicht die Staatsanwältin. Hin und her gerissen, ob er hören wollte, wie Ehlig verhaftet wurde oder nicht, schaltete er das Radio ein, hörte vom Ausgleich in letzter Minute.

»Gott sei Dank«, stöhnte er, aber was waren schon dreißig Minuten Verlängerung.

Endlich klingelte sein Handy, es war die Staatsanwältin. »Tauner! Ja, haben Sie es weitergegeben? Die ukrainische Einsatzleitung noch nicht erreicht? Frau Diekmann-Wachte, es geht um unsere Karrieren! Bärlach kümmert sich darum? Wissen Sie, wo er ist? Hat der die Schober noch mal verhört? Die Zeugin!«

Tauner bremste scharf, geriet fast ins Schleudern, weil er eine Kurve erst zu spät gesehen hatte, gab dann wieder Gas.

»Nicht da? Wo ist er jetzt? Ich war in Bad Schandau. Ja, was denn schon, Urlaub machen! Hören Sie, dafür haben wir jetzt keine Zeit. Setzen Sie sich dringend mit Staatsanwalt Jürgens in Hamburg in Verbindung. Spechtlers Frau ist in St. Pauli versteckt. Der soll die Etablissements von

Kopte und Alvers durchsuchen lassen. Keine Ahnung, alle, unverzüglich! Können Sie nicht verantworten? Dann verantworten Sie aber, wenn Frau Spechtler etwas passiert. Rufen Sie Jürgens an, soll der doch Verantwortung übernehmen, ich mache Schluss jetzt, jemand klopft an.« Tauner drückte den Anruf weg, nahm den nächsten entgegen, die Lichter Dresdens tauchten vor seinen Augen auf.

»Pia? Gibt's was Neues aus Polen? Jemand hat angerufen, aus Bad Schandau? Da war ich doch gerade. Jemand hat sich nach Frau Ehlig erkundigt?« Tauner hämmerte auf die Bremse und riss den Wagen herum, ein imposantes Kraftwort verließ seinen Mund. Die Reifen quietschten laut und eine Wolke verbrannten Gummis trieb die Straße hinab. Tauner warf das Telefon auf den Beifahrersitz und gab wieder Vollgas.

Zwanzig Minuten später knirschten die Reifen des Audi auf dem Kiesbett des Hotelparkplatzes. Tauner stieg aus, warf sein Jackett auf den Fahrersitz und ging ins Hotel. Die Rezeption war nicht besetzt, Tauner klopfte leise auf die Theke. Ein junger Mann kam aus dem Büro hinter der Zwischenwand, erkannte Tauner.

»Ich habe Sie vorhin erkannt, ich habe Sie in der Zeitung gesehen. Als Sie weg waren, rief jemand an und fragte, ob Frau Ehlig hier wohnen würde. Ich habe Nein gesagt. Und dann dachte ich, es wäre besser bei der Polizei anzurufen und die haben mich mit Ihrer Sekretärin verbunden.«

Tauner nickte freundlich, obwohl er in Flammen stand. »Haben Sie wirklich gesagt, dass Frau Ehlig nicht hier wohnt?«

Der Angestellte wurde unsicher. »Wir sollen sagen, dass wir darüber keine Auskunft geben dürfen.«

Tauner nickte. »Und war danach jemand hier?«

»Nein, niemand!«

»Waren Sie die ganze Zeit hier, oder in Ihrem Büro?«

»Ich war im Büro, aber ich höre, wenn jemand das Hotel betritt.«

Mich hat er auch nicht gehört, dachte Tauner. »Gut, ich geh mal nachsehen. Danke für Ihre Aufmerksamkeit.« Tauner ließ den Mann stehen und betrat das Treppenhaus und hastete so schnell er konnte die Treppe hoch. Im dritten Stock angekommen, verschnaufte er ein paar Sekunden lang, öffnete dann leise die Tür. Der Flur war völlig finster, sogar die Notbeleuchtung war aus. Tauner betrat den Gang, hielt sich dicht an der Wand, die Waffe vor sich. Langsam tastete er sich vorwärts, zählte die Türen, bis er glaubte, vor dem Zimmer der Ehlig zu stehen. Noch einmal holte er tief Luft, drückte gegen die Tür. Sie ließ sich öffnen, schwang leise nach innen auf. Das Licht war aus, nur der Fernseher lief, beleuchtete die Szene. Das Zimmer war leer, genauso das Bad. Die Handtasche der Ehlig war weg, auch die Kleidung, nur ihre Sonnenbrille lag auf dem Bett. Außerdem sah er einen kleinen, dunklen Fleck auf dem Laken, der vermutlich Blut war.

»Verdammt!«, murmelte Tauner, setzte sich aufs Bett, die Pistole baumelte lustlos in seiner Hand. Im Fernsehen sah es aus, als bereitete man sich auf ein Elfmeterschießen vor. Eine weitere Gnadenfrist, aber sammelte sich im Spielertunnel nicht bereits eine Vielzahl ukrainischer Polizisten? Tauner schüttelte sein schweres Haupt und sein Blick fiel auf seine Pistole. Er hob sie ein wenig, damit sie mehr Licht abbekam, dann hielt er sie etwas näher vor sein Gesicht. Die Nummer stimmte nicht, das war nicht seine Waffe. Jemand hatte sie ausgetauscht. »Du verdammter Idiot!«, fluchte Tauner, und es war nicht klar, wem der Fluch galt.

Wahrscheinlich würde er seinen Führerschein verlieren, auch wenn er Polizist im Einsatz war. Sogar für ihn galten Regeln, und er hatte nicht einmal ein Blaulicht. Er raste durch dieselben drei Blitzer in den selben Ortschaften und diesmal war er nicht nur doppelt so schnell als erlaubt. Er fuhr so schnell, dass er es nicht einmal wagte zu telefonieren. Aber wahrscheinlich sollte er das sowieso nicht tun, denn das hier war eine Sache, die er selber ausfechten musste, ohne die anderen mit hineinzuziehen. Nach einer knappen viertel Stunde hatte er Pirna erreicht, fetzte mit hundertfünfzig durch die stille Hauptstraße in Richtung Dresden und es war ihm noch immer zu langsam. Er versuchte, sich nicht die schlimmsten Dinge auszumalen, doch sein Geist nahm sich jegliche Freiheit. Am Stadtrand von Dresden schließlich hängte sich plötzlich ein Streifenwagen mit Blaulicht an sein Heck, schaltete Sekunden später die Sirene ein. Tauner fluchte und fischte sein Telefon vom Beifahrersitz. Er wählte den Notruf.

»Hauptkommissar Tauner hier, Mordkommission Dresden. Ich bin gerade mit einem schwarzen Audi, ein Mietwagen mit Münchener Kennzeichen, auf der B 172 in Richtung Stadtzentrum unterwegs. Ich bin im Einsatz und es ist dringend notwendig, dass der Streifenwagen hinter mir sofort die Verfolgung beendet. Sofort! Ist mir scheißegal, klären Sie das mit der Dienstleitung, überprüfen Sie meine Telefonnummer, das ist mein Diensttelefon. Falk Tauner, Kripo Dresden. T-A-U-N-E-R! Lesen Sie denn keine Zeitung?« Tauner warf das Handy wieder weg. Sekunden später wurde er wieder geblitzt. Hinter ihm noch immer der Streifenwagen. sEr war nun fast am Ziel in der Nähe des Hauptbahnhofs und konnte nicht in diesem Tempo weiterfahren, solange der Streifenwagen an ihm hing. Dann endlich fiel der Wagen zurück, schaltete Sirene und Blaulicht ab. Tauner beschleunigte, bog noch einmal ab, rumpelte den Bordstein hoch und parkte auf einem Stück Wiese. Er nahm sich kurz Zeit, bevor er ausstieg, die ihm fremde Waffe zu überprüfen, konnte keine Auffälligkeit erkennen, welche die Funktionstüchtigkeit einschränkte, sogar Munition war im Magazin. Tauner schnaubte wütend über so viel Arroganz. Dann lief er los.

Sein eigener Dienstwagen parkte auf dem Gehweg vor seiner Haustür, das Auto war leer. Tauner sah nach oben, suchte die Fenster seiner kleinen Behelfswohnung, sah blaues Flackern, der Fernseher war an. Plötzlich lautes Tröten und Geschrei rings um ihn. Raketen stiegen in die Luft, Böller wurden gezündet. Tauner schüttelte den Kopf, hastete die Treppe hoch. Im Treppenhaus kamen ihm Leute entgegen, sie schrien und lachten, wollten ihn umarmen, bemerkten nicht einmal die Pistole in der Hand. Tauner vergaß jede Vorsicht, stürzte zu seiner Wohnungstür, rammte den Schlüssel ins Schloss, drückte sie auf und stürmte hinein.

»Nicht Falk!«, schrie Frau Ehlig, dann krachte ein Schuss.

Tauner war, als hätte ein Vorschlaghammer seinen rechten Arm zerschmettert. Er kippte nach rechts, konnte die Waffe nicht mehr halten.

»So kommt doch eins zum anderen!«, sagte Bärlach laut, um den Fernseher zu übertönen. In beiden Händen hielt er jeweils eine Pistole. Die Ehlig hockte zusammengekauert in Tauners altem Sessel. »Frau Ehlig war so nett, mir ihre Waffe zu borgen. Nun kann ich sie mit deiner Waffe erschießen und dich mit ihrer und deine Kollegen werden sich einen Reim darauf machen müssen! Wer möchte der Erste sein?«

Tauner sackte zu Boden, versuchte, an die Pistole zu kommen, doch Bärlach sah es, eilte leichtfüßig herbei, nahm ihm die Waffe weg und steckte sie in seinen Pistolenhalfter. Er trug Gummihandschuhe, Schuhüberzieher und ein Haarnetz. Nun schloss er die Wohnungstür.

»Du zorniger kleiner Mann mit deinem traurigen, kleinen Leben!«, sagte er dann zu Tauner. »Manchmal war es richtig amüsant, dich reden zu hören. Und ob du es glaubst oder nicht, du bist so leicht zu manipulieren, leichter als jeder andere. Ich glaube, ich leg erst die kleine Frau um, das wird dich wohl noch zorniger machen, was?« Bärlach wandte sich um und richtete die Waffe auf Frau Ehlig.

Im nächsten Moment wurde Bärlachs Arm zur Seite geschleudert und die Waffe flog davon. Den Knall realisierte Tauner kaum. Bärlach schrie vor Schmerzen, starrte seine verletzte Hand an, wusste im Schock nicht gleich zu reagieren, dachte nicht mehr an die Waffe in seiner Linken.

»Lass die Waffe sofort fallen, sonst schieße ich dir auch noch die andere Hand weg!«, drohte Uhlmann, der mit vorgehaltener Waffe aus Tauners Küche kam. »Ich bin stinksauer. Wegen dir habe ich das ganze Spiel verpasst!«

Bärlach ließ die Waffe fallen und Uhlmann stürzte sich auf ihn. Frau Ehlig huschte zu Tauner, tat ihm in ihrer Panik mehr weh, als dass sie ihm half oder ihn trösten konnte. Tauner versuchte sich hochzurappeln, um wenigstens anzudeuten, dass er Herr der Lage wäre.

»Ich habe die ganze Zeit über einen coolen Spruch nachgedacht«, sagte Uhlmann und presste Bärlach mit seinem Knie auf dessen Rücken auf das Bett. »Aber mir ist keiner eingefallen.«

»Du hättest sagen können, dass er sich ohne Hände vor dem Spiegel keinen mehr runterholen kann«, stöhnte Tauner und wünschte, er wäre liegen geblieben.

»Das wäre wirklich ein guter Spruch gewesen«, murmelte Uhlmann. Notdürftig verband er Bärlachs Hand mit dem Kopfkissenbezug.

»Ihr redet nur dummes Zeug, damit ihr nicht heulen müsst, hab ich recht?« Frau Ehligs Blick haftete streng an Tauners Augen, sie selbst schien nicht recht zu wissen, ob sie lachen oder weinen sollte.

»Mir geht's echt beschissen!«, murmelte Tauner und presste seine linke Hand auf die Wunde. Blut quoll zwischen seinen Fingern hervor. Frau Ehlig opferte ihr Halstuch, um die Blutung zu stillen. Tauner schloss die Augen vor Schmerzen. »Wenn er wenigstens so schlau gewesen wäre, mich gleich zu erschießen«, stöhnte er, »aber solche Idioten wie der müssen immer erst noch quatschen, um zu zeigen, wie toll sie sind. Was führt dich hierher, Hans?«

»Ich habe mir erst gedacht, warum der Ehlig am Tatort einen Kaugummi ausspuckt, und eine Minute später an der Brücke noch einen. Hat er zwischendurch einen Neuen ausgepackt, bevor er seinen Freund erschießt? Das konnte ich nicht glauben. Und als du sagtest, jemand müsste sich um die Schober kümmern, hat Bärlach sich gleich freiwillig gemeldet, das war mir suspekt, hab so ein schlechtes Gefühl bekommen. Da hab ich lieber gleich jemanden runtergeschickt, um die aus ihrer Zelle zu holen, die sitzt jetzt unter Bewachung in unserem Büro und wie ich vermutet habe, hat sie ihre letzte Aussage widerrufen und das Alibi von Heiligmann wieder bestätigt, und sie hat ausgesagt, dass sie in Hamburg den Auftrag bekommen hat, sich hier in Dresden an Heiligmann ranzumachen, um dann das Alibi platzen zu lassen, insgesamt hat sie also fünfzehntausend Euro bekommen, fünf in bar und zehntausend auf das Konto ihrer Mutter. Als Bärlach sich gleich einen Reim auf meine Frage machte, warum Klaus Ehlig den Jansen nicht an seiner Unterzuckerung verrecken lässt, fand ich mich mit meinem schlechten Gefühl bestätigt. Daraufhin bin ich unserem feinen Kollegen hier ein wenig gefolgt, als er kurz nach dir die Kneipe verließ, weil ich mal sehen wollte, was der so tut hier in Dresden, wenn er allein ist. Erst bis nach Bad Schandau und dann wieder nach Dresden. Als ich ahnte, wo er mit Frau Ehlig hinwollte, bin ich vorausgefahren und hab mich hier versteckt. So schlau ist unser Bubi also auch wieder nicht.«

»Und warum hast du Frau Ehlig nicht gleich befreit?«

Bärlach regte sich und tat, als sei Falk Tauner ein besonders begriffstutziges Kind. »Ist doch logisch. Weil er bis dahin noch keine Beweise für irgendetwas gegen mich hatte. Er wäre in Erklärungsnot geraten!«

Uhlmann tat nicht wirklich etwas, wahrscheinlich verlagerte er nur sein Gewicht ein wenig, doch Bärlach verstummte und hatte wieder mit sich selbst zu tun.

»Im Prinzip hat er recht! Immerhin konnte er so tun, als ob er sie nur verhaftet hat«, gab Uhlmann freiwillig zu.

»Da war noch was!«, keuchte Tauner, er spürte, dass er trotz des teuren Halstuchs auf seiner Wunde viel Blut verlor. »Frau Ehlig, würden Sie bitte den Raum verlassen, das müssen Sie jetzt nicht sehen.« Er schaffte es, mit dem rechten Auge zu zwinkern und hoffte, dass die Ehlig verstand. Sie rührte sich aber nicht vom Fleck.

»Sollten wir nicht erst deinen Arm richtig verbinden?«, fragte sie heiser.

»Nein, wir müssen wissen, wo Frau Spechtler ist.«

»Ich weiß nichts!«, stöhnte Bärlach in einem letzten sinnlosen Anflug von Stolz und Überheblichkeit.

Tauner schüttelte missmutig den Kopf. »Ich wette doch.«

Bärlachs Augen drehten sich beinah aus den Höhlen beim Versuch, Tauner ins Gesicht zu sehen. »Ihr dürft mich nicht foltern!«

»Da hast du recht. Aber hier ist niemand, der dagegen einschreiten wird.«

»Ich kann euch dafür verklagen.«

»Ich sagte dir doch schon mal, Falk passt seinen Arbeitsstil manchmal den Gegenbenheiten an! Falk, ich schieß ihm die Eier weg, wir lassen es wie einen Kampf aussehen, wir sind drei Zeugen gegen einen Mörder«, flüsterte Uhlmann.

»Sie ist im ›Roten Drachen‹ in St. Pauli, die Kneipe kennt dort jeder, das Dachgeschoss ist ausgebaut, da oben ist sie«, entfleuchte es Bärlach.

Tauner beugte sich zu Bärlach hinab, während Uhlmann sein Telefon zur Hand nahm. »Wir hätten dich nicht gefoltert. Aber du hättest es getan, stimmt's?«

»Pia, Hans hier. Sag den Hamburgern Bescheid. Frau Spechtler ist im ›Roten Drachen‹ im Dachgeschoss und schicke zwei Rettungswagen zu Falks Wohnung, zwei Schusswunden. Ach warte, was ist mit Ehlig? Nicht verhaftet? Nicht verhaftet!« Uhlmann sah Tauner an und reckte den Daumen in die Luft.

»Du hast wirklich geglaubt, mein Mann hätte Holger erschossen?«, fragte Frau Ehlig und schien es nicht glauben zu können.

Tauner kniff die Augen zusammen. »Reden wir nicht drüber!«

23

»So wie es aussieht, habe ich dir schon wieder das Leben gerettet.« Uhlmann grinste zufrieden und schaufelte Frühstück, obwohl es fast Mittag war. Dass er wie alle anderen auch in den letzten zwei Nächten kaum Schlaf gefunden hatte, sah man ihm nicht an. Er hatte gerade Oberwasser. »Für jemanden, den du nicht besonders leiden kannst, ist das doch nicht schlecht, oder?«

»Vielleicht kann ich dich deshalb nicht leiden!«, murmelte Tauner. Er hatte darauf bestanden, nicht im Krankenhaus bleiben zu müssen, und bereute es bitter. Vor Schmerzen hatte er fast die ganze letzte Nacht nicht schlafen können, den Tag davor hatte er sich mehr schlecht als recht mit Schmerztabletten und Kaffee durchgeschlagen. Nun saßen sie in seinem Büro, um die Fakten zu sortieren, die sie in den letzten dreißig Stunden gesammelt hatten. Mit der Linken versuchte er seinen Kaffee zu trinken, zitterte aber zu sehr. Er war schwach und ihm war elend, eigentlich wollte er keinen Kaffee. Nach nur vier Stunden im Krankenhaus hatte er sich nachts um drei in sein Büro zurückgezogen, weil er sich nichts entgehen lassen wollte. Er hatte Fehler gemacht und konnte es sich jetzt nicht leisten, im Krankenhaus zu liegen, während alle anderen arbeiteten. Und jetzt hatte er zwar endlich einen groben Überblick über den Mord und die Zusammenhänge, fühlte sich aber halb tot, wollte eigentlich nur noch schlafen.

Pia musste das schon vorher erkannt haben, sie kam mit einer kleinen Colaflasche ins Büro. »Hier, der Zucker wird dir ein bisschen helfen«, sagte sie und schwebte auf Wolke sieben.

Tauner nahm die Flasche dankbar entgegen. »Wann kommt die Diekmann-Wachte?«, fragte er müde und konnte sich kaum noch gerade halten.

Pia sah auf die Uhr. »Müsste gleich da sein. Was macht Frau Ehlig?«

»Wohnt im Steigenberger. Hat fast zwanzig Stunden geschlafen gestern, sie hat Schlaftabletten genommen.« Tauner wollte nicht mehr sagen. Sie hatten telefoniert, aber er war kaum in der Lage gewesen, etwas Vernünftiges zu sagen. Er hätte sie gern getröstet, er ahnte, wie verschreckt sie war. Vielleicht stand sie sogar unter Schock. Doch noch immer war sie eine Grande Dame durch und durch, ließ sich nichts anmerken, bat ihn nur sich auszuruhen. Nichts täte er jetzt lieber.

»Wie seid ihr verblieben?«, fragte Pia leise.

»Sie will sich von ihrem Mann trennen.« Er hatte keine Kraft, darüber zu reden.

»Ja, aber wie seid ihr verblieben?«

Tauner hob kraftlos die Schultern. »Genau genommen kenne ich sie gar nicht.«

»Und sie kennt dich nicht!«

»Aber alle anderen kennen euch, weil ihr schon zweimal zusammen in der Zeitung wart!«, dröhnte Uhlmann. Dann klopfte es und die Staatsanwältin platzte ins Büro.

»Mahlzeit!«, sagte sie, warf zwei dicke Ordner auf den Tisch, setzte sich und sah erwartungsvoll in die Runde.

»Vorgestern …«, begann sie, »habe ich die schlimmsten Stunden meines bisherigen Lebens durchgemacht. So etwas möchte ich nicht noch einmal erleben! Wenn die den Ehlig verhaftet hätten …« Die Staatsanwältin wollte es gar nicht aussprechen, winkte nur ab und schüttelte den Kopf. Trotzdem schien sie gelöst, erleichtert wie jemand, der festgestellt hat, dass nach einem verheerenden Sturm nur ein paar Ziegel von seinem Hausdach geflogen waren. »Was ist denn nun mit dem Bärlach, was haben Sie über den herausgefunden?«

Pia ließ von Tauner ab und setzte sich. »Als ich das erste Mal nach ihm recherchierte, da habe ich mich zu sehr auf seinen Vater konzentriert, der früher beim BND war, weil mir der Name gleich ins Gesicht sprang. Doch leider habe ich übersehen, dass es gar nicht sein Vater, sondern sein Onkel mütterlicherseits war. Das ist leider nicht so leicht nachzuvollziehen. Dazu hätte ich offiziell das Meldeamt abfragen müssen. Seine Mutter nämlich heißt auch nicht Bärlach, sondern hat in diese Familie eingeheiratet und sich wieder scheiden lassen, wobei sie ihren Mädchennamen wieder angenommen hat, ihr Junge aber hat den Namen Bärlach behalten. Die Mutter von Torsten Bärlach heißt Sundermann.«

»Wer ist denn nun der Vater?«

»Warten Sie, ich komme gleich darauf! Der Grund für die Scheidung war eine Affäre, die sie zwischendurch hatte und aus welcher Torsten entsprungen ist, sie ist erst drei Jahre später aufgeflogen, als der angebliche Vater misstrauisch wurde. Der richtige Vater ist Seiler, der aus Hamburg, nicht der vom DFB, der ist sein Großonkel, oder Großgroßonkel.«

»Seiler«, wiederholte die Staatsanwältin. »Hätten wir das gewusst, wäre uns eine Menge Ärger erspart geblieben.«

Pia hob die Schultern. Ihr war gar kein Vorwurf zu machen. Doch sogleich nahm sie die Kriminalisten in Schutz. »Das konnte aber niemand wissen. Offenbar war der Anschlag auf Ehlig seit Längerem geplant.«

»Aber Bärlach ist doch richtiger Polizeibeamter?«, fragte Tauner, die Fakten verschwammen für ihn langsam zu einem zähen Brei. Nur mit Mühe konnte er sich konzentrieren.

Pia nickte. »Ja, er hat eine ganz offizielle Laufbahn eingeschlagen. Sein richtiger Vater hat ihn wohl finanziell unterstützt. Die Jungs waren offenbar damals der Meinung, dass es nicht schaden könnte, jemanden im LKA oder beim BND zu haben. Der BND wollte Bärlach aber offenbar nicht, ein psychologisches Gutachten hat ergeben, dass er zwar hochintelligent, aber nicht teamfähig ist, zu egozentrisch, unberechenbar und zu hochnäsig. Beim LKA kam er auf diesen Abstellposten, weil ihn einige Leute angeblich beim Koksen beobachtet hatten, es aber niemand nachweisen konnte, weshalb er nicht gefeuert werden durfte. Offenbar hat Seiler, der aus Hamburg, über einige Kontakte dafür gesorgt, dass Bärlach zum rechten Zeitpunkt nach Dresden versetzt wurde.«

»Der selbst ist ein Kokser?« Tauner konnte es nicht glauben, hatte er erst großmäulig behauptet, er würde jeden Kokser sofort erkennen. Den spöttischen Blick der Diekmann-Wachte ignorierte er.

Pia hatte so viel Mitleid, wie man es nur haben konnte,

wenn es einem gerade richtig gut ging. »Du darfst nicht vergessen, dass er wirklich hochintelligent ist. Er hat eine Schulklasse übersprungen, hat Abitur und sämtliche Ausbildungen mit Eins abgeschlossen, war fast immer Lehrgangsbester, er ist sportlich, kann ausgezeichnet schießen …«

Die Staatsanwältin unterbrach. »Da kommen wir gleich zum wichtigsten Punkt. Hat er Jansen erschossen?«

Tauner regte sich, hier konnte er ansetzen und das wollte er sich trotz der Müdigkeit, die nun wie Beton auf ihm lastete, nicht nehmen lassen. »Das müssen wir noch herausfinden, aber es ist sehr wahrscheinlich. Seiler in Berlin hat an dem Abend telefoniert, wurde dabei von jemandem gesehen, streitet das Telefonat aber ab. Wir versuchen noch herauszufinden, wohin genau und mit wem er telefoniert hat. Ich denke aber, es war eine Telefonkarte, die Bärlach nur für diesen Tag gekauft hatte, um über Ehligs Ankunft informiert zu werden. Er hat wirklich versucht, an alles zu denken. Außerdem kannte er immer den neuesten Stand der Ermittlungen und konnte uns lenken, oder schnell reagieren, wenn etwas Unvorhergesehenes geschah.« Tauner ärgerte sich, so etwas sagen zu müssen. Es unterstrich nur, wie sehr er Bärlach falsch eingeschätzt hatte, außerdem klang es wie eine Ausrede. »So hat er erst die Waffe auftauchen lassen, dann den Dreck in Heiligmanns Zimmer und schließlich die Kaugummis. Martin konnte die am Tag der Tat gar nicht finden, weil die erst später an den Tatort gebracht wurden. Es ist sogar sehr wahrscheinlich, dass er es war, der Heiligmann umgefahren hat, niemand weiß, ob er sich wirklich an diesem Tag in Hamburg befand. Wir müssen das ausgebrannte Wrack noch einmal untersuchen. Aber wie gesagt, er hat auf alles geachtet, wird dort keine Spuren hinterlassen haben, er weiß ja, wie die Kripo arbeitet. Wahrscheinlich hatte Bärlach ein wenig die Geduld verloren, weil wir Heiligmann als Täter nicht in Betracht gezogen haben.«

Frau Diekmann-Wachte machte sich eine Notiz. »Diese Jungs, wie Sie die nennen, wollten also nicht nur Ehlig loswerden, sondern auch gleich noch Heiligmann?«

»So sieht es aus. Aber das Ganze hat einen doppelten Sinn, denn wenn Heiligmann von uns als Täter angenommen worden wäre, hätte sich eine Suche nach dem wahren Täter erübrigt.«

Jetzt runzelte die Staatsanwältin ihre Stirn. »Und warum so kompliziert? Warum Achtermanns Fingerabdrücke? Warum nicht gleich Heiligmann? Und was hat nun der Spechtler damit zu tun? Wäre es nicht besser gewesen, sie hätten dem Heiligmann die Tatwaffe untergeschoben?«

Tauner hob die Schultern und bereute es sofort. Er musste erst ein paar Sekunden warten, bis der Schmerz verflog. »Es war ihm zu einfach. Wenn wir die Pistole gleich bei Heiligmann gefunden hätten, wäre uns das suspekt vorgekommen, weil das Motiv zu schwach schien. Außerdem hatten sie vielleicht einfach keine Gelegenheit, seine Fingerabdrücke auf die Waffe zu bekommen. So aber konnten sie es aussehen lassen, als ob jemand versuchte, sich an Achtermann zu rächen, was Heiligmanns

Motiv wieder stärken würde. Außerdem ließen sie ihm eine Frau zukommen, die danach das Alibi widerrief. Heiligmann wusste gar nicht, dass es eine Prostituierte war, er glaubte, sie hätte ihn auf der Straße angesprochen, weil sie ihn bewunderte. Und offenbar hat diese Masche auch gezogen und er hat sie mit ins Hotelzimmer genommen.«

»Tja, er ist auch nur ein Mann«, sagte Uhlmann.

»Furchtbar!«, meinte Pia. Dann klingelte ihr Telefon und sie rannte in ihr Büro. »Na, das wurde Zeit!«, sagte sie nach einigen Sekunden. »Danke. Verhaftet? Alles klar!« Pia legte auf. »Man hat Frau Spechtler gefunden, sie war nicht mehr im ›Roten Drachen‹, sondern in einem Keller eines Bürokomplexes. Sie wirkte ein wenig desorientiert, womöglich hat man sie mit Beruhigungstabletten lahmgelegt. Ansonsten geht es ihr ganz gut. Herr Spechtler ist noch nicht aufgetaucht. Alvers und Kopte wurden verhaftet, sie sitzen im Untersuchungsgefängnis in Hamburg. Der ›Rote Drache‹ gehört den beiden und dieses Bürohaus auch. Seiler ist vorerst abgetaucht, Rüdinger zeigte sich überrascht, aber kooperativ. Frau Jansen hatte einen Zusammenbruch, ist im Krankenhaus und wird dort rund um die Uhr bewacht.«

Tauner schnaubte. »Natürlich ist Rüdinger kooperativ, der ist Anwalt, der wird zusehen, dass er die Schuld auf den anderen ablädt.«

Die Diekmann-Wachte wedelte mit der Hand, weil sie nahe dran war, den Faden zu verlieren. »Wartet mal, ich kriege es immer noch nicht richtig zusammen. Bärlach hat doch vermutlich Jansen erschossen! Und jetzt hat er versucht, es Ehlig unterzuschieben. Warum sollen jetzt alle verhaftet werden? Und warum wird die Jansen bewacht? Hab ich was verpasst?«

Tauner versuchte sich aufzusetzen, ohne seinen verletzten Arm zu Hilfe zu nehmen, und musste schnell feststellen, wie hilflos er war. »Einige Dinge können Sie noch nicht wissen«, sagte er und hatte selber Mühe, den Faden nicht zu verlieren. »Nachdem Klaus Ehlig Nationaltrainer geworden war, hat er einige sehr lukrative Werbeverträge bekommen, hat mir Frau Ehlig in der Nacht noch erzählt. Wir reden hier von ein paar Millionen Euro. Eine Reisegesellschaft, eine große Baumarktkette, ein amerikanischer Sportbekleidungskonzern und ein Kaugummihersteller. Und offenbar haben die anderen ihre Anteile eingefordert. Und offenbar laufen deren Geschäfte nicht ganz so gut zurzeit, wie sie es dargestellt haben.«

»Anteile?« Die Staatsanwältin sprach das Wort aus, als wäre es ein ekelhafter Wurm, der durch ihr Essen kroch.

»Ja, die haben sich alles geteilt. Die haben sich geschworen, sich gegenseitig immer zu helfen und alles zu teilen. Und ausgerechnet diesmal wollte Ehlig nicht teilen, weil er der Meinung war, dass er seit Jahrzehnten sowieso immer das Meiste abgab. Das verstieß aber gegen deren Kodex. Außerdem hielt er anscheinend Jansen vor, dass der sowieso nur ein Schmarotzer sei, jedenfalls hat Frau Ehlig das so mitbekommen, und Seiler hat das ja auch ausgesagt, nur dass wir es falsch ausgelegt hatten, weil es gut in unser falsches Bild passte.«

»Weil du es kaum erwarten konntest, den Ehlig einzubuchten«, unkte Pia.

Tauner hatte keine Kraft, sich dagegen zu wehren, und außerdem hatte sie recht. »Die haben so etwas eigentlich immer nur unter sich besprochen. Außerdem hatte Klaus Ehlig in letzter Zeit öfter wieder Kontakt mit Frau Jansen gehabt, die seine Jugendliebe war. Kürzlich fand Frau Ehlig einen Brief, der belegt, dass Ehlig der Vater von Jansens zweitem Sohn ist. Offenbar hat er ihm das sogar gesagt, immer ehrlich miteinander, diese feinen Jungs. Das hat bei Jansen das Fass zum Überlaufen gebracht, er rief die anderen Jungs zusammen und sie haben beratschlagt, wie sie es anstellen könnten, den Abtrünnigen zu bestrafen; anscheinend kommt noch dazu, dass sie nie vergessen haben, dass Ehlig damals den Heiligmann angeschleppt hatte. Es muss in den letzten zwei Monaten vor der EM einige Treffen gegeben haben, ohne Ehlig und ohne Heiligmann, aber mit Bärlach, einige Angestellte von Kopte und Alvers haben dazu schon ausgesagt. Und so hat Jansen um die Vorverlegung der Pressekonferenz am Tag des Testspiels gebeten, jemand vom ZDF konnte sich an den Anruf erinnern. Dann hat er das Hotel Weißer Hirsch angerufen und das Zimmer gebucht. Seiler vom DFB war eingeweiht, der rief Bärlach an, welcher in Dresden wartete. Dieser Seiler muss es auch gewesen sein, der die Pistole aus Achtermanns Schützenverein gestohlen hat, der ging dort offenbar ein und aus, was der liebe Herr Achtermann und sein Vereinsvorsitzender wohl vergessen hatten aufzuschreiben.«

»Die haben es so erklärt, dass beide Seiler hießen

und versehentlich als eine Person geführt wurden«, erklärte Pia.

Die Staatsanwältin erhob sich von ihrem Stuhl und stemmte sich auf die Tischplatte. »Also ging es darum, Ehlig umzubringen.«

»Ja!«

»Aber die Tabletten? Und der Zusammenbruch von Jansen?«

»Tja«, Tauner hob den gesunden Arm ein wenig, ließ ihn sogleich wieder fallen. »Jansen ist eben auch nur ein Mensch. Er wusste, was passieren sollte, und offenbar hatte er Skrupel oder Angst, schließlich waren sie vierzig Jahre lang so was wie Freunde. Er sollte schließlich das Auto fahren. Offenbar hat er selbst die Tabletten liegen lassen und konnte vor Aufregung nichts essen. Laut Doktor Rensing hatte er außerdem eine geschwächte Herzmuskulatur. Ich habe bei ihm zu Hause eine Menge Tablettenschachteln gesehen. Also erlitt er unterwegs einen Zusammenbruch und als Ehlig ihm auf den Beifahrersitz half, war es wahrscheinlich ganz aus mit ihm. Ich glaube, er hat sogar noch versucht die Aktion abzubrechen. Erinnert euch an sein Telefon, das lag unten zwischen seinen Füßen.«

»Und warum ist Ehlig nicht an eine Tankstelle gefahren?«

»Was ich jetzt sage, wird Pia nicht gefallen. Aber Ehlig ist einfach ein Ignorant. Er interessiert sich für nichts außer Fußball, der hat sich einfach nichts dabei gedacht, als Jansen schlapp machte. Oder er dachte sich, Jansen wäre müde, genau, wie er es gesagt hat. Möglicherweise wusste er wirklich nichts davon, denn der

Diabetes bei Jansen wurde erst vor anderthalb Jahren diagnostiziert. Ich schätze, solche unwichtigen Informationen gehen an Herrn Ehlig vorbei. Er fährt also nach Navigationsgerät, dann auf der Stauffenbergerallee schießt jemand. Er spürt einen Schmerz, drückt auf das Gas, rast über die Ampel und über die nächste und hält dann erst an, um die Polizei zu rufen. Der falsche Einschusswinkel entstand somit wirklich, weil die Kugel vom Oberarmknochen abgelenkt wurde. Frau Ehlig sagte mir in Hamburg, als sie der Jansen die schlimme Nachricht übermitteln sollte, kam diese aus dem Haus gerannt und hätte lauthals geklagt, wie schlimm das alles sei. Ich glaube, die dachte bis zu diesem Moment, Ehlig wäre tot, erst als sie mitbekam, dass es den Jansen erwischt hatte, brach sie zusammen. Das erklärt auch, warum sie so wütend und verschlossen auf dem Friedhof und zu Hause war, schließlich war Bärlach immer mit dabei und sie musste gewusst haben, dass er geschossen hatte, konnte aber nichts sagen, ohne sich selbst zu verraten. Danach hat Bärlach einfach angefangen zu improvisieren. Als er merkte, dass wir nicht auf Heiligmann eingingen, hat er ihn umgefahren, und als er merkte, dass wir Heiligmann als Täter nicht wollten, hat er die ganze Sache so gedreht, dass Ehlig der Schuldige war. Seiler hat ihm mit den alten Kaugummis die Beweisstücke geliefert. Der Anschlag auf mich mit dem Auto, von dem Bärlach behauptete, es wäre Spechtler gewesen, hatte er wohl nur fingiert, um mich von den Hamburger Jungs abzulenken.«

Die Staatsanwältin blickte ein wenig ungläubig drein. »Und Heiligmann hatten sie sich ausgesucht, weil …?«

»Weil er erstens in Dresden war und zweitens weil sie ihn loswerden wollten. Viellicht hat ihn Bärlach zum Täter auserkoren, weil er wohl von allen schwachen Motiven das stärkste Motiv hatte und weil bekannt war, dass er nach Dresden kommen würde. Jedenfalls …« Tauner musste seinen Kopf abstützen. »… jedenfalls müssen wir noch eine ganze Menge Indizien sammeln, zum Beispiel, ob es wirklich Rüdinger war, der … der die Zahlung an die Schober veranlasst hat.«

»Geht es dir nicht gut, Falk?«, fragte Pia besorgt.

Tauner schüttelte den Kopf.

Die Sensoren der Staatsanwältin dagegen hatten noch keine Warnsignale empfangen. »Da sehe ich noch viel Arbeit auf uns zukommen, das werden ganze Körbe voll Formulare. Wenn wir Bärlach wegen Mordes an Jansen anklagen wollen und die Hamburger als Mittäter, müssen wir eine erdrückende Beweislast aufbauen. Da darf es keine Lücken geben.«

Tauner nickte. »Ich hatte heut morgen ein Telefonat mit den Hamburger Kollegen. Es sieht so aus, als wenn die Hamburger Truppe jetzt zusammenbreche. Hätten wir Frau Jansen nicht, würden wohl alle schweigen. Doch ihr trauen sie nicht. Ich denke, es ist nur eine Frage der Zeit, bis einer das Schweigen bricht, um seine Haut zu retten. Vielleicht ist es sogar Rüdinger, der scheint von denen der Schlaueste zu sein.«

Die Staatsanwältin schien vorerst zufrieden. Dann aber fiel ihr doch noch was ein. »Und Spechtler? Was ist denn nun mit dem?«

»Da bin ich noch nicht ganz dahintergestiegen, ich vermute nur … ich glaube, die Spechtler hatte mal einen

Lehrgang mit ihm zusammen ... mit Bärlach ... bei der Bundeswehr ...«

»Falk?«, rief Pia und Tauner fühlte noch, wie jemand ihn anfasste und sank in wohlige Tiefe.

24

Eine sanfte Hand berührte seine Stirn und Tauner kam langsam zu sich. »Sophie?«, fragte er und griff nach der Hand. Doch diese entzog sich seinem Griff. Dummkopf, dachte Falk über sich, wie konntest du erwarten, dass sie am Bett steht. Er öffnete die Augen um zu sehen, wem er jetzt vor den Kopf gestoßen hatte.

»Ich bin's, Papa!«, sagte leise seine älteste Tochter. »Wie geht es dir?«

»Wo bin ich denn?«

»Im Krankenhaus. Mama will dann noch mal vorbeikommen, wenn du willst.«

»Ja, natürlich.«

»Du hast sie sehr verletzt.«

Das geht dich nichts an, wollte Tauner sagen, doch dann erinnerte er sich, dass seine Tochter dreiundzwanzig Jahre alt war und dass sie recht hatte. »Ich weiß, und es tut mir leid.«

»Ich habe ihr übrigens eingeredet, dass sie die Scheidung beantragt und nun glaube ich, es war ein Fehler. Ich hatte gehofft, du verstehst das als eine Warnung.«

»Ich will …« Tauner wollte sich aufsetzen, weil man solche schweren Themen nicht im Liegen besprechen konnte, seine Tochter hielt ihn zurück und stellte das Krankenbett per Fernbedienung hoch. »Ich muss dir sagen, dass du dir keine falschen Hoffnungen machen sollst. Du kannst gern böse auf mich sein, aber bitte macht euch keine falschen Hoffnungen!«

»Ich habe mir das schon denken können. Ich wollte nur, dass ihr redet und nicht einfach schweigend auseinandergeht!« Die junge Frau sah ihn traurig an.

Es klopfte zaghaft, dann öffnete sich die Tür. Frau Ehlig sah ins Zimmer. »Oh, ich wollte nicht …«

»Schon gut, ich gehe!«, sagte Falks Tochter. »Bis morgen, Papa. Ich sage Mama, dass sie warten soll, bis du wieder bei Kräften bist!« Sie erhob sich vom Stuhl neben seinem Bett, grüßte Frau Ehlig artig und verschwand durch die Tür.

»Ein hübsches Mädchen!«, sagte Frau Ehlig und ging zu seinem Bett.

»Sie ist schon so erwachsen.«

»Es scheint, als hättest du eine ganze Menge Schlaf nachgeholt.« Sophie Ehlig sah ihn ein wenig traurig an.

»Ich denke, die haben mich mit Schmerzmitteln ruhiggestellt.«

»Du hast fast zwei Tage geschlafen. Und stell dir

vor, deine Kollegen haben weitergearbeitet, ohne dass du es denen sagen musstest!« Frau Ehlig lächelte ein wenig spöttisch. »Die haben eine ganze Menge Belege gesammelt. Ich glaube, die kleine Wachtel kann ganz froh sein, jetzt hat sie eine echte Verschwörung aufzudecken.«

»Zwei Tage?«, fragte Falk erstaunt.

»Ja, Klaus war hier, die Blumen da sind von ihm … vom DFB!«

Tauner starrte den übermächtigen, geschmacklosen Blumenstrauß an. »Der war hier, während ich geschlafen habe?«

»Ja, er sagte, ihm wäre das ganz recht!« Frau Ehlig musste lachen und Tauner erkannte, wie sehr sie nun erleichtert war.

»Was haben sie denn herausgefunden?«

»Sie haben die Konten überprüfen lassen, wegen der Zahlung an diese Prostituierte, und sind dabei auf eine kleine Seltsamkeit gestoßen. Und zwar sind am Tag vor dem Anschlag von den Konten meines Mannes mehrere Millionen Euro verschwunden, fast zwanzig. Und gleich am nächsten Morgen, als bekannt wurde, dass nicht Klaus, sondern Holger tot war, wurde diese Buchung storniert. Es waren nur zwei Buchungen unter vielen üblichen, ich hätte es gar nicht bemerkt, wenn man nicht direkt danach gesucht hätte.«

»Also wollten die sich sein Geld holen!«

»Nicht alles, die sind ja nicht dumm. Ein Drittel war es ungefähr, und die sind auch nicht auf deren Privatkonten gegangen, sondern wurden aufgeteilt in mehrere Fonds, die aber allesamt von Rüdingers Firma betreut werden. Es war eindeutig Rüdinger. Er allein hatte Zugriff auf Klaus' Konten. Außerdem hat man Jansens Tabletten gefunden, die waren in einem Jackett, welches er in Berlin wohl zuerst anziehen wollte, es dann aber vergessen hatte oder vertauscht. Und dir ist noch ein Fehler unterlaufen. Das hat mir deine Schreibkraft erzählt. Wenn Klaus wirklich ausgestiegen wäre, um Holger zu erschießen, dann hätte auf seiner Hose kein Glasstaub von der Windschutzscheibe sein dürfen, wie er auch im Jackett und im Polster zu finden war. Es sei denn, er hätte seine Hose vorher ausgezogen.«

»Und Spechtler?«

»Der hat sich bei der Polizei gemeldet, der hat einfach nur seine Frau gesucht. Er war sich nicht sicher, ob sie ihn nicht einfach verlassen hatte, und es war ihm peinlich zur Polizei zu gehen, um sie suchen zu lassen, weil er ihr schon öfters Verletzungen zugefügt hatte.«

»Er hat also gar nicht in Hamburg im Hotel angerufen, woher sollte er denn auch wissen, dass ich dort bin. Ich bin so dämlich!«

»Na, das würde ich nun nicht behaupten«, widersprach Frau Ehlig.

»Nein, du verstehst nicht. Als ich mit ihm in Hamburg in diesem Straßencafé saß, kam erst Kopte und schwätzte eine Weile dummes Zeug, und als der weg war, wollte uns jemand mit dem Auto anfahren. Ich saß mit dem Rücken zur Straße und dachte erst, Bärlach wäre zu verblüfft, um zu reagieren, aber anscheinend hat er nur so lange gewartet, bis er sicher war, dass das Auto mich treffen würde! Und danach hat er behauptet, Spechtler wäre der Fahrer gewesen und ich habe es ihm einfach geglaubt. Aber warum nun hatte er Frau Spechtler gekidnappt?«

Frau Ehlig seufzte. »Das war Pech, die hatte sich mit ihrem Mann gestritten und ist weggelaufen. Dabei ist sie wohl, wie du schon mal vermutet hast, in die völlig falsche Richtung gelaufen. Dann hat sie Bärlach gesehen, der gerade mit dem Auto an ihr vorbeifuhr. Die kannten sich von einem Lehrgang bei der Bundeswehr vor acht Jahren. Die kannten sich sogar sehr gut, der Lehrgang ging wohl ein halbes Jahr. Bärlach hat sie auch erkannt, weil sie ihm zuwinkte und sogar seinen Namen rief. Das konnte er sich nicht leisten, deshalb hat er sie gleich niedergeschlagen, offenbar im Kofferraum verstaut und mitgenommen. Das Haar, welches er angeblich in meiner Villa gefunden hatte, trug er die ganze Zeit bei sich. Ebenso die Haare, die im Kofferraum meines Mercedes gefunden wurden.«

»Dann können wir von Glück reden, dass er sie nicht umgebracht hat.«

»Darauf wäre es wohl irgendwann hinausgelaufen!«

Tauner streckte seine Hand aus und berührte vorsichtig das Kinn der Ehlig. »Woher weißt du das alles?«

»Ich weiß eben alles!«

»Und warum erzählst du mir alles?«

Frau Ehlig beugte sich zu ihm herunter und flüsterte ihm ins Ohr. »Damit du dann sagen kannst, du weißt schon alles, wenn dein großer, dicker Kollege kommt.« Dann gab sie ihm einen zärtlichen Kuss auf den Mund.

Tauner leckte sich über die stumpfen Zähne, es war ihm nicht angenehm, dass sie ihm so nahe kam, nachdem er zwei Tage hier im Bett gelegen hatte. »Sieht so aus, als ob ich diesmal alles falsch gemacht habe. Ich habe der Reihe nach die falschen Leute verdächtigt, habe Indizien falsch interpretiert und den falschen Informationen geglaubt.«

»Du darfst nicht vergessen, dass der Feind in den eigenen Reihen saß und gezielt Fehlinformationen streute! Und außerdem hast du doch zum Schluss die richtigen Schlüsse gezogen!« Frau Ehlig strich ihm sanft über die Stirn, so wie seine Tochter es vorher getan hatte.

»Ich glaube, ich brauche mal richtigen Urlaub«, murmelte Tauner.

»Ich kenne ein ganz tolles Hotel in der Karibik, ich wette, da warst du noch nie. Und du musst dir keine Gedanken wegen des Geldes machen …«

Tauner griff nach Frau Ehligs Hand. »Ich muss Urlaub machen, verstehst du, ich … ich muss nachdenken.«

Zuerst zog die Ehlig ihre Hand weg und wieder sah Tauner das kleine Mädchen in ihr, ihren Trotz, die kleine Wut, wenn nicht alles nach ihrem Wunsch verlief. Doch dann wurden ihre Züge wieder sanft und ein Lächeln stahl sich über ihr Gesicht. »Gut, du hast recht. Die Karibik läuft nicht weg, Falk. Aber denk nicht zu lange nach, sonst bin ich vielleicht weg.«

ENDE

Weitere Romane finden Sie auf den folgenden Seiten und im Internet: www.gmeiner-verlag.de

HORST BOSETZKY

Der Fall des Dichters

270 Seiten, Paperback.
ISBN 978-3-8392-1262-2.

BUTTERPAKETE Berlin 1916. Wilhelm Blümel, erfolgloser Dichter und Bühnenautor, entführt einen Geldbriefträger, um seine finanzielle Not zu lindern. Doch er wird bei seiner Tat überrascht und erschießt die Zeugin und das Opfer. Aus dem geplanten Raub ist ein Doppelmord geworden. Das erbeutete Geld ist bald verbraucht und Blümel begeht das nächste Verbrechen. Kommissar Fokko von Falkenrede heftet sich an seine Fersen, doch er kann den Geldbriefträgermörder einfach nicht fassen …

BERNWARD SCHNEIDER

Todeseis

276 Seiten, Paperback.
ISBN 978-3-8392-1252-3.

DIE NACHT DES UNTERGANGS Die Flucht vor dem Mörder ihres Geliebten führt die schöne Gladys auf die Titanic, als diese am 10. April 1912 von Southampton aus zu ihrer Jungfernreise nach New York in See sticht. An Bord des mondänen Schiffes begegnet Gladys einer illustren Reisegesellschaft aus Bankiers und Millionären, Aristokraten und Prominenten, für die die Jungfernfahrt des Meeresgiganten einen der gesellschaftlichen Höhepunkte des Jahres darstellt. Doch für ihre Feinde ist Gladys eine gefährliche Zeugin und selbst auf dem Schiff nicht sicher …

GMEINER

Wir machen's spannend

Alle Gmeiner-Autoren und ihre Romane auf einen Blick

ANTHOLOGIEN: Mords-Sachsen 5 • Secret Service 2012 • Tod am Tegernsee • Drei Tagesritte vom Bodensee • Nichts ist so fein gesponnen • Zürich: Ausfahrt Mord • Mörderischer Erfindergeist • Secret Service 2011 • Tod am Starnberger See • Mords-Sachsen 4 • Sterbenslust • Tödliche Wasser • Gefährliche Nachbarn • Mords-Sachsen 3 • Tatort Ammersee • Campusmord • Mords-Sachsen 2 • Tod am Bodensee • Mords-Sachsen 1 • Grenzfälle • Spekulatius **ABE, REBECCA**: Im Labyrinth der Fugger **ARTMEIER, HILDEGUNDE**: Feuerross • Drachenfrau **BÄHR, MARTIN**: Moser und der Tote vom Tunnel **BAUER, HERMANN**: Philosophenpunsch • Verschwörungsmelange • Karambolage • Fernwehträume **BAUM, BEATE**: Weltverloren • Ruchlos • Häuserkampf **BAUMANN, MANFRED**: Wasserspiele • Jedermanntod **BECK, SINJE**: Totenklang • Duftspur • Einzelkämpfer **BECKER, OLIVER**: Die Sehnsucht der Krähentochter • Das Geheimnis der Krähentochter **BECKMANN, HERBERT**: Die Nacht von Berlin • Mark Twain unter den Linden • Die indiskreten Briefe des Giacomo Casanova **BEINSSEN, JAN**: Todesfrauen • Goldfrauen • Feuerfrauen **BLANKENBURG, ELKE MASCHA** Tastenfieber und Liebeslust **BLATTER, ULRIKE**: Vogelfrau **BODENMANN, MONA**: Mondmilchgubel **BÖCKER, BÄRBEL**: Mit 50 hat man noch Träume • Henkersmahl **BOENKE, MICHAEL**: Riedripp • Gott'sacker **BOMM, MANFRED**: Mundtot • Blutsauger • Kurzschluss • Glasklar • Notbremse • Schattennetz • Beweislast • Schusslinie • Mordloch • Trugschluss • Irrflug • Himmelsfelsen **BONN, SUSANNE**: Die Schule der Spielleute **BOSETZKY, HORST (-KY)**: Der Fall des Dichters • Promijagd • Unterm Kirschbaum **BRENNER, WOLFGANG**: Alleingang **BRÖMME, BETTINA**: Weißwurst für Elfen **BÜHRIG, DIETER**: Schattenmenagerie • Der Klang der Erde • Schattengold **BÜRKL, ANNI**: Narrentanz • Ausgetanzt • Schwarztee **BUTTLER, MONIKA**: Abendfrieden • Herzraub **CLAUSEN, ANKE**: Dinnerparty • Ostseegrab **CRÖNERT, CLAUDIUS**: Das Kreuz der Hugenotten **DANZ, ELLA**: Geschmacksverwirrung • Ballaststoff • Schatz, schmeckt's dir nicht? • Rosenwahn • Kochwut • Nebelschleier • Steilufer • Osterfeuer **DIECHLER, GABRIELE**: Vom Himmel das Helle • Glutnester • Glaub mir, es muss Liebe sein • Engpass **DOLL, HENRY**: Neckarhaie **DÜNSCHEDE, SANDRA**: Nordfeuer • Todeswatt • Friesenrache • Solomord • Nordmord • Deichgrab **EMME, PIERRE**: Zwanzig/11 • Diamantenschmaus • Pizza Letale • Pasta Mortale • Schneenockerleklat • Florentinerpakt • Ballsaison • Tortenkomplott • Killerspiele • Würstelmassaker • Heurigenpassion • Schnitzelfarce • Pastetenlust **ERFMEYER, KLAUS**: Drahtzieher • Irrliebe • Endstadium • Tribunal • Geldmarie • Todeserklärung • Karrieresprung **ERWIN, BIRGIT / BUCHHORN, ULRICH**: Die Reliquie von Buchhorn • Die Gauklerin von Buchhorn • Die Herren von Buchhorn **FEIFAR, OSKAR**: Dorftratsch **FINK, SABINE**: Kainszeichen **FOHL, DAGMAR**: Der Duft von Bittermandel • Die Insel der Witwen • Das Mädchen und sein Henker **FRANZINGER, BERND**: Familiengrab • Zehnkampf • Leidenstour • Kindspech • Jammerhalde • Bombenstimmung • Wolfsfalle • Dinotod • Ohnmacht • Goldrausch • Pilzsaison **GARDEIN, UWE**: Das Mysterium des Himmels • Die Stunde des Königs